醫統江山

第二輯

卷20

天外飛船

大結局

石章魚 著

自古以來成王敗寇
最後站在成功者的陣營之中
誰又會去詆毀你的功績和名節

目錄

第一章

恩將仇報

尉遲冲倒吸了一口冷氣，
如此說來這李明佐當真是忍辱負重，
對大雍來說這樣的人當得起忠心耿耿四個字，
更讓他感到心寒的卻是從胡小天剛才的這番描述中不難聽出，
分明是薛道銘要犧牲李明佐，
大雍如此對待一位忠心耿耿潛伏敵營的臣子
根本就是恩將仇報！

營帳外寒風瑟瑟，營帳內卻是春意盎然，霍勝男披上毛毯站起身來，嘴上的八字鬍已經被胡小天給弄歪了，來到銅鏡前看到自己的模樣，自己都忍俊不禁。

胡小天一邊整理衣服，一邊笑眯眯來到霍勝男的身後，湊在她光潔無瑕的香肩上輕吻了一記道：「多日不見，霍將軍馬上功夫不減當年啊。」

霍勝男紅著臉啐道：「滾！什麼狗屁王爺，一點臉都不要。」

胡小天笑道：「你不就是喜歡我這一點嗎？」展臂將霍勝男攬入懷中道：「這營帳位置還真是幽靜，方圓二十丈都不見人。」

霍勝男道：「我的本意是擔心別人看穿我的身分，卻想不到讓你這個色膽包天的賊子鑽了空子。」

胡小天笑道：「天下敢鑽霍大將軍空子的也只有我。」

霍勝男擰住他的耳道：「還說這種無恥下流的話，信不信我將你耳朵擰掉。」

胡小天道：「信，就算你怎樣對我，我都愛你如初。」

霍勝男心中一陣酥軟，這討厭的傢伙說起話來總是讓人那麼心動，自己這輩子算是中了他的毒，無藥可解了，放開胡小天的耳朵，輕聲道：「你怎麼突然就來了？前些日子還聽說你去了康都。」

胡小天道：「此事說來話長。」他這才將自己來北疆的前因後果跟霍勝男說了一遍。霍勝男聽完方才知道其中發生了那麼多的曲折，得知胡小天即將前往黑胡梵音寺找尋頭骨，不由得為他擔心起來：「那頭骨到底有什麼重要？為何一定要將它找回來？為了兩顆頭骨冒險究竟值不值得？」

胡小天道：「並非是冒險，今次我前往梵音寺也是深思熟慮之後的決定，那兩顆頭骨關係到列國未來的命運，不容有失。」

霍勝男道：「我跟你一起去。」

胡小天搖了搖頭道：「其實這邊更需要你，據我掌握的情況，大雍內部的權力之爭非但沒見減輕反而越發激烈，大帥雖然明哲保身，可是身處泥潭之中又豈能真正做到出淤泥而不染？」

霍勝男道：「義父不會返回雍都。」

胡小天道：「普天之下風雨飄搖，當真以為身在北疆就能躲過這場風雨？」

霍勝男歎了口氣道：「義父也是有不得已的苦衷，不如你去勸勸他。」

胡小天道：「就怕他未必肯聽。」

霍勝男道：「就憑你的三寸不爛之舌，什麼事情辦不到？」

胡小天道：「大帥乃是心志堅定之人，只怕他心中早已拿定了主意，堅如磐石，難以轉移。」

雖是深夜，尉遲冲的營帳內仍然亮著燈光，尉遲冲雙手拿著地圖，可是目光卻盯著跳動的燭火，顯得格外迷惘。

外面傳來衛兵的通報聲，卻是霍勝男到了，尉遲沖頗感詫異，想不到這丫頭居然這麼晚了還要來到這裡，難道是為了白天的事情。

獲得允許之後，霍勝男掀開帳門走了進去，和她一起走入的還有一身衛兵打扮的胡小天。

尉遲沖有些不解地望著霍勝男，不知她為何還要帶衛兵來此，那衛兵抱拳作揖道：「大帥別來無恙！」

聽到這熟悉的聲音，尉遲沖馬上辨認出胡小天的身分，他愕然張大了嘴巴，驚詫道：「你……你好大的膽子……」

霍勝男笑道：「他素來就是個膽大包天之人，你們聊，我去外面守著。」她轉身離開了營帳。

尉遲沖從虎皮椅上站起身來，抱拳還禮道：「以你如今的身分還敢孤身來此，果然是英雄虎膽，只是這樣做未免冒險了一些，你難道不怕老夫對你不利嗎？」

胡小天心想自然不怕，你女兒女婿都在我手上，我當初又救過你的性命，你尉遲沖是個恩怨分明的人，這樣的事情你應當不屑去做。嘴上卻道：「本來沒想過來見大帥，只是想偷偷探望一下勝男就走，可她執意讓我過來拜見岳父大人，於情於理我還是應該過來一趟，我相信岳父大人絕不會做讓女兒傷心的事情。」

他左一句岳父右一句岳父叫得如此親切，尉遲沖的表情也緩和了起來，他伸手相邀道：「坐下說話。」

胡小天在尉遲沖的對面坐下，目光瞥到書案上的地圖，不由得感歎道：「岳父大人這麼晚了仍然在為大雍的江山殫精竭慮，此等忠義之心不知朝廷知不知道？」

尉遲沖道：「你話裡有話啊，暫且別叫我岳父，你還沒有明媒正娶呢。」一句話說得胡小天反倒有些害臊了，這方面的確虧欠了勝男，等這次的事情完結，一定找機會跟龍曦月商量一下，應該給其他紅顏知己一個婚禮，即便是簡樸點也好，畢竟女人都在乎一個儀式。

尉遲沖也不想胡小天太難堪，微笑道：「你叫我聲世伯就是。」

胡小天乾咳了一聲，仍然厚著臉皮道：「岳父放心，我永遠不會虧欠勝男，也一定會給她幸福。」

尉遲沖無可奈何，面對這厚臉皮的小子只能將這個岳父應承下來，不過從勝男幸福的樣子來看，這小子必然是她心頭摯愛，而胡小天的能力也是毋庸置疑的。尉遲沖道：「你這次前來只是為了探望勝男？」

胡小天道：「是，順便也探望一下您老人家。」

尉遲沖被他的坦率逗笑了：「你倒是耿直，不過老夫總覺得你另有目的呢。」

胡小天道：「就是害怕岳父會懷疑我的動機。」

尉遲冲道：「那你倒是說說，究竟有什麼動機呢？」

胡小天暗歎尉遲冲畢竟是沙場老將，果真是老奸巨猾，根本就是懷疑自己，他笑道：「其實大康的情況岳父多少也應該聽說過一些，小天今次前來並無其他的動機，只是探望一下勝男，探望一下岳父，順便幫聘婷妹子送一封家書給您老人家。」他雙手奉上尉遲聘婷親筆所寫的家書。

尉遲冲暗歎，還說沒有動機，連親情攻勢都上來了。只是那麼久沒見女兒，心中難免想念，迫不及待地接過胡小天遞來的家書，歉然笑道：「我現在就看，你可別怪我冷落了你。」

胡小天微微一笑，靜靜在一旁坐下飲茶。

尉遲冲看完之後不由得嗟歎了一聲。

胡小天道：「岳父因何歎氣？」

尉遲冲道：「兩個女兒都勸我回歸故土，她們卻不知道我心中的難處。」

「岳父大人又有什麼難處？」

尉遲冲看了胡小天一眼道：「你會不知道？」

胡小天搖了搖頭道：「我和岳父大人看待問題的角度不同，或許岳父大人的難處對我來說全都算不上什麼難處！」

尉遲冲道：「對大康來說我是個背信棄義的奸臣，而對大雍來說，我又何嘗是什麼忠臣？我戎馬一生，鎮守北疆，到頭來竟然連個歸屬之地都沒有。」

胡小天道：「岳父又何必多想，就算朝廷看不見，百姓卻看得見您的功德，若不是您駐守北疆，擋住黑胡人的進軍，一旦黑胡人突破北疆防線，那麼倒楣的絕不止是大雍的百姓，整個中原都將陷入戰火之中。」

尉遲冲道：「那又如何？歷史絕不會因為你做過什麼而為你歌功頌德。」

胡小天道：「既然如此，岳父大人何不自己來書寫歷史？」頓了一下又道：「畢竟歷史是人在書寫。」其實他的這番話已經很明白地暗示尉遲冲，只要尉遲冲肯和自己聯手，那麼中原天下早晚都是他們的，自己統一了天下，尉遲冲就是未來江山的功臣，歷史怎麼說還不是他們說了算。

尉遲冲緩緩搖了搖頭道：「是想我當三姓家奴嗎？」

胡小天道：「小天絕無這個意思。」看到尉遲冲如此搖擺不定，胡小天心中一橫，看來不下點猛藥，尉遲冲是不會下定決心投入自己陣營的了，他恭敬道：「岳父大人可知道李沉舟和薛道銘的事情？」

尉遲冲點了點頭道：「自然知道。」

胡小天道：「岳父在北疆防線拚死拚活地抵禦黑胡大軍，而他們非但沒有想過國難當頭一致對外，反而無時無刻不在琢磨著如何除掉對方，此番北疆戰事陷入冬歇期，請恕小天直言，大雍國內必然會出現前所未有的變局。」

尉遲冲微微皺了皺眉頭，他不知胡小天因何會說得如此肯定，可既然他這樣說，就證明他掌握了秘密消息。

胡小天道：「大雍皇帝薛勝康身亡之時曾經留下了一份密函，這份密函不久前被薛道銘找到，其中竟然包括大雍當年派臣子前往大康潛伏的秘密。」

尉遲冲愕然道：「什麼？」他也是第一次聽說這樣的事情。

胡小天道：「那個忍辱負重，臥薪嚐膽，前往大康潛伏三十餘年的大雍忠臣也是名門之後，他出身靖國公府，姓李名明佐。」

尉遲冲道：「李明佐這個人我倒是聽說過，他三十多年前就已經死了。」

「假死罷了，當年死的應該只是一個替身，真正的李明佐改頭換面潛入大康，進京趕考，從一個普普通通的秀才做起，憑藉著他的才華和心計，這三十年間竟然已經成為大康位高權重的國之重臣。」

尉遲冲倒吸了一口冷氣，如此說來這李明佐當真是忍辱負重，對大雍來說這樣的人當得起忠心耿耿四個字，更讓他感到心寒的卻是從胡小天剛才的這番描述中不難聽出，這件事最早應該是薛道銘查出來的，而薛道銘查出的事情已經傳到了胡小天的耳中，整件事細思極恐，分明是薛道銘要犧牲李明佐，大雍如此對待一位忠心耿耿潛伏敵營的臣子根本就是恩將仇報，尉遲冲道：「李明佐如今以何種身分在大康潛伏？」

胡小天道：「大康太師文承煥！」

尉遲冲歎了口氣，文承煥是大康重臣之一，而且他在和大雍的關係方面是最堅定的主和派，所以胡小天揭開秘密，尉遲冲覺得很正常，也很合理。

胡小天道：「文承煥必死無疑，可是大康絕不會成全他的名聲，大雍也不會承認這個忠臣，非但如此，還會利用他達到對付李沉舟的目的。」

尉遲冲苦笑著搖了搖頭，現實就是如此殘酷，他突然發現薛道銘比起先帝更狠，更加不擇手段，卻沒有先帝的雄才偉略，為了掌控大雍的權力甚至罔顧國家安危，對這一切他只能表示同情，因為他清楚地認識到自己無力改變這一切。

胡小天道：「大雍如此狠心絕情，岳父大人以為自己以後會是怎樣的結局？」

尉遲冲道：「我的結局早已想過了，我之所以能夠活到現在，一是因為北疆戰事急，他們不敢輕易動我，還有一個原因就是我緊握北疆軍權不放，無論是皇上還是李沉舟掌控權柄，一旦北疆局勢穩定，他們首先除掉的都會是我。」

胡小天心中暗歎，尉遲冲的頭腦倒是夠清醒。

尉遲冲道：「自從上次被召返京，我就看出大雍氣數已盡，我回來之後，皇上和李沉舟都在想方設法增強對北疆駐軍的控制，對此我並未答應，反而逆勢而為清理了一批他們的心腹親信。」

胡小天心中暗忖，尉遲冲這樣做的結果難免會得罪雙方，若是從長久的觀點來看他的做法並不明智。不過若是尉遲沖有了自立門戶之心，清除異己，將北疆駐軍打造成為一個牢不可破的團體，無疑是極其正確的，莫非尉遲沖早就有了打算？

尉遲沖道：「北疆將士大都是跟隨我出生入死多年的兄弟，若無他們的浴血奮戰，我根本就沒有保住北疆的可能。」

胡小天道：「我還聽說一件事，你們的糧草供應好像出現了一些問題。」

尉遲沖淡然笑道：「算不上什麼問題，不然我們也不會撐到冬歇停戰之時。」其實他心中早已因此而忐忑，眼看一年最冷的冬季就要來臨，他們的糧草供應始終沒有按時抵達，他已經幾番上書，可是仍然沒有起到太大的效果，他隱約覺得或許朝廷會利用這件事製造文章。

胡小天道：「岳父有沒有想過，若是朝廷當真出手對付你，你怎麼辦？」

尉遲沖瞇起雙目，拿起了桌上的地圖，目光盯住了大康的方向，凝視良久方才道：「若是有一天我死了，你幫我說服我的兩個女兒，將我的骨灰灑在庸江之中即可，我不想在這世上留有任何的痕跡。」

胡小天點了點頭，他明白尉遲沖是不想死後被人清算。

尉遲沖道：「我若是跟你聯手，死後必遭罵名，即便是跟隨我的這些將士也會在家鄉故人面前抬不起頭來，可是我若是被大雍朝廷害死，必然激起將士們同仇敵愾之心，大雍若是當真動我，就等於動了王國的根基，你明白嗎？」

胡小天久久凝望著尉遲沖，心中忽然明白，尉遲沖早就已經做好了準備，他根本沒有想過要活著離開大雍，甚至準備好了用自己的死來成全手下將士的想法，一個武將的氣節和尊嚴在尉遲沖的心中早已超越了他的生命。

談到氣節，文臣何嘗不是如此，文承煥在深夜被捕，隨之而來的是文府被查抄，因為他的身分特殊，所以七七特地將查辦他案子的重任交給了丞相周睿淵。

周睿淵和文承煥在朝堂上可以稱得上是老對頭了，他們見面的次數連自己都數不清，可是像現在這樣的方式見面卻是第一次，一人高高在上，一人卻已經淪為了階下囚。

文承煥被除去頂戴，扒掉官服，手足都被上了鐐銬，再也沒有昔日的神采飛揚，更談不上任何的官威，不過文承煥的表情沒有絲毫的懼怕，平靜望著這個生平中交手無數次的對手，輕聲道：「周大人，不知老夫犯了何罪？」

周睿淵緩步走到他的身邊，卻沒有直接回答他的問題，靜靜審視著文承煥，這個自己在政壇上幾乎二十年的對頭如今終於暴露，如果不是大雍方面主動揭穿他的身分，自己根本沒有想到他竟然是大雍潛伏的內奸，儘管他不齒文承煥的作為，可是如果站在大雍的角度來看，文承煥無疑是一個忠臣，他的命運卻又是極其悲慘的，為國犧牲那麼大，到最後卻因為大雍的權力鬥爭而被拋棄。

周睿淵道：「貪贓枉法！虧空國庫！收受他國財物，出賣大康利益。」

文承煥呵呵笑道：「文某對大康忠心耿耿，自為官以來兩袖清風，想要污蔑我嗎？拿出證據。」

周睿淵道：「欲加之罪何患無辭！」

文承煥的臉色一凜，周睿淵顯然在告訴他，這些罪名根本不需要證據。

文承煥道：「我要面見公主殿下，親自向她解釋！」

周睿淵道：「何必去做這種徒勞無功的事情，我是應當稱呼你為文太師呢？還是應當稱你為一聲李大人？」

文承煥愣在了那裡，可馬上呵呵笑道：「周大人說什麼？文某可聽不懂。」

周睿淵道：「這世上每件事都有跡可循，或許你已經不記得當年和薛勝康之間通信的內容了吧？」

文承煥臉上的笑容收斂了，可是他卻不肯輕易就範，冷冷道：「周大人什麼意思？難道要誣我叛國嗎？」

周睿淵道：「若是給你扣上叛國罪名，把實情公諸於天下反倒是成就了你忠臣之名，你以為做了那麼多危害大康利益的事，我們還會給你一個忠臣的名節嗎？」

文承煥終於明白周睿淵剛才為何要說他貪贓枉法虧空國庫，對大康來說有些罪名是不願給他的，有些罪名卻是要強加給他，不願給他的罪名乃是實錘，之所以不願給他是因為不願意成全他大雍忠臣的名節，看來大康朝廷對自己的真實身分已經全都查清，文承煥首先想到的並不是自己，而是李氏家族，這件事會給自己的兒子造成怎樣的影響？

整件事若是仔細斟酌就能發現其中不尋常之處，周睿淵提起自己和先皇的通信，這封信就算有，也只應存在於大雍皇室，因何會被他們知道？文承煥感到莫名的惶恐，他甚至不敢細想，希望真相千萬不要如自己所想，那將會是怎樣的殘忍。

文承煥道：「你們為何會懷疑我？」

周睿淵道：「僅憑著一幅《菩薩蠻》自然無法認定你就是大雍靖國公李玄感的親生子，可是有好心人送來了一封信，這封信正是李明佐當年親筆寫給大雍皇帝薛勝康的。」他停頓了一下，望著文承煥頃刻間衰老許多的面容道：「其實有許多事情是無法改變的，比如一個人的筆跡，就算改變了字體也改變不了內在的風骨。」

文承煥點了點頭。

周睿淵道：「現在你明白是誰想對付你了？」

文承煥苦笑道：「老夫什麼都不明白，可君讓臣死臣不得不死，事到如今又有什麼好辯駁的。」直到現在他也未承認李明佐的身分。

周睿淵道：「君讓臣死不得不死，鳥盡弓藏，兔死狗烹，其實你遠未到功成之日，招至今日之禍的根本原因不在你，而是因為有人的野心。」

文承煥明白，周睿淵說得雖委婉，可是所指的就是自己的寶貝兒子李沉舟，正因為李沉舟想要謀奪大雍皇權，方才遭到了大雍皇室的報復，揭穿自己的身分只是第一步，真正用意還是報復自己的兒子李沉舟。他的心中充滿了悲哀，李氏一門忠烈，到頭來竟出了一個禍亂朝綱的亂臣賊子，父親若是在天有靈，只怕要氣得從棺材裡蹦出來。逆天之事果然是要遭報應的，可是父子情深，無論李沉舟做出怎樣的選擇，文承煥都不希望他出事，他寧願為兒子去死，一人承擔李沉舟造下的所有罪孽，可是現在的形勢已經由不得他了。

文承煥點了點頭道：「不錯，我就是李明佐，我乃大雍靖國公之二子，前來大康的目的就是為了搞垮大康社稷。」

周睿淵淡然笑道：「誰又在乎？誰又相信？就算相信，朝廷也不會將這件事公諸於眾，你潛伏大康三十餘年，朝廷對此卻毫無察覺，豈不是說朝廷無能？以這樣的罪名治你，豈不是成就了你在大雍的清譽，文太師舐犢情深，想要將所有罪責一身挑，可惜現在只怕已經晚了。」

文承煥神情黯然，他意識到薛道銘已經磨刀霍霍準備向李沉舟出手了。他縱然再擔心，可惜卻無法衝出眼前的牢籠，一個連自己的命運都無法掌控的人，又怎能幫得上兒子？文承煥向周睿淵點了點頭道：「你們做事真是夠絕。」

周睿淵道：「跟我們又有什麼關係？太師是明白人，此事因何而起，如果不是大雍方面主動提供消息，只怕誰也不會想到太師的背景居然如此複雜。」

文承煥道：「周大人，你我畢竟同殿為臣多年，我若是死了，你可不可以將我的屍骨葬在鳳鳴山上？」

周睿淵靜靜望著文承煥，過了一會兒方才搖了搖頭道：「不能，我只能保證留你一個全屍，太師心機深沉，周某很難確定你是不是在利用我。」

文承煥心中暗歎，周睿淵果然精明。

李沉舟已經是第二次來到長公主府，依然被拒之門外，秋雨綿綿，雍都驟然變冷的天氣讓人們都紛紛穿上了臃腫的棉衣，正應了一場秋雨一場寒那句話。比起這場秋雨，更寒冷的是李沉舟的內心，長公主薛靈君是他的第一個女人，也是第一個真正走入他內心的女人，他對薛靈君傾注了太多的愛，他同時也明白，薛靈君同樣成就了自己，如果不是薛靈君，自己無法重新變成一個男人，找回屬於男人的自信，撫平內心的傷痕和痛苦。

可是一切突然就失去了，他在泌陽水寨喪失理智，幾乎誤殺了薛靈君，愛之深恨之切，如果不是聽到了薛靈君在康都和胡小天舊情復熾共度良宵的消息，李沉舟絕不至如此，事後他方才冷靜了下來，意識到這極有可能是胡小天故意讓人散佈出的假消息，他的目的就是為了刺激自己，就是想自己失去理智，從而達到分裂自己和薛靈君，破壞兩人感情的目的。

以李沉舟的高傲性情能夠主動兩次登門已經足見他的誠意，然而薛靈君卻似乎對他死了心，堅決不肯相見。

李沉舟聽聞薛靈君仍然不願見他的消息，心中難免失望，正考慮是不是悄然翻牆而入當面向她解釋請求她原諒之時，他的副將從遠處縱馬來到他的身邊，氣喘吁吁顯然有急事向他稟報。

李沉舟走到一旁，副將低聲道：「都督，剛剛收到大康國內的消息，大康太師文承煥因貪贓枉法虧空國庫而下獄，此事牽連不小。」

李沉舟聞言內心不由得一沉，文承煥乃是他的生父，他一直以為父親在大康穩坐釣魚台，卻不曾想他突然就出事了，心中的擔憂難以形容，抬起頭向長公主府的方向看了一眼，然後毅然轉身回府，薛靈君的事情就算再重要也比不上父親的生死更加重要。

其實李沉舟在府外徘徊之時，薛靈君始終都在小樓之上看著他，眼睜睜看著李沉舟的身影消失在秋雨之中，她不由得歎了口氣，身後響起一個深沉的聲音道：「長公主為何不見大都督？」

說話的人卻是大雍太師項立忍。

就連薛靈君自己也沒有料到項立忍會在這個時候前來拜訪自己，項立忍這個人一直都是個中立派，明哲保身，兩邊都不得罪，深諳為官之道。今天登門有些突然，打著想請薛靈君為女兒項沫兒做媒的旗號。

李沉舟前來的時候項立忍就在場，他也沒有告退的意思，以他的為官做人自然清楚什麼時候應當選擇迴避，之所以繼續留下明顯是存心故意。

薛靈君面露不悅之色：「本宮的事情，項太師就不必操心了吧。」

項立忍微微一笑道：「是老夫冒昧了，老夫也該告退了。」

「不送！」

項立忍嘴上說著告退，可腳步卻沒有移動的意思，似乎想起了什麼：「對了，長公主有沒有聽說大康太師文承煥下獄的消息？」

薛靈君心中一怔，這件事她尚未聽說過，她和文承煥有過數面之緣，對此人的印象還算不錯。於是問道：「他犯了什麼罪？」

項立忍故意道：「聽說是貪贓枉法，具體的狀況也不甚清楚，不過現在到處都在傳言，文承煥可能是靖國公李玄感的二兒子，當年因為犯了法，所以畏罪潛逃，逃到了大康背叛故國成為大康臣子。」

薛靈君美眸圓睜，文承煥是李玄感的兒子？豈不就是和李沉舟有關？她忽然想起李沉舟委託自己送給文承煥的那幅《菩薩蠻》，此事必有玄機。

項立忍道：「聽說長公主殿下前往大康的時候，還送給了他一幅當年靖國公親筆手書的《菩薩蠻》，不知有沒有這回事？」

薛靈君出於本能，用力搖了搖頭道：「是誰胡說八道，絕對沒有這件事。」

項立忍微笑道：「沒有最好，現在皇上也很關注這件事，長公主殿下素能明辨是非，和有些事，有些人劃清關係自然最好不過。」

薛靈君冷冷道：「項太師是在威脅本宮嗎？」

「不敢不敢，只是真心奉勸，畢竟眾口鑠金，長公主殿下也應該知道皇上對皇家的清譽看重得很。」

薛靈君當然明白他是在影射什麼，目光一凜，本想發作，可話到唇邊，卻又打消了主意。她強壓住怒火道：「依太師之見，這件事應當如何處理？」

項立忍道：「老臣的那點見解又豈能入得長公主殿下的法眼，其實謠言止於智者，本來不相干的事情又何必關注，您說是不是？」

薛靈君不屑道：「同為太師，文承煥若是有你一半懂得為官之道，也不會落到如今這個下場。」

項立忍呵呵笑道：「長公主殿下實在是抬舉我了，老夫汗顏啊。」

薛道銘將李沉舟召到了宮中，外面的傳言很多，李沉舟內心異常忐忑，不禁為父親的生死憂心，又擔心這場火會被借勢燒到自己的身上。他本以為薛道銘傳召自已過來就是為了這件事，卻想不到薛道銘真正的議題是北疆戰事，看起來發生在大康國內的這件事並未引起他太多的關注。

薛道銘道：「朕傳召李愛卿入宮乃是為了北疆的軍情。」

李沉舟聽他沒說文承煥的事情，心中稍安，恭敬道：「北疆已經進入冬歇，至少在三個月內不會再動兵戈。」

薛道銘歎了口氣道：「朕擔心的乃是尉遲冲啊，朕召他回京休養，準備嘉獎於他，可是尉遲冲卻屢次三番拒絕朕的好意。」

李沉舟道：「或許是北疆危機尚未去除，他不敢擅自離開。」

薛道銘道：「擁兵自重看不起朕才是真的。」

李沉舟難得為尉遲冲說起了好話：「陛下，我看應當不是如此。尉遲冲駐守北疆抵抗黑胡立下汗馬之功，陛下對他還需寬容一些。」

薛道銘歎了口氣道：「朕也知道他的功勞，只是他自恃功高，已經不把朕放在眼裡了，朕體諒他的難處，可他根本沒有體諒朕的難處。」他將一封加急公函遞給李沉舟道：「你看，他派人來索要糧草，朕為了籌措這批糧草已經竭盡全力，這兩年大雍連年災荒，朕籌措這些糧草已屬不易，可是他卻頗多怨言。」

李沉舟道：「尉遲冲身在北疆，對這邊的情況並不清楚。」

薛道銘道：「朕有意親自前往北疆，不知愛卿意下如何？」

李沉舟聞言內心驚喜不已，薛道銘去北疆對自己而言卻是一個大好機會。無論薛道銘動機是什麼，他離開雍都的這段時間自己都可以從容佈局，雖然現在父親事情的影響尚未波及到自己，可天下沒有不透風的牆，或許用不了太久這個秘密就會暴露，自己必須要採取行動。薛道銘前往北疆或許是上天給自己的最好機會，想要救自己的父親，除非自己成為大雍真正的王者，以一國之君的身分向大康施壓，或許還能夠有營救父親的機會。

李沉舟雖然心中巴不得薛道銘現在就走，可嘴上卻道：「即將進入嚴冬，此去北疆路途迢迢，必然非常的辛苦，陛下還需保重龍體。」

薛道銘佯怒道：「你這話什麼意思？將士們在北疆浴血征戰，連性命都可以不要，朕冒那麼點嚴寒算什麼？真是笑話！你不必說了，朕意已決。」

李沉舟心中暗想，你愛去不去，最好一去不返，最好死在北疆。

孤鷹堡乃是黑胡北方的一座城鎮，黑胡大部分居於苦寒之地，地廣人稀，孤鷹堡周圍百餘里都不見人家，這裡每年十月就開始下雪，當地除了少數牧民之外，大都是一些佛教信眾，即便是天寒地凍，仍然會有不少胡人從四面八方頂著嚴寒風雪而來，為的就是前往梵音寺參拜祈福。

胡小天從北疆乘著飛梟飛來這裡，飛梟的飛行速度雖然很快，仍然花去了三天時間，當然胡小天距離和劉玉章約定的時間還早，所以並未日夜兼程趕路，而是白天飛行，晚上休息。

飛梟發出一聲沉悶的低吼，胡小天睜開雙目，俯瞰下方，看到了下方白皚皚雪原上宛如棋盤大小的孤鷹堡，孤鷹堡的東南是梵音山，黑胡的鎮國古寺梵音寺就位於這座山上，孤鷹堡和梵音寺一個在山下一個在山上，彼此相互依靠，已經共生了數百年。

胡小天撫摸了一下飛梟頸部的羽毛，然後輕輕拍了拍示意牠向下降落，想要低調進入孤鷹堡，就要暫時和牠分別了，不過還好他們不會分離太遠，飛梟會尋找一個適合隱藏的地方休息，等候下一次主人對牠的召喚。

和飛梟分別之後，胡小天在雪地中跋涉了半個時辰方才抵達了孤鷹堡，根據此前得到的孤鷹堡的地圖，他並沒花費太大的功夫就找到了黃沙客棧，這不起眼的客棧位於孤鷹堡的西南角，門口甚至連個招牌都沒有，只有一串紅燈籠作為標誌。

從門前車馬的狀況來看，這裡應該沒什麼客人，胡小天進入院子，看到大堂房門緊閉，穿過院落，推開大門，大步走了進去，揚聲道：「掌櫃的，來客人了！」

正蹲在牆角火爐邊烤火的年輕男子轉過身來，露出一臉驚喜，他正是夏長明，本來這次胡小天並未要求他一起過來，畢竟他重傷初癒，可是夏長明堅持要陪同胡小天一起，在他的再三請求之下，胡小天答應讓他和熊天霸一起過來，他們本來是從東梁郡一起出發，可是胡小天因為中途在北疆耽擱了幾天，就讓他們直接過來。

夏長明忙著招呼胡小天來到火爐前坐下：「主公快請坐，這兩日氣溫驟降，外面實在是太冷了，您這一路過來想必吃了不少的苦吧？」

胡小天哈哈大笑：「還不是一樣，熊孩子呢？」

夏長明道：「他去採買了，聽人說明天可能有暴風雪，所以要多儲備一些食物，若是不巧大雪封門，總不能餓著肚子在這裡傻待著。」

胡小天點了點頭，算起來和劉玉章約定的時間還有三天，剛好可以利用這三天搞清楚周圍的狀況。他不由得想到了姬飛花，姬飛花也應該快到了，兩人自從康都一別也有三個月了，三個月的時間自己非但沒有將姬飛花淡忘，她的身影在自己心中反倒變得越發清晰了。

外面響起牛羊的叫聲，夏長明笑道：「一定是熊孩子回來了……」話未說完，熊天霸已經撞開了大門，這廝穿著羊皮襖，帶著貂皮帽，活脫脫一個胡人模樣，一進門就嚷嚷道：「老夏，你看我買了多少東西……」目光落在胡小天的身上，呵呵傻笑起來了：「三叔！我就說嘛，我就說你也該來了！」

胡小天起身走向熊天霸，在他肩頭捶了一拳，然後握住他的肩膀，讚道：「臭小子又結實了。」

「每天牛羊肉吃著，馬奶酒喝著，想不胖都不行。」三人同時笑了起來。

夏長明這才帶胡小天看了為他準備的房間，還有特地為他準備的當地服飾，胡小天換上裘皮大氅，戴上貂皮帽子，雖然這邊不會有多少人認識他，可畢竟還是要多個心眼兒，利用改頭換面改變了一下容貌，他對改頭換面已經運用得爐火純青，居然把自己變成了一個高鼻深目的胡人。

熊天霸對他的這手功夫佩服得五體投地，胡小天也沒有藏私，見他喜歡，就教給了他，至於能夠領悟多少，何時練成，要看他自己的悟性了。

吃完午飯，胡小天由夏長明陪同來到鎮上閒逛，孤鷹堡很小，四四方方，橫豎也就是二里地，當地人也不多，小鎮之上旅館眾多，大都是因為絡繹不絕的信眾應運而生。

夏長明告訴胡小天現在信眾已經少了許多，是一年之中孤鷹堡最冷清的時候，小鎮之上的原住民和信眾加起來也不超過一千人。兩人經行之處，不時見到虔誠祈禱的信徒，正朝著梵音寺的方向匍匐叩拜而行。

夏長明歎了口氣道：「有許多人好不容易來到了這裡，可是這兩天天氣轉冷，雖然看到了梵音寺，可是沒等走近就已經凍死了。」

胡小天道：「信仰的力量！」他的目光投向遠方的梵音山，看到梵音山上金光燦爛，輕聲道：「那閃閃發光的是什麼？」

「金頂大殿，梵音寺最莊嚴最神秘的地方。」

第二章

夜探佛心樓

姬飛花啟動翼甲，帶著胡小天射向漫天飛雪的夜空，
雙翼在上升的過程中緩緩展開，
胡小天想起從來都是自己抱著別人，
想不到這次居然被姬飛花給反抱了，心中暗暗好笑，
不過既然如此也只能安心做她懷抱中的一隻羔羊。

胡小天點了點頭，遠處一隻馬隊向他們的位置而來，馬隊全都由身穿褐色皮甲的武士組成，看起來首領的身分非富即貴，胡小天和夏長明兩人悄然退到一旁，道路之上匍匐跪拜的信徒多半起身躲避，可仍然有一人趴在那裡一動不動，對身後馬隊的到來渾然不覺。

馬隊行進的速度不減，胡小天看在眼裡心中不由得為那名信徒擔心，如果馬隊繼續行進豈不是要將那名信徒踏成肉泥？他向領隊的武士望去，卻見那武士面目陰冷，顯然已經看到了地上的那名信徒，卻並沒有停止行進的意思。

眼看馬隊就要從信徒身上踏過，人群中青影一閃，卻是一名身穿粗布僧袍的老僧攔住了馬隊的去路，他口宣佛號：「阿彌陀佛！善哉善哉！」

胡小天看到那老僧之時心中頓時驚喜萬分，原來那老僧竟然是天龍寺的高僧緣木大師。

為首黑胡武士冷冷望著眼前的老僧，黑胡人信奉佛教，可是他們所信的佛教跟中原佛教不同，所以看到緣木大師第一反應並不是特別的尊重。他又不懂中原語言，衝著緣木嘰哩咕嚕地說了一通，緣木也聽不懂他的話，一轉身來到那名匍匐在地的信徒身邊，將他從地上抱了起來，原來那信徒並非是不想起來，而是已經被凍得昏了過去。

那名黑胡武士看到緣木這乾瘦的小老頭居然毫不費力地抱起了地上的大漢，心中也是頗為奇怪，他咬了咬牙，猛然催馬衝了上去，揚起手中馬鞭照著緣木的後背狠狠抽了過去。

胡小天雖然暗罵這黑胡武士無禮，可是他也沒有出手相助的意思，緣木何等武功，這黑胡武士有眼無珠，十有八九要吃大虧。

果不其然，緣木還未動手，人群中又有一人衝了出來，一把就將黑胡武士的馬鞭抓住，手臂一抖，黑胡武士偌大的身軀已經被他從馬上拖了下去，此人穿著黃色僧袍，乃是一個番僧，光頭虬鬚，高鼻深目，一雙深藍色的眼睛寒光凜凜，絲毫沒有佛門弟子的平和，黑胡武士摔倒在他的腳下，這番僧抬腳就踹在黑胡武士的臉上，這一腳將黑胡武士踹了個滿臉開花。

這下可捅了馬蜂窩，那群黑胡武士全都抽出腰間彎刀圍攏上來，虬鬚番僧哈哈大笑，擼起長袖，露出兩條精鋼一般的臂膀，顯然要給這幫沒眼的傢伙一頓教訓。

眼看一場大戰就要爆發之時，後方傳來一聲銀鈴般的怒斥聲，一位身穿白色貂裘的少年公子騎著白馬從後方趕了上來，揚起馬鞭照著那群黑胡武士就是一頓狠抽，胡小天看得真切，這白衣少年公子竟然是黑胡公主西瑪，當真是人生何處不相逢，想不到來到這萬里之遙的黑胡腹地竟然也跟她有緣相見。胡小天的欣喜在於西瑪乃是黑胡方面極其脆弱的一個環節，說不定對自己還會有些用處。

西瑪向虬鬚番僧行禮致歉，那虬鬚番僧笑了笑，嘰哩咕嚕說了幾句轉身去了。

胡小天和夏長明就在人群中觀望著，等到西瑪的馬隊離去，胡小天向夏長明使了個眼色，夏長明馬上會意，跟蹤馬隊看看他們究竟在何處落腳。

胡小天則找到了緣木，緣木大師將那昏倒過去的信徒帶到避風處，虬鬚番僧找人化來了一碗熱湯，緣木大師在信徒身上推拿了幾下，幫他甦醒之後，又給他灌下幾口熱湯，那信徒漸漸緩過神來，臉上也終於有了些血色，虬鬚僧人跟他嘰哩咕嚕地對了幾句話。信徒爬起來向緣木跪拜，緣木趕緊將他拉了起來。

胡小天遠遠看著，推斷出那虬鬚番僧應該是緣木大師特地聘請的通譯了。

緣木大師似乎有所感應，抬起頭朝著胡小天的方向望去，卻見遠方一個陌生男子笑瞇瞇望著自己，這笑容透著幾分熟悉的意味，緣木大師修為精深，洞悉世情，幾乎第一時間就猜到這男子是誰，其實這和胡小天想要主動暴露自己的身分有關，如果不想讓緣木認出，他才不會展露出這招牌笑容。

緣木向那虬鬚番僧說了幾句，然後起身向胡小天走了過去，胡小天迎向緣木恭敬道：「大師別來無恙。」

緣木淡然笑道：「施主千變萬化，真是讓人嘆服。」

「萬變不離其宗，孫悟空也是千變萬化終究還是跳不出佛祖的掌心。」

緣木微微一怔，他顯然不知道孫悟空大戰如來佛的故事。

胡小天認定緣木是姬飛花請來助拳的，緣木既然來了，姬飛花定然就在不遠處。他笑道：「大師一個人來的？」

緣木轉身向那虬鬚番僧看了一眼道：「那位高僧乃是貧僧多年的老友象印大師，回頭我為你引見。」

「好啊好啊！」胡小天心中暗歎老和尚滑頭，明明知道自己問的是誰，可故意顧而言其他。

緣木道：「貧僧剛剛才到這裡，還未找到歇腳的地方呢。」

胡小天道：「既然如此，不如去我那邊。」

緣木也不跟他客氣：「那就叨擾了。」他問明胡小天的住處，也不急著過去，讓胡小天先走，待會兒他和象印就過去。

夏長明跟蹤了一圈回來和胡小天會合，原來西瑪這次是專門護送黑胡幾位高僧的佛骨回寺的，胡小天心中暗忖，當時玄天雷爆炸，包括卜布瑪在內的黑胡四大高手全都被炸得灰飛湮滅，又哪來的佛骨？

夏長明對此也沒搞清楚，西瑪一行今天在孤鷹堡佛心樓居住，暫時沒有進入梵音寺的打算。

他們回到黃沙客棧，熊天霸正在煮肉，這貨天生就不是幹廚子的料，弄得廚房內煙薰火燎，被熏得淚流不止，臉上滿是爐灰，淚水一沖變成了大花臉，滑稽之極，夏長明趕緊接手他的工作。

熊天霸一邊咳嗽一邊來到了大堂，嘟囔道：「這鳥不拉屎的地方根本沒什麼生意好做，我們接手的這幾天一個客人都沒有……」正說著話呢，兩個老和尚敲門走了進來。

胡小天笑瞇瞇起身相迎，熊天霸摸了摸後腦勺暗叫邪乎。

剛巧此時夏長明端著一大盤熱騰騰的手抓羊肉從廚房內走了出來，看到大堂內多了兩個和尚，暗叫冒犯。

卻想不到象印大師看到那盤羊肉雙目生光，指了指羊肉指了指嘴巴。

緣木歎了口氣道：「你這六根不淨的傢伙仍然是那麼嘴饞，他們也不是外人，聽得懂漢話。」

象印大師哈哈大笑道：「娘的，憋死我了，這羊肉真他娘的香！」

熊天霸和夏長明同時張大了嘴巴，象印大師宛如一陣狂風般來到夏長明面前，一副垂涎欲滴的樣子。胡小天笑道：「大師只管慢用，不必客氣。」

象印就等著他招呼，一把從托盤中抓起了一條羊腿，渾然不怕燙手，張口就咬了一大塊肉大嚼了起來，一邊吃一邊嘟囔著：「香，真他娘的香，有肉無酒好像缺了點什麼，小子們，有酒沒有？」

熊天霸點了點頭，拿了馬奶酒過來，象印搖了搖頭道：「喝不慣那腥臊氣，可聊勝於無。」一把抓住酒囊，仰首就灌。

胡小天來到緣木身邊，微笑道：「大師是否也用一些？」

緣木搖了搖頭，從袖中拿了塊乾巴巴的炊餅：「貧僧吃這個就行。」

象印大師有些不屑地瞥了他一眼道：「虛偽，你又不是沒吃過！」

緣木被他說得頗為尷尬，胡小天三人卻是忍俊不禁。

象印大師顯然要比緣木有趣得多，一會兒功夫就和胡小天三人打得火熱，跟熊天霸更是推杯換盞，稱兄道弟。緣木對這位老友的作為也是見怪不怪，哭笑不得地搖了搖頭，一個人來到火爐邊坐下，默默烤他的炊餅。

胡小天拿了一個新鮮出爐的烤餅遞給他，緣木微笑致謝。

胡小天道：「酒肉穿腸過，佛祖心中留，其實真正心中有佛，就不會介意這些細節了。」

緣木道：「各有各的造化，貧僧是做不到象印的境界了。」他吃了一口烤餅，點了點頭，顯然對烤餅的味道頗為滿意，低聲道：「剛才的那支馬隊是護送黑胡公主的。」

胡小天點了點頭道：「我已經查清了這件事。」

緣木道：「聽說他們住在佛心樓。」

胡小天道：「大師的消息也是同樣靈通。」

緣木道：「有人讓我幫忙通知你一聲，今天午夜邀你一起去那邊看看。」

胡小天聞言，心中又驚又喜，緣木大師口中這個邀請自己夜探佛心樓的人一定是姬飛花無疑，她果然來到了孤鷹堡，還是過去的做派，獨來獨往，神出鬼沒，可無論怎樣，胡小天心中就是那麼喜歡。

剛剛入夜，天空就下起了鵝毛大雪，外面北風呼嘯，室內卻是溫暖如春，這樣的天氣，除了胡小天這個有約在身的傢伙沒有人會主動出去受凍，胡小天佳人有約，別說是下雪，就算是下刀子他也依然會勇往直前，一諾千金！男人對心愛的女人就該是這個調調。

什麼寒風凜冽，什麼鵝毛大雪，這都不算事兒，胡小天很快就來到了佛心樓，以他對姬飛花的瞭解，她應該不會太早出場，可今晚卻有些出乎意料，胡小天抵達的時候，看到佛心樓之上立著一個身影，雖然風雪滿天，可是胡小天仍然從那卓爾不群的輪廓中認出那就是姬飛花。

姬飛花的身影永遠透著一種說不出的孤獨，站在佛心樓的頂端，彷彿天地間只剩下她一個。

胡小天先俯視了一下佛心樓周圍的動靜，這才騰空飛掠，宛如一片落葉一般輕輕落在姬飛花身邊，微笑道：「讓你久等了。」

姬飛花淡然一笑：「你並未來遲啊！」她指了指佛心樓亮著燈的窗口道：「那公主還未睡呢。」

胡小天笑道：「她睡不睡不關我事，我是來見你的。」

姬飛花道：「咱們不妨去看看。」說話間身軀已經翩然而起，隨著雪花輕舞飛揚，悠悠蕩蕩落在佛心樓的牆壁之上，佛心樓和中原的建築大不相同，下寬上窄，看上去如同金字塔一般，四周牆壁都是傾斜的角度，姬飛花沿著牆壁遊走，沒有發出丁點的聲息，胡小天心中暗歎，每次見到她總會感覺她的武功又有所精進，看來姬飛花從那顆頭骨中領悟了不少的玄妙絕學。他自然不甘落後，也以壁虎遊牆術靠近亮燈的窗口。

雖然窗口亮著燈，可是卻看不到裡面的情況，胡小天學著姬飛花將耳朵貼在牆壁上聽去，他們全都耳力超強，裡面說話的聲音聽得清清楚楚，胡小天就算聽清楚也不知道他們在說什麼，他又不懂胡話，聽了一會兒，姬飛花率先飛掠而上，重新來到佛心樓之上，胡小天也一頭霧水地跟了上去，愕然道：「都說些什麼？」

姬飛花淡淡一笑：「說你。」

「說我？」胡小天滿臉錯愕。

姬飛花笑道：「這位公主喜歡上你了。」

胡小天笑得有些尷尬，心中卻不免有些得意，自己這魅力還真是不簡單，才見了幾面，就把黑胡公主的魂給勾住了。

姬飛花道：「回去再說。」

胡小天點了點頭：「你住在哪裡？」

姬飛花道：「去你那裡好不好？」

這正合胡小天的心意，樂得連連點頭，若是能跟姬飛花共處一室，說不定自己就有機會。

姬飛花卻道：「還是算了，人多眼雜，連話都不能好好說，還是……」冷不防她將胡小天抱了起來，胡小天全無防備，其實就算他有所防備也不會做出反抗，他對姬飛花深信不疑，相信她決不會害自己，姬飛花啟動翼甲，帶著胡小天倏然射向漫天飛雪的夜空，雙翼在上升的過程中緩緩展開，胡小天贈給她的這套翼甲可是起到了相當的作用，胡小天想起從來都是自己抱著別人，想不到這次居然被姬飛花給反抱了，心中暗暗好笑，不過既然如此也只能安心做她懷抱中的一隻羔羊，這廝豈肯放過這大好的機會，雙手環圍住姬飛花的纖腰，腦袋一低直接就貼在了姬飛花的胸膛上，雖然什麼感覺都沒有，可架不住這廝自己想像。

正在陶醉之時，卻感覺到姬飛花帶著他從高空之中直墜而下，胡小天嚇得打了個激靈，還以為是翼甲失靈，下墜了一段距離，姬飛花再度盤旋攀升，她何等聰明自然知道胡小天在趁機揩油，風雪中輕聲嗔道：「下次就不會有那麼幸運。」

胡小天笑道：「我才不怕，跟你死在一起，沒什麼好怕！」

「好！那就一起死！」姬飛花帶著他直墜而下，上次是自由落體，這次就是加速俯衝，胡小天說不怕，可心底卻是真不想死，雙手抱緊了姬飛花：「嗳……啊……能活著還是活著……」

距離地面還有五丈左右，兩人下墜的勢頭突然停滯，姬飛花一把將他丟了出去，胡小天故意做出失去平衡，一屁股坐在雪地上，真正用意卻是博美人一笑。

姬飛花看到他狼狽的樣子不禁莞爾，緩緩落在雪地之上收起雙翼。

胡小天望著雪中的姬飛花，英姿颯爽高貴不凡，越看心中越愛，恨不能這就將她撲倒在雪地上痛吻一番，可是心中雖有想法卻不敢實行，天下間能讓他從心底敬畏的女人只有眼前這一位了。

姬飛花指了指前方，胡小天轉身望去，這才發現身後不遠處的雪丘下居然有個洞口，想來這就是姬飛花的安身之處。

姬飛花已經率先走了過去，胡小天跟著走入雪洞之時，姬飛花已經點燃了篝火，雪洞雖然不大，可是足以容納兩人安身，外面風雪肆虐，雪洞內卻溫暖如春。

兩人在篝火前坐下，胡小天看到眼前簡陋的情景，想起姬飛花這些年一直都是這樣孤零零一個人，心中忽然生出一股難言的酸楚，他靜靜望著姬飛花，雖然沒有說話，可是他的目光已經說明了一切。

姬飛花輕聲道：「你第一次見到我嗎？」

胡小天道：「不知為何，總是有新鮮感！」

姬飛花呵呵笑了起來，她長身而起，俯視胡小天道：「小胡子，你還記得第一次見到我的情景嗎？」

胡小天點了點頭道：「記得，膽戰心驚，不敢直視！」

「我就那麼可怕？」

胡小天道：「那時候是！」

「現在為何不怕了？」

胡小天道：「因為心中有愛！」說這話的時候，他自己都不敢正眼看姬飛花，彷彿他才是一個羞澀的小姑娘，正在向心儀的男子表達愛意。

姬飛花道：「你啊你，始終都是見一個愛一個，小胡子，知不知道今晚西瑪說了什麼？」

胡小天意識到姬飛花避重就輕，巧妙地已經將自己的表白給糊弄了過去，他張口想把話題扯回來。

姬飛花道：「黑胡可汗完顏陸熙生了重病，他已經將汗位傳給了三兒子完顏烈祖，完顏烈祖繼承汗位之後所做的第一件事就是和沙迦和親，做主將西瑪許配給了沙迦十二王子霍格。」

胡小天愕然道：「黑胡和沙迦不是素不來往嗎？為何他們會選擇和親？那霍格已經有老婆了，西川李天衡的女兒李莫愁啊！」

姬飛花道：「李天衡死了，李家在西川失勢，李莫愁在沙迦自然沒有了價值，別說是霍格的正妻，能夠活著已經是非常不容易的事情了。」

胡小天心中暗歎，想不到李天衡的兒女命運如此悲慘，他沉吟片刻道：「黑胡和沙迦人一直以來最大的矛盾在於域藍國，估計他們是想合力拿下域藍國，打開中原西北的突破口，為以後共用中原江山奠定基礎。」

姬飛花點了點頭道：「應該如此。」

胡小天劍眉緊鎖，他來北疆之前余天星就已經向他稟報了攻打域藍國的詳細計畫，若是沙迦和黑胡當真和親成功，對自己而言肯定不是好事。

姬飛花道：「西瑪這次過來真正的目的卻是面見活佛接受祝福，她心中極不情願嫁入沙迦，認為她的三王兄毀掉了她的幸福，她心中真正想念的那個人是你。」

胡小天苦笑道：「你該不是想為我做媒吧？還是想勸我去救她於水火之中？」

姬飛花道：「梵音寺高手如雲，這還在其次，梵音寺真正的領袖人物還是活佛迦羅，此人神出鬼沒，我們就算能夠闖入梵音寺也未必能夠順利見到此人，可是西瑪能！」

胡小天瞪大了眼睛，他已經明白了姬飛花的意思：「你是說要讓我犧牲色相，誘惑西瑪，由她為我引路，找到活佛迦羅？」

姬飛花道：「我只是提個建議，具體怎麼辦還要看你自己，不過這樣一來，恐怕黑胡公主就得跟著你，不過你也沒什麼損失，又多了一位美人兒當老婆。」

胡小天憤憤然道：「姬飛花，你當我是那麼隨便的人？」

姬飛花卻絲毫沒有被他激動的情緒影響到，淡淡然道：「於公於私不失為一個絕佳的選擇！」

胡小天歎了口氣，雙手捂住腦袋蹲了下去：「我千里迢迢跑到這漠北苦寒之地，可不是為了出賣色相的。」

「救人一命勝造七級浮屠，即便是犧牲一下色相又有何妨？」姬飛花居然這樣勸起了胡小天。

胡小天反問道：「若是我有難呢？你救不救我？」這次他直視姬飛花的眼眸，姬飛花平靜的目光竟然因為他的注視而泛起漣漪，可是她並沒有半點的猶豫，輕聲道：「救！」

胡小天向前走了一步，正準備厚顏無恥地說出我讓你這就救我的話，卻聽到雪洞外傳來一個尖細的聲音道：「兩位小友，別來無恙？」

胡小天有些詫異地望向姬飛花，這個地方如此隱秘，如果不是事先約定，別人根本不會找到這裡來。

姬飛花淡然笑道：「我和劉公公已經見過面了。」

胡小天心中暗歎，搞了半天自己卻是來到孤鷹堡最晚的一個。他咳嗽了一聲道：「劉公公快請進，千萬別凍著了。」

劉玉章佝僂著瘦小的身軀走入雪洞之中，他抖落了身上的落雪，然後解開裘皮大氅，揚起一雙雪白的眉毛，笑顏逐開，向兩人抱拳道：「雪夜遇故人，值得喝上兩杯！」

胡小天道：「可惜這裡沒酒。」

劉玉章道：「咱家這裡有！」他從腰間解下一個精美的雕花葫蘆，裡面裝著九陽春。首先遞給了姬飛花，姬飛花也沒有拒絕，接過之後，拔開木塞，仰首倒了一道酒線落入口內，然後遞給了胡小天。

胡小天灌了一口，感覺暖烘烘的無比受用，有些奇怪地望著他們兩個，此一時彼一時，想不到昔日在皇宮之中勢同水火的兩人，居然也能夠坐在一起。

劉玉章頗有些反客為主的味道，最後接過酒壺飲了一口，然後道：「咱們坐下說話。」

三人重新圍著篝火坐下，劉玉章道：「咱家早來了幾日，為的是將這裡周邊的狀況打探清楚，前日夜探梵音寺剛巧遇到了都督。」雖然他和姬飛花早已離開了大康皇宮，兩人都是被公眾宣告死亡的人物，不過仍然習慣於用過去的稱呼。

胡小天道：「看來你們都已經策劃好了。」

劉玉章道：「現在已經可以斷定，那兩顆頭骨已經被送到了梵音寺，至於頭骨的下落只有活佛迦羅知曉，所以想要奪回頭骨，關鍵就是控制住迦羅。」

胡小天道：「憑著咱們幾個，就算踏平梵音寺也算不上什麼難事。」

劉玉章嘿嘿笑道：「以我們現在的實力自然算不上難事，但是我們如果硬闖進去，活佛迦羅察覺到事態不對，肯定會躲起來，這梵音寺內部構造複雜，咱家雖然得到了地圖，可是還有一部分缺失，恰恰是最重要的金頂大殿。」他停頓了一下，笑瞇瞇望著胡小天道：「皇天不負有心人，看來這次連上天都來幫我們，剛好黑胡公主前來面見活佛接受賜福，對我們來說這可是個絕佳的機會。」

姬飛花和劉玉章的目光同時望著胡小天，胡小天明白，這兩人想到了一處，都是想自己出賣色相搞定西瑪，果然都是心機深沉不擇手段的梟雄人物。

姬飛花道：「當然最好能說服西瑪公主站在咱們一邊，如果不成，也只剩下硬闖梵音寺這條路了。」

胡小天道：「就算我能夠混入梵音寺，可是也未必有機會接近活佛迦羅。」

劉玉章道：「西瑪公主身邊有一位女祭司雅素，她專程陪同西瑪而來，按照過去的規矩，這位女祭司會全程陪同西瑪，甚至包括面見活佛。」

胡小天愕然道：「你們讓我扮成那個女祭司？」

劉玉章呵呵笑道：「你雖然易容功夫高明，可是畢竟很多地方會留下痕跡，想要蒙混過關，就必須由一個真正的女人來扮。」他細長的雙目意味深長地看了姬飛花一眼。

胡小天已經明白了兩人的意思，是讓自己說服西瑪，由姬飛花和自己裝扮成她的隨從混入梵音寺，這麼短的時間內還真是有些難度。怪不得姬飛花說要讓自己犧牲色相，看來想要西瑪死心塌地的幫自己做事，也只剩下這個辦法了。

翌日清晨，大雪仍然在沒完沒了的下，孤鷹堡的建築全都被白雪覆蓋，銀裝素裹，純然一色。西瑪一夜未眠，清晨起來，趴在窗前，望著外面飄飄灑灑的大雪，此時一隻漆黑如墨的鳥兒落在窗台之上，抖去身上的幾朵雪花，黑漆漆的一雙小圓眼和西瑪對視著。

西瑪望著鳥兒不禁歎了口氣，心中暗忖，可惜自己沒有鳥兒的雙翼，不然自己一定飛出牢籠，遠遠離開這個地方，眼前又浮現出胡小天英俊不凡的面孔，她搖了搖頭，竭力將胡小天的影子從腦海中驅趕出去，無意中卻看到那鳥兒嘴喙上叼著一支小竹筒，那鳥兒將竹筒放在窗台之上，然後用嘴喙碰了碰窗戶，振翅飛去。

西瑪心中暗自驚奇，看了看身後又看了看外面，確信無人關注到這件事，這才將窗戶打開，迅速將竹筒拿進來，竹筒只有小拇指般粗細，擰開之後，裡面藏著一張紙條兒，西瑪將之展開，卻見上面寫著：「今晚亥時，我來見你。」言簡意賅，落款是胡小天。

西瑪看到這三個字的時候，內心中不由得突突狂跳起來，她幾乎不能相信自己的眼睛，首先想到的是這十有八九只是一場惡作劇。可是誰又會專門弄這種惡作劇來欺騙自己？胡小天？他不是在東梁郡？又怎麼可能來到萬里之外的孤鷹堡？

這一封信攪亂西瑪平靜心湖，卻不知胡小天也因此而糾結不已，讓夏長明派出黑吻雀送信之後，這廝長吁短歎道：「長明，利用這種手段對付一位小姑娘，是不是不道德？」

夏長明居然點了點頭。

胡小天認為夏長明是老實人，既然他點頭，證明這樣的行為註定是不道德了，長歎了一口氣道：「連我都看不起自己。」

夏長明道：「可凡事都有兩面，按照常理而論，主公的做法的確有不道德之嫌，可若是主公不這麼做，西瑪公主會怎樣？」

胡小天直愣愣望著他，不知夏長明要說出怎樣一番高論。

夏長明道：「西瑪公主接受完活佛的祝福就會被她的王兄送往沙迦，嫁給一個她根本不喜歡的男人，主公以為你和霍格之間她究竟更喜歡誰？」

胡小天道：「這還用問？」心想老子甩霍格十條街都不止。

夏長明道：「既然如此主公何必糾結？只要您能給西瑪公主一世幸福，又何必介意手段和目的？更何況您此舉乃是為了拯救天下蒼生，雖然抱有機心和目的，可是也只有這樣做可以分化黑胡和沙迦的聯盟，整件事看來，若說犧牲最大的還是主公。」他停頓了一下又道：「主公對西瑪公主怎麼看？」

胡小天道：「什麼意思？」

「您喜不喜歡她？」

胡小天道：「談不上多喜歡，可也不討厭。」

夏長明道：「主公對她有沒有一點點的慾望。」

胡小天居然臉皮有些發熱，白了夏長明一眼道：「你不要問得那麼直白嘛！」

夏長明道：「主公照實說就是，如果西瑪肯主動投懷送抱，您會不會打心底拒絕，還是會選擇逢場作戲？」

胡小天歎了口氣道：「你這麼一說，我心裡似乎有點明白了。」

夏長明道：「明白了？」

胡小天點了點頭道：「你跟小柔是不是木已成舟了？」

夏長明滿臉通紅，尷尬道：「主公，我非她不娶！」

胡小天哈哈大笑：「我一直以為你是個老實人，看來也並非如此，哈哈……」

其實胡小天內心深處已經不再拒絕上演這齣美男計，他的顧忌在於姬飛花怎麼看他，本來這次的漠北之行，憋住勁兒準備贏取姬飛花的芳心，可突然上演了這麼一齣，這讓自己情何以堪，又該如何去面對姬飛花？雖然他頂著為國泡妞這個冠冕堂皇的藉口，想起姬飛花淡漠的雙眸，胡小天的內心又開始變得不淡定了。

胡小天心中暗歎，此時聽到夏長明欣喜道：「黑吻雀回來了，牠已經圓滿完成了任務，主公，接下來全看你的了。主公還是好好休息，準備晚上的事情吧。」

胡小天極其不滿地看了他一眼：「都當我什麼？種馬嗎？」

給西瑪事先送去紙條的目的是為了支開其他人，當然還有一個用意就是要讓西瑪開窗，胡小天當然不會選擇大搖大擺從正門進入，他這個樣子若是從正門進入，勢必會招來黑胡武士群起而攻之。

夜深人靜這廝再度來到佛心樓，輕車熟路地來到西瑪房間的窗外，看到房間裡面滅著燈，心中不由得有些失望，看來西瑪這小妞要給自己一個閉門羹，如果她不給自己機會，那麼這個計畫豈不是全盤落空，自己這樣灰溜溜回去，又將如何面對那些同伴，自詡魅力超群，這次要現原形了。

迎著頭皮在窗戶上輕輕敲了一下，然後回望身後，確信沒有其他人注意到這邊的事情。

過了一會兒卻見裡面的窗簾被拉開，胡小天目力超群，黑夜之中也能夠視物，清晰看到西瑪的俏臉，西瑪站在窗前，手中握著一支弩箭瞄準了窗口。

胡小天慌忙指著自己的面孔，把臉儘量貼在窗戶上，讓她看清自己的樣子。

西瑪終於看清窗外果然是胡小天無疑，心中又是驚喜又是好奇，不知道他是如何來到這裡又找到了自己，來到窗前，打開了窗戶，胡小天隨同一陣冷風帶著風雪進入了西瑪的房間內。

剛一落地，西瑪就用弩箭指著他的胸口，壓低聲音道：「說！你來幹什麼？膽敢有半句假話，我讓你萬箭穿心！」

胡小天嘴巴一咧，笑容極其不屑，伸出手去將西瑪的弩箭推到了一邊，以傳音入密道：「小心走火！」然後來到一旁的搖椅之上大剌剌坐了下去，身軀在上面搖晃了幾下。

鏘！西瑪抽出彎刀，明晃晃的刀鋒落在胡小天的頸上：「你不怕死？」

胡小天伸手握住她的手腕，不由分說用力一拉，西瑪的嬌軀失去平衡，跌倒在他的懷中，黑暗中兩人隨同搖椅一起晃動，西瑪俏臉趴在他的胸口，將他強勁的心跳聲聽得清清楚楚，小聲道：「放開我！」

胡小天道：「我若是放開你，你豈不是要去沙迦給霍格那個老頭子當老婆？」

西瑪啐道：「干你什麼事？你才是老頭子呢。」

胡小天道：「若是知道你回來會發生這種事情，我當初就該將你留在大康。」

西瑪道：「你是我什麼人？你想留就留？」

胡小天捧住她的俏臉，雙目盯住她的明眸，聲音低沉道：「我之所以萬里迢迢過來，是因為有些話我必須當面說出來，如果我不說，只怕會成為今生的遺憾。」

西瑪咬了咬櫻唇，感覺內心就快被胡小天灼熱的目光融化了。

胡小天心中暗自內疚，胡小天啊胡小天，你簡直是沒人性，這種不要臉的話也能說出來。

西瑪小聲道：「有什麼話，你趕緊說，說完趕緊走，不然我叫人了！」

胡小天道：「我喜歡你，若是你願意，我可以帶著你離開這個地方，我可以照顧你一生一世。」

西瑪呆呆望著胡小天，忽然美眸中湧出晶瑩的淚水，其實她本來也沒那麼容易感動，因為她原本信任的家人如今在政治利益面前只將她當成了一個工具，所以西瑪正處於需要關愛之時，而她心中又暗戀著胡小天，胡小天此時的出現可謂是雪中送炭，再加上這廝甜言蜜語，趁虛而入的做法自然事半功倍。西瑪牢牢將胡小天抱住，泣聲道：「你知不知道，我無時無刻都在想著你……這該不是做夢吧？」

胡小天也沒想到這麼容易就把西瑪給哄住了，心中又是得意又是內疚，又是感動，得意的是今晚的任務已經完成了一大半，感動的是西瑪對自己竟然如此一往情深，內疚的是自己此次前來動機不純，他暗自下定決心，既然說出的話就得負責，這次一定要將這妮子救出火海，看來自己的後宮團又要增添一位得力幹將了。

胡小天好不容易才勸慰她止住淚水，就在此時，門外忽然傳來敲門聲。

西瑪心中一驚，慌忙從胡小天的身上爬了起來，以胡語回應道：「雅素大祭司，我已經睡了。」

外面傳來雅素的聲音道：「公主殿下，此時應該沐浴了。」按照規矩，前往梵音寺面見活佛迦羅之前，必須要齋戒沐浴，沐浴的時間也有講究，每晚午夜子時。

西瑪道：「來了！」她向胡小天做了個手勢，本意是自己拖延一陣子，胡小天好從窗口離去。卻想不到胡小天居然去牆角的櫃子裡藏了起來。

西瑪此時也已經來不及跟他說了，只能硬著頭皮去打開了房門。

雅素帶領四名少女走了進來，那四名少女手中還抬著一個精美玉質浴缸，那浴缸之中熱氣騰騰。不過連浴缸加上裡面的熱水至少要有一噸多，這四名少女竟然顯得毫不費力，可見她們也都身懷不錯的武功。胡小天從櫃門的縫隙中向外望去，這才知道原來這群人是送水讓西瑪洗澡的。他剛才之所以沒有選擇抽身離去，是因為任務尚未完成，卻想不到留下來看到了如此香豔旖旎的一幕。

雅素一眼就看出西瑪剛剛哭過，她輕聲道：「公主殿下又何必過於傷心，等到後天見到活佛，有什麼不開心的事情請他為你解惑就是。」

西瑪點了點頭，望著那浴缸，想起身後壁櫃中還藏著胡小天，雖然胡女生性開朗，可是也不好意思當著一個男人的面脫去衣服沐浴，她向雅素道：「今晚可不可以不洗了？」

雅素道：「公主不可壞了規矩，若是不按照梵音寺的規矩來做，只怕是見不到活佛，得不到賜福的。」

西瑪心中暗歎，真是羞死人了。

雅素見她猶豫，還以為是那四名侍女在場的緣故，揮了揮手，示意四名侍女拉開屏風，將她和西瑪隔離在內，她又怎能想到壁櫃之中還有一雙眼睛正在虎視眈眈地看著。

西瑪無奈只能一件件脫去衣服，胡小天在壁櫃之中飽盡眼福，美人如玉看得這廝血脈賁張。如果說剛開始還有些猶豫，內心中還有些被道德所譴責，現在是一點都沒有了，如此美人，一顆芳心繫著自己，自己當真是卻之不恭了。

西瑪儘量後背朝著壁櫥，可是雅素幫忙伺候她沐浴，讓她轉過身去，給胡小天來了一個三百六十度全景展示。

胡小天下意識地摸了摸鼻子，還好沒流鼻血。

西瑪心中羞澀難奈，雅素似乎從她的表情上看出了一些端倪，輕聲道：「公主殿下今天好像有些神不守舍呢。」

西瑪歎了口氣道：「我不想去沙迦，不想嫁給那個霍格。」

雅素道：「大汗又豈會害你，這一切都是長生天註定的緣分，公主殿下還是不要胡思亂想了。」

西瑪道：「後天可以見到活佛嗎？」

雅素點頭道：「後天一早，活佛會在金頂大殿和公主相見，並為公主賜福。」

西瑪道：「縱然有活佛賜福，我這一生也不會幸福的。」

雅素道：「公主不可以這樣說，尤其是在活佛面前千萬不可胡亂說話。」活佛迦羅在黑胡地位崇高，即便是公主也不可對活佛說任何不敬的話。

西瑪道：「其實我心中明白，父汗、王兄，包括黑胡的所有人，只不過是將我當成一個工具罷了，沒有人在乎我的死活。」她走出浴缸，雅素為她披上潔白的浴袍，輕聲道：「公主誦經之後還是早些休息。」

雅素讓人撤去屏風，四名胡女過來將浴缸移走，舉重若輕，實力都非同泛泛。

雅素向西瑪行禮之後退了出去，西瑪將房門插上。又趴在門上聽了一會兒，確信無人在外面偷聽，這才來到壁櫃前，將藏身在裡面的胡小天放了出來，想到自己剛才沐浴的情景被胡小天看了個乾乾淨淨，俏臉羞得通紅，紅撲撲的煞是可愛。

胡小天望著宛如出水芙蓉般的西瑪，也是心猿意馬，這廝抿了抿嘴唇，低聲道：「我……我還是先走了。」他作勢要走，卻被西瑪一把抓住了手臂，柔聲道：「你這就走，不管我了？」

胡小天轉過身去，望著西瑪柔情似水的雙眸，內心中忽然一陣激蕩，管他什麼良心道德，管他什麼政治目的，事已至此，箭在弦上不得不發，傻子才會錯過這個千載難逢的機會，他猛然一扯，將西瑪的嬌軀拉入懷中，就勢扯開她的浴袍，白色的浴袍於無聲中落在厚厚的地毯之上……

寒風凜冽，大雪紛飛，佛心樓最頂端的那盞燈突然滅了，在佛心樓對面的屋脊之上，一個孤獨而高傲的背影望著風雪中的佛心樓，雙目中的光芒也隨著那盞燈的熄滅突然黯淡了下去……

胡小天躺在地毯上，西瑪柔軟細膩的嬌軀伏在他的胸膛上，溫順的如同一隻羔羊，她好想留住這一刻，可是她又明白清晨很快就會到來，她必須要面對生命中的另一天。手指在胡小天胸膛上畫著圈兒，忽然兩顆晶瑩的淚珠落在他的胸膛之上。

胡小天伸出手去，輕輕撫摸著她絲緞般柔順的秀髮。

西瑪親吻了一下他的面頰，在他身邊躺下，癡癡望著他英俊的面頰，然後小聲道：「你走吧！再也不要回來。」

胡小天皺了皺眉頭：「為什麼？」

西瑪道：「我不想你為了我冒險，這裡是黑胡，不是你的國度。」

胡小天淡淡笑了起來，捧住西瑪的俏臉，一字一句道：「我說過的話就一定會做到，你是我的女人，沒有人可以將你從我的身邊帶走。」

西瑪撲入他的懷中，芳心幸福到了極點，如果胡小天的這句話只是謊言，她也寧願永遠活在欺騙之中。

西瑪道：「你來漠北只怕不僅僅是為了我吧？」她雖性情單純，可是並不傻。

胡小天也不瞞她，男女之間的事情說來奇怪，有了這種事，感覺距離突然就被拉近了，看來縮短距離的最好方法還是深入瞭解。胡小天道：「帶你走是最重要的事情，還有一件事就是拿回被梵音寺帶走的東西。」

「什麼東西？」西瑪顯然不清楚其中的內情。

胡小天道：「兩顆頭骨。」

「我幫你！」西瑪甚至不問理由，女人一旦認準了一生追隨的男人，整個身心都放在了他的身上，更何況胡小天又不是在針對黑胡帝國，而是要從梵音寺取走本來屬於他的東西。

接連幾日的大雪讓梵音寺籠罩在厚厚的積雪之中，唯有金頂大殿仍然沒被積雪掩蓋，旭日東昇，金光燦爛，在一片銀裝素裹的世界中越發顯得璀璨奪目。

黑胡公主西瑪在一眾武士的護送下，在大祭司雅素的陪同下抵達了梵音寺外，在通往梵音寺的階梯前，眾武士翻身下馬，按照梵音寺的規矩，尋常武士在這裡就必須止步，不得繼續前行，因為黑胡公主西瑪的特殊身分，由大祭司雅素陪同她前往梵音寺並進入金頂大殿。

西瑪的表情顯得有些緊張，因為身邊的大祭司雅素已經被胡小天設計調換，至於真正的大祭司雅素如今被制住穴道，不知被胡小天藏在了什麼地方，不過胡小天答應過她，留下雅素的性命，想來她不會有事。

側目看了身邊的雅素，身高體態簡直看不出半點的破綻，大祭司白紗敷面，只露出一雙眼睛，雅素的雙目是海水一樣的深藍，身邊此人也是，西瑪心中暗忖，一個人的易容術可以改變形容，卻沒想到竟然可以改變眼睛的顏色。

陪在她右側的乃是一名侍女，這名侍女卻是胡小天假扮，他雖然男扮女裝可是仍然無緣進入金頂大殿，只有大祭司雅素才有這個可能。

胡小天和姬飛花一左一右陪同西瑪走上台階，西瑪低聲道：「什麼事情都瞞不過活佛。」

胡小天從她話語中已聽出她的怯意，低聲安慰道：「你不用怕，一切有我。」

通往梵音寺的台階共有九層，走上三層台階，方才看到一隊紅衣番僧前來迎接，為首一人方面大耳，乃是梵音寺八大護法之一的彌陀，雖然氣溫寒冷，他卻赤裸著兩條臂膀，暴露在外面的手臂肌肉虬結，健碩發達，雙手合什，聲如洪鐘道：「小僧奉師父之名特來迎接公主殿下！」

西瑪點了點頭道：「大師辛苦了，勞煩大師引路。」

胡小天一雙眼睛偷偷左顧右盼，途經之處，不時可以看到修行的番僧，粗略估計已經見到了幾百人，難怪說這梵音寺和天龍寺可以分庭抗禮，拋開寺院的歷史不言，單單是僧眾的數量就有一拚。

進入前殿之後，彌陀止住腳步，向西瑪道：「公主和大祭司請隨我來！」

姬飛花已經提前將他的話以傳音入密告訴了胡小天，西瑪以胡語讓胡小天留步，梵音寺方面也安排了人接待，一個年輕英俊的紅衣番僧來到胡小天面前，向他做了個邀請的手勢，胡小天佯裝羞澀，低下頭去，看著腳尖，跟在那年輕番僧的身後前往左側院落休息。

想要去往左側的院落，需要經過長長的轉經長廊，那年輕番僧向胡小天嘰哩咕嚕說了一句，胡小天也聽不懂他在說什麼，只是低頭不語，還好他現在扮成一個女人，那番僧並未生疑，以為這侍女只是害羞，轉入一旁的院落，這院落應該是接待客人之用。

裡面也沒有其他人在，番僧請胡小天在裡面坐了，然後取了一杯熱騰騰的酥油茶過來遞給他。

胡小天笑了笑接過酥油茶，那年輕番僧又說了句什麼，看到胡小天仍然沒有回應，臉上不由得露出懷疑之色，胡小天心中暗叫不妙，若是這種狀況繼續下去，自己十有八九就要露餡，臉上做出訝異的表情，指了指年輕番僧的身後，那年輕番僧不知是計，轉過身去，被胡小天一掌擊在頸後，頓時暈倒過去，胡小天制住他的穴道，將番僧身上的僧袍迅速扒了下來。

姬飛花和西瑪兩人來到金頂大殿前方，金頂大殿殿門緊閉，門前立有四位褐衣番僧，彌陀向前向他們道明情況，西瑪心中不由得緊張起來，姬飛花以傳音入密向她道：「你不用擔心，他們不會想到你跟我們聯手，回頭一旦有狀況，他們必然會派出番僧保護你，你務必要記住，千萬不要反抗，跟隨他們逃走，胡小天會在第一時間前去救你。」

西瑪咬了咬櫻唇，雖然她並不知道對方是誰，可是總覺得對方的話充滿了不可抗拒的力量，心中對姬飛花有種說不出的敬畏。

金頂大殿的大門緩緩展開，彌陀重新回到西瑪身邊，恭敬道：「公主請進，大祭司請進。」

西瑪和姬飛花兩人走入大門，彌陀並未隨同他們進入，負責引領她們的卻是一個身穿素白色僧袍的小沙彌，那小沙彌手中捧著一盞酥油燈，金頂大殿內光線黯淡，西瑪和姬飛花剛剛走入大殿內，身後大門就緩緩關閉，小沙彌道：「兩位施主請除下鞋履隨我來。」他捧著酥油燈光著腳丫向前方走去，每走一步，腳下的金磚就隨之點亮。

西瑪和姬飛花也將腳上的皮靴除去，一塵不染的白襪踩在金磚之上，金磚也隨之點亮，金磚之上所刻的圖案乃是步步生蓮。隨著她們前進的腳步，一朵朵金色蓮花被點亮，整個大殿也變得明亮許多。

小沙彌在佛祖金身前方停下腳步，西瑪和姬飛花兩人來到早已準備好的蒲團之上參拜，西瑪跪拜之時口中念念有詞，芳心中暗自祈禱，希望佛祖不要責罰自己今日之所為。

小沙彌將燈火放下，然後道：「兩位稍待，小僧這就去請師父過來。」

西瑪柔聲道：「有勞小師父了。」

那小沙彌轉身去了，空蕩蕩的大殿之中只剩下西瑪和姬飛花兩人，可是那小沙彌離開後許久不見回來，別說西瑪，連素來鎮定的姬飛花也感到事情有些不對了。

西瑪本想開口說話，卻被姬飛花以傳音入密制止，低聲道：「你只當什麼都沒有發生過，我感覺好像有人在暗處觀察著咱們。」

姬飛花只是一種感覺，以她強大的洞察力並未感覺到任何的呼吸心跳，若是有人藏身在周圍，那麼這個人可以騙過自己的感知，其武功也必然深不可測。

就在等得有些不耐煩時，終於聽到那小沙彌托托托的腳步聲，他瘦小的身影隨著燈光一起出現，笑眯眯望著她們兩人道：「讓兩位久等，師父請你們進去呢。」

第三章

梵音寺的活佛

活佛迦羅的表情變得慈和而溫暖，他沉聲道：
「我沒有看錯，你果然非池中之物。」
姬飛花道：「我卻看錯了，我以為您已經死了，
原來您一直都好端端地活在這世上。
我現在是應當稱您為活佛，還是稱呼您為明晦師父？」

按照他們事先的計畫，胡小天要在和姬飛花分手半個時辰後，趕到藏經閣放火，目的絕非是為了燒毀這座藏經閣，而是為了吸引梵音寺全寺僧眾的注意。

換了番僧服的胡小天藏身在屋頂，只見從房內出來了兩個人，一人是番僧，另一個卻是一位中原人，胡小天第一眼就認出此人竟是鬼醫符刓身邊的啞巴。

可那個啞巴如今不但說起了話，而且聲音洪亮中氣十足，或許是聊到了愉悅之處，發出一串響亮的笑聲，胡小天仔仔細細又看了一遍，沒錯，這廝絕對是鬼醫身邊的啞巴無疑，這鬼醫符刓從開頭和自己相識到現在始終都是一個大大的騙字，壓根沒有說過實話。

那番僧帶著啞巴一起向藏經閣方向走去，胡小天等兩人走遠方才跟了上去，對寺廟而言，藏經閣往往都是戒備最為嚴密的地方，看到啞巴居然一路暢通無阻，可見他跟梵音寺的關係何等密切。

胡小天看準機會從圍牆之上飛掠而起，一個呼吸之間已經掠過圍牆和藏經閣之間的空地，身軀宛如大鳥一般穩穩落在藏經閣的三層頂面，他選擇背陰的一側，身軀緊貼在頂面的鎏金寶瓶之上，迅速脫去外面的僧袍，露出裡面純白一色的雪貂緊身衣，趴在積雪的屋頂之上，儼然與積雪融為一體。

胡小天選擇飛掠的時間恰恰是啞巴進入藏經閣大門的時候，因為啞巴的進入而吸引了諸多番僧的注意力，等若為胡小天的潛入打了掩護。

藏書閣的構造和中原建築不同，乃是三層圓頂結構，胡小天抬頭看了看天空，距離約定的時間已經差不多了，他移動到無人一側，雙足勾住屋簷，身軀宛如大蝙蝠一般倒掛在屋簷之上，從腰間取下弩箭，瞄準了氣窗的孔洞，咻咻咻，接連射出五支磷火箭。

跟隨小沙彌來到後殿，後殿光芒閃爍，卻見四壁之上全都是密密麻麻的佛龕，每一座佛龕內都亮著長明燈，小沙彌將酥油燈緩緩放在正中卍字台上，然後雙手合什，神情恭敬道：「師父，她們到了！」

卍字台緩緩轉動起來，越轉越急，到最後已經看不清卍字的輪廓，隨著轉動卍字台開始沉降，在大殿正中原本屬於卍字台的地方出現了一個直徑大約兩丈的蓮花池，池內水汽騰騰，雲霧繚繞。

姬飛花心中暗忖，這活佛倒是會故弄玄虛，難不成他要從蓮花池內現身？

小沙彌道：「公主殿下請沐浴更衣！」

西瑪向姬飛花看了一眼，她只知前來梵音寺接受活佛賜福，卻並不清楚其中過程，此前一切都由雅素大祭司安排，現在身邊的雅素只是假扮，她也擔心會穿幫。

姬飛花向小沙彌掃了一眼道：「小師父不準備迴避嗎？」

小沙彌道：「正要迴避。」他一步步退了下去，很快就消失在黑暗之中。

姬飛花的意識已經在這會兒功夫掃遍四面八方，她並未察覺到這周圍有其他人的存在，向西瑪以傳音入密道：「你照做無妨！」

西瑪咬了咬櫻唇，雖然沐浴更衣並非是第一次，可是在一個完全陌生的女人面前脫衣服卻還是第一次，她強忍住內心的嬌羞，來到蓮花池旁，將衣服一件件褪去，小心翼翼地走入蓮花池內，池水碧波蕩漾，溫暖舒適，西瑪走入池水之中頓時忘卻了羞澀和恐懼。

此時原本平靜的蓮花池水卻突然旋轉起來，西瑪心中一驚，還未反應過來，水池下方竟然出現了一個大洞，她嬌呼一聲，身體隨之墜落下去，姬飛花已經在第一時間反應了過來，單掌拍出，一股強大的吸引力裹住西瑪赤裸的嬌軀，將她從墜落的勢頭中解救出來，同時展開白色浴巾將西瑪層層裹住。

蓬的一聲巨響，水花四濺，光芒映射下，水霧呈現出七彩光華，濛濛霧氣之中一個身影閃現，卻是一個年輕英俊的僧人，那僧人年齡最多不超過三十歲，劍眉朗目英俊非凡，他身穿純然一色的雪白僧袍，僧袍之上一塵不染，身軀竟然是漂浮在虛空之中，雙足距離地面有一尺的距離，四周水汽濛濛，但是沒有一滴水珠兒落在他的身上，他的外表分明就是中原人。

西瑪內心中的震驚已經讓她忘記了恐懼，她根本沒有想到這位讓黑胡人舉國膜拜的活佛迦羅竟然是一個中原男子。

白衣僧人目光平和，他的目光投向姬飛花，姬飛花知道自己剛才展露出的武功已經足以證明自己絕非大祭司雅素，她應變也是奇快，扣住西瑪的咽喉，冷冷望著白衣僧人。

白衣僧人歎了口氣道：「其實生死並沒有什麼分別，你費盡思量選擇的目標絕不是公主，你也應當知道，貧僧絕不會受你的威脅，你這樣做無非是想讓貧僧相信，你在要脅公主，其實是在為公主開解。」他深邃的雙目盯住西瑪公主道：「公主殿下為何要幫助外人來害貧僧呢？」

西瑪心中大驚，想不到這白衣僧人竟然看得如此透徹，咬了咬櫻唇道：「活佛救我……」她心中仍然存在一線奢望，希望迦羅活佛沒有發現其中的破綻。

白衣僧人微笑道：「世人都指望著活佛救贖自己，其實這世上任何人都救不了你，能救贖你自己的唯有你自己。」說話的時候目光卻望著姬飛花，這番話聽起來好像是在回答西瑪，可實際上卻是針對姬飛花而言。

姬飛花靜靜望著白衣僧人，她放開了西瑪，剛才的蓮池沐浴，突然發生的險情其實只不過是對方在設計查探自己的底細，看來對方早已懷疑了自己。

姬飛花點了點頭道：「不錯，能救贖自己的唯有自己。」她向前走了一步，擋在西瑪的身前，以傳音入密向西瑪道：「離開這裡，越遠越好。」

西瑪咬了咬櫻唇轉身向外面逃去，她心中只剩下一個念頭逃離這裡，儘快和胡小天會面。

白衣僧人並沒有任何動作，彷彿沒有看到西瑪的逃離，臉上帶著淡淡笑意，可是一雙眼卻是漠然無情：「施主費盡心機混入金頂大殿，為的是見我還是殺我？」

姬飛花道：「黑胡百姓只怕不知道深受他們頂禮膜拜的活佛竟然是一個中原人吧？」她不再說黑胡語言，直接用中原的話語說道。

活佛迦羅淡然道：「人有國界種族之分，佛哪有這些分別和界定？施主這番話說得真是可笑呢。」

姬飛花道：「看來有人還真將自己當成了佛？」

活佛迦羅道：「放下屠刀立地成佛，心中有佛人皆是佛！」

姬飛花道：「佛門弟子四大皆空，你既自認是佛，為何連貪念都放不下？」

活佛迦羅微笑道：「施主的這句話卻讓貧僧不明白了。」

姬飛花道：「一個人連自己是誰都不敢承認，又有什麼資格去點化世人，妄稱為佛？你縱然千變萬化，可終究還是騙不了我，明晦師父，這梵音寺上下知不知道他們信奉的活佛原本出身於天龍寺呢？」

活佛迦羅古井不波的雙目終於泛起了漣漪，這微弱的波動雖然稍閃即逝，可是仍然沒有逃過姬飛花敏銳的目光。活佛迦羅輕聲歎了口氣道：「貧僧已經遠離是是非非，爾等又何必苦苦相逼呢？」這句話分明已經承認了自己的身分。

姬飛花道：「本來無一物，何處惹塵埃，若是你不主動挑起這場是非，別人又怎能想到你仍然活在這個世界上？」

活佛迦羅微笑道：「很快就不會有人想到了。」平淡和藹的笑容頃刻之間隱去，凜冽的殺機從他的周身彌散而出，四面八方鋪天蓋地籠罩了這後殿的每一寸角落，四周佛龕上的長明燈被殺氣所衝，光焰顫抖起來。

姬飛花靜靜站在原地，她的目光依舊平和淡定，在她前方不遠處的那盞酥油燈，燈焰如昔，平靜依舊……

火焰從藏經閣的內部燃起，磷火箭為特殊材料製成，遇水非但不滅反而會越燃越旺，果不其然，很快藏經閣內的番僧就發現了火情，他們提著水桶第一時間來救，水桶潑在燃燒的磷火之上，轟的一聲，火焰非但未見熄滅反而躥升起來，兩名救火的番僧頃刻間被火焰吞噬，慘叫著四處逃竄，有同伴過來想用毛毯去救，卻被燃燒的番僧攔腰抱住，磷火躥到同伴的身上。

幾名番僧的身上被點燃，沒頭蒼蠅一樣的到處亂闖，本來磷火蔓延的速度就快，他們慌不擇路的逃竄大大加速了火勢的蔓延，更有番僧從樓梯上滾落下去，所到之處，無不起火燃燒。

胡小天從縫隙中看到裡面慘烈的一幕，心中暗暗感歎，如果不是為了大局，自已下手也不會如此殘忍。

此時下方傳來一聲厲喝，卻是下方有人發現了藏經閣屋簷上的胡小天。

一名紅衣番僧第一個反應了過來，足尖一頓，身軀已經向胡小天藏身之處飛撲而來。

胡小天揚起手來，瞄準那番僧就是一箭，他手中的短弩乃是諸葛觀棋特製，近距離射殺即便是一流高手應付也有難度，更何況這普通的番僧，那番僧被磷火箭射了正著，在空中慘叫一聲，周身已經燃燒起來，動作在空中走形，重重撞在屋簷的邊緣，然後直墜而下。

噹！噹！噹！下方傳來陣陣金屬的鳴響，胡小天舉目望去，但見有十多個番僧手中亮出金晃晃的經筒，右手急轉，經筒邊緣鏘鏘鏘露出一排鋒利的刀刃，伴隨著眾番僧齊聲怒喝，經筒旋轉著飛向空中，從不同的角度向胡小天飛旋而去。

胡小天冷哼一聲，身軀騰空而起，右手從腰間抽出軟劍，這柄軟劍乃是宗唐新近為他鑄造而成，比起此前那一柄更加堅韌鋒利，匹練白光籠罩胡小天的身體周圍，但聽到乒乒乓乓的聲音不絕於耳，胡小天將飛向他的這些佛門暗器逐一擊落，此時藏書閣的火勢已經從內部燃起，濃煙升騰，胡小天並不想和這幫番僧戀戰，準備奪路而走之時，一道灰影從人群中閃身而出，照著胡小天劈空就是一掌。

人還未到，掌力先行欺至，聚散的濃煙從中分開，煙塵散處，一股強大的無形掌刀以撕天裂地的氣魄向胡小天頭頂劈去，胡小天從前方驟然增強的壓力已經判定出對手的強大，想都不想手中軟劍在空中疾點，一柄劍刃頃刻間幻化為萬千道光芒，光芒將無形掌刀割裂得支零破碎，掌刀強大的威力也因為被分裂為無數段而化於無形。

胡小天右手劍化解了對方的掌刀，左拳微微回收，旋即如出海蛟龍一般弧形攻向對方，這一拳像極了拳擊中的擺拳，簡單的一拳卻是胡小天從神魔滅世拳中總結提煉而成，加上這一拳凝聚了他的強大內力，威力不容小覷。此時他已經看清對手的面目，突然發動襲擊的強大對手乃是鬼醫符刓的心腹啞巴。

啞巴掌刀被胡小天化解，右拳即刻回收，化掌為拳，拳峰一個微妙的逆向旋轉，和胡小天攻來的一拳正面相撞。

兩人的身軀都在半空之中，可是胡小天佔據了居高臨下之勢，而且胡小天本身的功力要強過啞巴，雙拳硬碰硬相逢，以兩人為中心，無形氣浪向四周輻射而去，籠罩兩人身體周圍的煙塵頃刻間散得乾乾淨淨。

啞巴因承受不住胡小天這一拳的強大壓力，身軀直墜而下，在落地的過程中他迴旋輾轉，儘量延長落地的時間和距離來獲得充分緩衝的時機。

胡小天卻在這一拳之後，借著反震之力，身軀陡然拔高，宛如雄鷹般一飛衝天，同時向空中射出一支響箭，響箭直衝雲霄，飛到盡頭在空中炸響，蓬！的一聲巨響過後，空中浮現五彩濃煙。

噹！咚！暮鼓晨鐘乃是佛寺之中亙古不變的規則，然而今日鐘鼓齊鳴，顯然有大事發生，鐘樓之前，數千斤重的青銅大鐘被人高舉過頂，那舉鐘的僧人虎目虬鬚，正是象印大師，重達千鈞的大鐘在他手中舉重若輕，看似毫不著力，他一步步向金頂大殿的方向走去。另外一邊鼓樓之上，一位白髮蒼蒼的老者手握鼓槌，咚！咚！咚！咚！擊打在大鼓之上，音波沉悶傳遍四面八方，但凡聽到鼓聲的番僧都覺得心跳被鼓聲影響，有若心臟被一股無形的力量撕扯，痛苦到了極點。

就在眾番僧痛苦不堪之時，象印一掌拍擊在大鐘之上，大鐘的聲音宛如晴空霹靂，噹的一聲巨響，竟然震得十多名番僧當場吐血而亡，有番僧慌忙提醒眾人撕下衣服塞住耳朵，儘量減輕對方對自己的影響，與此同時，數百名番僧朝著象印圍攏過來，他們意識到必須先將這兩位陌生來客除掉，方才能夠消除危險。

象印哈哈大笑，望著潮水般湧向自己的僧眾，非但沒有後退，反而加速了步法，陡然他將大鐘倒轉拋了出去，那大鐘猶如陀螺一般滴溜溜在地面上飛速旋轉，大鐘一邊旋轉一邊向前行進，鐘頂和地面劇烈摩擦生出一道長長的火星軌跡，象印騰空飛起，落在大鐘之上，內力催動大鐘，有若乘坐在一艘攻無不克的戰車之上，大鐘衝入僧眾人群。梵音寺的僧眾大都趕往藏經閣救火，雖然如此這邊也有二百餘人，這些僧眾看到大鐘急速而來，一個個慌忙閃避，閃避不及者被大鐘撞擊碾壓，輕者骨斷筋折，重者被碾壓成為肉泥。

象印雖然是佛門弟子，可是殺性奇重。

正在擊鼓的老者乃是劉玉章，按照他們的事先計畫，在姬飛花進入金頂大殿之後，胡小天前往藏經閣放火，在胡小天給出信號之後，象印和劉玉章兩人從正門進入製造混亂，吸引梵音寺僧眾的注意力，從而給胡小天和緣木兩人製造機會。

劉玉章抬腳將大鼓從鼓樓之中踢出，那大鼓咕嚕嚕向前方滾去，劉玉章騰空飛起，手中鼓槌有若流星般砸向兩名提著禪杖衝向他的番僧，兩名番僧看到鼓槌快如閃電，慌忙揚起禪杖想要將之擊落，禪杖雖然擊中鼓槌，卻無法阻擋鼓槌強大無匹的力量，鼓槌竟然震得禪杖反彈而起，正中兩名番僧的頭顱，砸得他們腦漿迸裂。

劉玉章足尖一點，身軀騰飛，雙足輪番踏在大鼓之上，鼓聲咚咚作響，彷彿整個天地都為之震顫。

鐘鼓齊鳴，梵音寺四面八方傳來嗡嗡的雜訊，眾僧舉目望去，梵音寺正東的天空中一片黑壓壓的烏雲席捲而來，定睛一看，哪是什麼烏雲？根本就是成千上萬隻烏鴉，那烏鴉體形不小，成千上萬隻烏鴉聚集在一起，將梵音寺的上空遮擋住，整個梵音寺陡然黯淡下來，宛如夜幕降臨。

西瑪亡命向金頂大殿的外面逃去，可看到一個瘦小的身影迎面走來，擋住她的去路，正是剛才為她和姬飛花帶路的小沙彌，西瑪望著那小沙彌苦苦哀求道：「小師父，您放我離開這裡。」

那小沙彌面無表情道：「爾等竟敢對活佛不敬，今日定要拿了你的性命敬獻佛祖。」他一拳向西瑪攻去，出手如同閃電，顯然武功不弱。

西瑪雖然擅長騎射，在武功上也有些造詣，可是跟小沙彌對了一拳，竟然被震得手臂痠麻連連後退。那小沙彌一拳攻完，從腰間鏘地拔出戒刀，刀光霍霍，一刀快似一刀，根本沒有手下留情的意思，顯然要奪了西瑪的性命。

西瑪沒有來得及穿上衣服，身上只披了一條浴巾，更何況這小沙彌的武功如此厲害，幾個回合下來已經露出敗象，小沙彌覷準時機，一刀砍在西瑪的肩頭，雖然西瑪及時沉下肩頭，這一刀並沒有落實，可仍然將她砍得鮮血四濺，西瑪嬌軀搖晃了一下，緊緊咬住嘴唇，臉色蒼白如紙。

小沙彌一步步向她逼近，臉上露出和年齡並不相符的殘忍獰笑。

西瑪香肩半露，嬌豔如雪的肌膚之上被戒刀砍出一道寸許長度的血痕，鮮血汩汩流出，將白色浴巾染紅，當真是觸目驚心。她嘴唇上叼著一支玉笛，竭力吹響，卻沒有發出任何聲息。

小沙彌有些好奇地望著她，不知她死到臨頭為何還要吹那支玉笛，難不成是在呼喚幫手？

飛梟從空中俯衝而下，直奔金頂大殿的方向。胡小天已經來到金頂大殿附近，看到飛梟俯衝的方向已經確定了西瑪大致所在的位置，他大吼一聲，呼喚飛梟，飛梟在空中一個斜向盤旋，從他的身邊掠過，胡小天在飛梟經過之時，騰空一躍，穩穩落在飛梟的背上，飛梟去勢不歇，直奔金頂大殿的西南角。

小沙彌揚起戒刀，這一刀卻是要向西瑪的頸部斬去，小小年紀並無憐香惜玉之心，他這一刀要讓西瑪身首異處。

西瑪萬念俱灰，胡小天啊胡小天，看來你我只能來生再見了！就在她絕望無助之時，身後牆壁從外面破出一個大洞，冷風颼颼，伴隨著一聲沉悶的大吼，一道身影從她的頭頂越過，一劍擋住了小沙彌奪命的一刀。

卻是胡小天在生死關頭終於趕到，以玄鐵劍擋住了小沙彌的攻擊。小沙彌還沒來得及看清對方的樣子，就被一股龐大的力量震得倒飛了出去，重重摔倒在牆角。

胡小天並未追殺一個小孩子，將自己的外衣脫下，裹住西瑪，帶著她從牆洞中鑽了出去，此時看到夏長明帶著雪雕也已經來到上方空中，他讓夏長明保護西瑪先離開這是非之地，然後又從牆洞中鑽了進去。

長明燈的燈火被罡風舞動，忽明忽暗，活佛伽羅輕輕拍出一掌，他的手掌潔白如玉，出掌有若蓮花盛開，極其緩慢，卻在姬飛花的面前幻化出六朵蓮花的影像。

姬飛花也是一掌迎出，她的手掌近乎半透明的質地，手掌舞動有若風中蘭花輕舞飛揚，如果有人看到眼前的情景，絕不會想到這兩人正在進行你死我活的生死比拚，只會被眼前絕美的景象所震驚。

雙掌交錯，無聲無息，四壁長明燈卻猶如麥浪一般起伏，宛若蓮花的手掌和姬飛花對撞之後，驟然回縮，化掌為拳，潔白的拳頭周圍竟然彌散出一層若有若無的血霧。

姬飛花也和他同時變幻招式，近乎透明的拳頭周圍散發出幽蘭色的光華。此時兩人腳下的金磚地面，方才一個個崩裂開來，聲音此起彼伏有若爆竹。血霧和藍光於虛空中相遇，紅藍兩種不同的光芒暴漲，四周搖擺不定的長明燈為兩人雙拳對撞的氣浪所衝，竟大半熄滅，後殿的光線變得越發黯淡，唯有那盞被擺放於中心的酥油燈依然光焰平靜。

乍合乍分，活佛迦羅並沒有急於發動下一次的進攻，望著姬飛花的目光中充滿了震駭，在剛才的幾次交手中，他看似沒有落下半點下風，可是唯有他們自己才清楚真實的狀況，由始至終，姬飛花都護著那盞酥油燈，活佛迦羅並不知她護燈的用意何在，可是單從這一點就能夠看她面對自己並沒有使出全力。更讓活佛迦羅詫異的是：「你是凌嘉紫的什麼人？」

姬飛花的唇角露出了一絲淡淡的笑意，活佛迦羅這樣問就代表他已經承認了和凌嘉紫之間的瓜葛，姬飛花並沒有說話，只是左足向前探出，右腿微屈，左掌前伸，右掌高揚過頂，雙臂環圍，宛如抱月。

活佛迦羅看到她的動作，內心劇震，睜大了雙眼，再也不復最初之淡定，緩緩點了點頭道：「是你，小花！」

姬飛花點了點頭：「當年我受盡欺凌，在太子妃那裡境遇也沒有太多改善，一天躲在小黑屋內哭泣的時候，一位好心人送給了我一盞燈，他對我說……」

活佛迦羅道：「人生如燈，燈不滅，心不死！那小孩子問他，可是燈油若是乾了呢？心死了，豈不是人就要死？」

姬飛花的目光落在那盞酥油燈上：「他說這世上有一種長明燈，就算人死了，燈仍然會亮著。」

活佛迦羅表情變得慈和而溫暖，沉聲道：「我沒看錯，你果然非池中之物。」

姬飛花道：「我卻看錯了，我以為您已經死了，原來您一直都好端端地活在這世上。我現在是應當稱您為活佛，還是稱呼您為明晦師父？」

活佛迦羅微笑道：「明晦早已死了。」

姬飛花望著那盞燈道：「聽聞明晦的死訊，那小孩子好不傷心，畢竟在她的記憶裡，明晦師父是少數關心她的人，又是讓她燃起希望的人，對她的人生意義可謂重大。可後來她方才發現她所相信的，她所感激的，全都是騙局和假像。」

活佛迦羅沒有說話，他也望著那盞燈，似乎在沉思，似乎在冥想。

姬飛花道：「凌嘉紫雖然智慧卓絕，可是她的性情又太過自負，目空一切，把你們這些人看得太簡單了，認為可以將你們隨意擺佈，所以她才會落到被你們群起而攻之的下場。她死後，你們這些人各有所得。」

活佛迦羅歎了口氣道：「過去的事情又何必再提，更何況凌嘉紫生前對你也算不上好，貧僧對她當得起問心無愧這四個字。」

姬飛花呵呵笑道：「問心無愧？你以為自己當得起這四個字嗎？貪、嗔、癡三毒，你全都不少，一個出家人竟然對太子妃產生非分之想。」

活佛迦羅冷冷道：「貧僧與她之間乃是清清白白，沒有半點外界傳言的關係。信與不信，貧僧也沒必要向你解釋。」

姬飛花冷笑道：「我自然相信，凌嘉紫那種目空一切的人，怎會將你看在眼裡。」

活佛迦羅因姬飛花的這句話目中的怒火稍閃即逝，以他的修為都不可避免的被激怒了，每個人心中都有一道疤，無非是隱藏得深淺不同罷了。

姬飛花道：「當年龍宣恩那昏君對你欣賞有加，推崇備至，都以為你是天龍寺數百年來難得一見的天縱之材，可既便如此，天龍寺佛法比你更為精深的大有人在，為何單獨選你？後來我方才查出，原來你是有功之人！」

活佛迦羅臉上的慈和已經消散得乾乾淨淨，取而代之的是凜冽殺機。

姬飛花道：「楚源海貪腐案，龍宣恩將楚家抄家滅門的根本原因在於金陵徐氏的背後推手，可是真正執行這件事的人卻是你，是你向朝廷告密，揭穿了楚源海和楚扶風之間的關係。」

活佛迦羅哈哈大笑，笑聲過後，四周長明燈竟然全部熄滅，然而姬飛花身邊的那盞酥油燈依然光焰不動，平靜如昔。活佛迦羅望著姬飛花道：「費盡千辛萬苦過來找我，為的就是要給楚家報仇？」

姬飛花道：「我這次過來，是為了還你一盞燈。」右掌輕拂，地上酥油燈緩緩升騰而起，有若一隻無形的手托舉著酥油燈向活佛迦羅緩緩靠近。

活佛迦羅望著那盞燈緩緩點了點頭道：「我當年有沒有說過，這世上最痛苦的事並不是死亡，而是被人滅掉屬於他的那盞燈！」他倏然揚起右掌，一改剛才平和緩慢的出手方式，這一掌凌厲而剛猛，向酥油燈猛削而去。

然而他的這一掌，並未揮出太遠的距離就遇到了一堵無形的屏障，活佛迦羅皺了皺眉頭，此時方才意識到逼近自己的不僅僅是一盞酥油燈，而是一個包容博大的空間，或者說自己所處的空間正在向中心收縮，緩慢但是在有序地，一點點地壓榨自己的存在。

活佛迦羅短暫的錯愕之後，馬上冷靜了下來，他雙手合什，盤膝坐了下去，身軀沒有落在地上，而是漂浮在虛空之中，距離地面尚有三尺左右的距離，虛空禪法，天龍寺僅有緣字輩的幾位高僧方才能夠修習成功，其中這方面專研最深的當屬緣空，而緣空大師卻因為修煉虛空大法而墜入魔道，最終全身內力便宜了胡小天。活佛迦羅本來是天龍寺僧人明晦，即便在天龍寺他前面還有通字輩，然而他卻脫穎而出，超越上輩弟子成為天龍寺緣字輩以下最強者，足見此人的天分和悟性。

活佛迦羅以坐禪之姿漂浮在虛空之中，隨著姬飛花對他施加壓力的增大，他的身軀開始緩緩旋轉，伴隨著旋轉，開始不停擴展周圍的空間。

那盞酥油燈懸停在活佛迦羅和姬飛花之間，兩股不同的力量讓它在虛空中達到了平衡，不過這平衡也只是短暫的，沒過多久，酥油燈就開始以活佛迦羅為中心，逆向轉動起來。猶如衛星之於行星，彼此無法靠近，卻又無法分開。

活佛迦羅緩緩睜開了雙目，他的聲音虛無縹緲，仿若是從另外一個空間傳來：「你究竟是如何知道我沒有死？」

姬飛花沒有說話，只是默默催吐掌力，不斷壓縮著活佛迦羅存在的空間。

牆角處卻傳來了另一個蒼涼的聲音：「你這個樣子，生死又有什麼分別？」緣木的身影出現在東南方的角落，專注於生死拚搏的雙方都沒有留意到他何時到來。

活佛迦羅長歎了一聲道：「師叔祖，是您。」他在天龍寺雖然是明字輩，可實際上緣木喜歡他聰慧，將他從小就帶在身邊，他的一身藝業大都得自於緣木所授，兩人雖無師徒之名，卻有師徒之實。可以說緣木這一生中最疼愛的弟子就是明晦，這些年來最讓他難過的也是明晦，他一直以為明晦為情所困，被凌嘉紫害死，甚至因此而怨恨凌嘉紫，對他這樣的得道高僧來說，若非痛到了極處又怎會興起這樣的情感波動？今日見到自己的這位得意門生，天龍寺百年來難得一遇的天才仍然活著，而且逍遙自在地當起了梵音寺的活佛，心中一時間百感交集，不知是喜是怒。

緣木靜靜站在那裡，並未前行，他雖然看不到兩人出招，卻已經感受到來自姬飛花和明晦的強大力量，姬飛花的力量鋪天蓋地，擁有包容萬象之勢，明晦卻有斗轉星移，逆轉乾坤之妙。兩人都稱得上不世出的奇才，也都拿出了十足的力量在生死搏殺。

姬飛花道：「你若是老老實實躲在這裡做你的活佛，自然沒有人會發現你還活著，可惜你太過貪心，時隔那麼多年，仍然不肯放棄。」

活佛迦羅道：「原來你們是欲擒故縱。」

姬飛花淡然道：「若非如此，他們又怎能那麼容易就將七巧玲瓏樓的頭骨盜走？若非如此，又豈能順藤摸瓜找到背後的指使者是誰？若非如此又怎能知道你仍然活在這個世界上。」說這番話的時候姬飛花心中也是暗自慚愧，其實這一切都是劉玉章在背後佈局，若非此次和劉玉章聯手，又怎能順利找到迦羅。

活佛迦羅和姬飛花雖然交談不停，可是兩人源源不斷的內力卻沒有一絲一毫的減弱，彼此之間以內力相搏，以真實的內力而論，活佛迦羅的內力要勝過姬飛花不少，可是在實際對峙之中卻並沒有表現出鮮明的強弱之分，甚至姬飛花的內力似乎還要強大一些，她的內力稍一減弱，馬上就又得到補充，生生不息，源源不絕。

活佛迦羅道：「你果然領悟了天道之力，那顆七寶琉璃塔下的靈犀佛骨原來是落在了你的手中。」

姬飛花冷哼一聲，內力驟然增強，無形的壓力從四面八方向活佛伽羅壓迫而來，比起之前增強竟有一倍之多。

活佛伽羅身軀越轉越疾，到最後已經形成一道白色光柱，光柱向左右上下不斷擴展，遠遠望去，猶如一支巨大的紡錘，紡錘的尖端下方接觸到地面，而上方已經觸及大殿的頂部。

緣木在一旁望著激鬥的戰況，深如古潭的雙目流露出幾許不忍，他應姬飛花的邀約前來梵音寺助拳，象印大師也是他請來幫忙，可是他並沒有料到活佛伽羅竟然是明晦。雖說出家人六根清淨，親情斷絕，可是任憑你修為精深終究還是一個人，是人又怎能真正做到無情？

明晦雖高，可若是姬飛花和緣木聯手，他斷無勝出的機會。

蓬！一聲巨響，明晦旋轉形成的那道白光直衝金頂，竟然將金頂破出一個大洞，來自於明晦身體的向外擴張之力倏然消失，姬飛花的力量控制了整個空間，原本逆行旋轉的酥油燈於虛空中平移到明晦剛才所處的位置，而那道白光卻消失在金頂之外。

姬飛花心中暗歎可惜，剛才明明可以將明晦剷除，卻因為緣木的猶豫而錯過了最好的機會。

此時胡小天手握玄鐵劍從外面衝了進來，看到偌大的後殿之中只有姬飛花一個，也是微微一怔：「人呢？」

姬飛花指了指屋頂上的大洞，輕聲道：「現在追出去，不知還趕不趕得及？」

活佛伽羅不敢停歇，亡命向梵音山巔方向而逃，他輕功卓絕，飛簷走壁如履平地，渾然不顧身後殺聲一片，無論弟子叫得如何淒慘他都無動於衷，轉瞬間已經出了梵音寺，沿著寺後小路一路狂奔，猛抬頭，卻見前方五彩經幡之下一道身影靜靜佇立在道路中心，正是緣木大師。

活佛迦羅於緣木身前一丈距離站定，雙手合什深深一躬道：「師叔祖！」

緣木歎了口氣道：「明晦已經死了，你跟老衲再也沒有半點關係。」

活佛迦羅抿了抿嘴唇，緩緩跪倒在雪地之上：「無論師叔祖認不認我，明晦永遠也不會忘記師叔祖對我的恩德。」

緣木道：「你終於肯承認自己就是明晦了。」

明晦向緣木拜了三拜道：「弟子不求師叔祖手下留情，只求不要死在外人手裡，師叔祖，請你賜我一死吧。」他仍然跪在地上，上身自立，雙目緊閉，一副靜待死亡的模樣。

緣木緩緩點了點頭，望著這位被他視為骨肉的親傳弟子，內心中百感交集，他忽然揚起手來向明晦的天靈蓋擊去，就在他出手的一刻，明晦突然睜開了雙目，雙目之中已是熱淚盈眶。緣木看到眼前情景內心不由得為之一顫，他猶豫了一下，明晦的雙目之中卻紅光閃現，猩紅色的光芒炫目而灼熱，宛如兩道利箭射入緣木的雙眼之中，緣木此時方才知道不妙，再想閉眼已經來不及了，怒吼一聲：「孽障！」一掌拍落，可是他的眼前已經陷入一片黑暗之中。

緣木功力深厚，再加上憤怒出手，威力達到極致，可是明晦的身體卻瞬間移動到他的身後，此時明晦通體發紅，肌膚彷彿就要燃燒起來。緣木一拳落空，已經感知到明晦移動到何處，按照正常反應，失去雙目之後應當選擇遠離對手，畢竟明晦只想著逃脫，未必會對曾經對他有恩的緣木趕盡殺絕，可是緣木非但沒有逃離，反而同樣以瞬移身法衝向明晦。

這身法正是他傳授給明晦，想不到明晦今日用他所傳授的身法來對付自己。明晦也沒有料到緣木會不顧性命地衝向自己，而且中門大開，遠方已經有兩道身影離開梵音寺向這邊飛速而來，明晦知道自己若有絲毫仁慈之心，必然陷入包圍無法脫身，他揚起拳頭，一拳擊中緣木的胸膛，空的一聲，這一拳猶如擊中了朽木，緣木張開雙臂死死將明晦抱住。

明晦怒吼道：「還不放開！」周身紅光瀰散，凶相畢露宛如血魔降世。

緣木雙目無法視物，看不清明晦如今的模樣，可是臉上表情卻變得前所未有的平和安寧，他淡然道：「明晦啊明晦，我看錯了你，你竟然偷偷修煉了血修羅。」

明晦竭盡全力仍無法將緣木從身上擺脫，緣木宛如跗骨之蛆般的死死糾纏，已經讓他錯過了逃跑的絕佳時機，此時姬飛花和胡小天一前一後將他的去路封住。

胡小天大吼道：「明晦狗賊，你竟敢欺師滅祖！」他和姬飛花準備對明晦前後夾擊，卻聽緣木道：「兩位施主不必插手，這是我們天龍寺自己的事情。」說話間明晦又向他的後心連擊數拳。

緣木長歎一聲：「孽障，事到如今你仍然不知悔改嗎？」

明晦大聲道：「你不是我，憑什麼主宰我的一切？」說完張開大口猛然咬在了緣木的頸部。

胡小天和姬飛花看得心中都是一緊，這明晦那還是出家人，簡直是惡魔在世。

比起他們，明晦心中震駭更甚，他這一口如同咬在了堅韌的牛皮之上，彈性十足，韌勁十足，任他牙尖嘴利也無法撕裂枯木的肌膚分毫。

第四章

血修羅

緣木垂下頭去，臉上的表情充滿了懊悔，
這樣的考驗並非是他所創，天龍寺歷來都是如此，
只是明晦沒有禁得住考驗，偷偷修煉了血修羅。
如果當初自己沒有給他這樣的考驗，
難道明晦就能安安心心做一個佛門弟子？
他就不會走入歧途？答案顯然是否定的。

緣木道：「血修羅，以血養氣，化氣補精，乃邪魔外道，你放著光明正大的武功不去修行，竟自甘墮落，須知此等邪功雖可以在短期內達到驚人成就，可隱患也是極大，我當年教你武功的時候，有沒有告訴過你，有一門心法叫做枯木逢春？」

明晦聞言色變，竭力掙脫，可是此時卻感覺仿若有無數根鬚滲入自己的體內。

緣木道：「血氣魔性可以滋養你的體魄同樣可以滋養別人，今日貧僧就要教你邪不勝正的道理。」

明晦感覺來自緣木周身的壓力倍增，那絲絲縷縷宛如根鬚一般的內息從他的肌膚毛孔無孔不入地進入到他的體內，明晦凝聚丹田氣海之力，試圖將緣木從身上震飛出去，可是來自他的血煞內息非但沒有對緣木造成傷害，反而滋養對方讓對方的內力變得更加壯大。

此消彼長，明晦周身猩紅色的血霧開始漸漸消褪，他這邊消褪一分，緣木的壓力就增加一分，明晦感覺緣木果真如同逢春枯木，在自己血氣的滋養迅速變得枝繁葉茂，而自己卻被緣木不斷抽空，他的內心陷入前所未有的恐慌之中。越是急於擺脫，越是無法擺脫。

胡小天原本下定決心不管緣木說什麼，合力將明晦幹掉保住緣木的性命，可姬飛花卻用眼神將他阻止，現場情況已經發生了逆轉，明顯朝著對緣木有利的方向發展。胡小天忽然想起了貓和老虎的故事，看來當師父的必須要留下一手壓箱底的功夫，專治明晦這種忤逆弟子，不肖之徒。

明晦和緣木彼此糾纏，密不可分，兩人的身軀同時倒在了雪地上，相互抱成一團，沿著陡峭的山坡宛如一個圓球一般向下滾落，胡小天正想去追趕，卻看到周圍雪地宛如浪花般翻滾了起來，姬飛花率先反應了過來，一掌拍向前方雪地，蓬！一聲巨響，雪地炸開一個大坑，從大坑之中一個白乎乎的影子騰空而起，動若脫兔，徑直向姬飛花撲去，同時爆發出一聲尖利的嚎叫。

姬飛花定睛望去，眼前竟然是一個怪物，生著人的形狀可是通體生滿白毛，體型要比正常人高上一頭，手臂極長，垂落過膝，雙目赤紅，雙腳也宛如鳥爪，騰空攻擊之時手足並用。

姬飛花隔空又是一掌，無形掌刀劈在那怪物身上，以她的內力，本以為足可以將那怪物劈成兩半，可是這一掌雖然將怪物打得橫飛出去，但是並未對其造成太大損傷，怪物在雪地上打了個滾，沒事人一樣重新站起身來，血紅的目光死死盯住姬飛花，然後手足並用，有若獵豹一般奔跑，向姬飛花再度撲去。

胡小天舉目望去，卻見梵音山上方也是雪浪滾滾，初始的時候他還以為是雪崩，可很快依仗著超強目力辨認出，那滾滾雪浪卻是一支白毛怪物組成的大軍正在向他們的位置迫近而來。

姬飛花看到眼前情景也不禁為之色變，單單是一個白毛怪物就已經如此厲害，這從梵音山上前來的怪物何止萬千。

蓬！蓬！兩隻白毛怪物從雪地之中躥出，一左一右向胡小天攻去，胡小天揚起手中玄鐵劍，身體擰轉，弧形橫掃，噹！噹！兩聲如同打棒球一樣將兩隻怪物擊飛出去，兩隻怪物飛出十餘丈，重重跌落在裸露的山岩上，卻並沒有胡小天希冀中撞得粉身碎骨，而是完好無缺地重新站立起來。背脊之上的白毛因為憤怒而豎立起來，叫聲變得越發淒厲，前肢落地，後腿用力在雪地上一蹬，身軀已經躥升起來。

此時從峰頂湧來的白毛怪物已經近在眼前，姬飛花一掌拍擊在雪地之上，積雪潮水般逆行湧動，在她和胡小天的身前迅速堆起一堵雪牆，同時大聲道：「撤！」

胡小天和姬飛花兩人正準備撤離暫避鋒芒之際，卻聽空中發出低沉的鳥鳴之聲，但見萬千隻飛鳥在飛梟和雪雕的引領下來到他們頭頂上方，原來夏長明將西瑪救走並安頓好之後，馬上回來支援，恰恰看到胡小天和姬飛花遭遇險情的一幕。

飛梟俯衝而下，胡小天騰空一躍跳上飛梟的背脊。姬飛花啟動翼甲凌空飛起，低飛俯衝，揚起手中光劍，向下方怪物開始劈殺，光刃劃過，一隻怪物被當場劈成兩段，姬飛花大喜過望，向胡小天道：「這些怪物怕光劍！」

胡小天將玄鐵劍重新插入劍鞘之中，抽出腰間的孤月斬，正所謂鹵水降豆腐，一物降一物，剛才情況緊急，只想著拿出最厲害的殺招，卻想不到連玄鐵劍對這些怪物都無能為力。孤月斬和光劍都屬於同一性質的武器，胡小天右手一揮，孤月斬劃出一道弧光低空飛了出去，噗！噗！噗！之聲不斷，白毛怪物潮水般湧上，卻又如同波浪般倒下。

眼看著一場以眾凌寡的圍殲馬上就變成了胡小天陣營單方面的屠殺，夏長明沒有斬殺白毛怪物的手段，只能指揮飛鳥在空中盤旋助陣，給這些白毛怪物心理上的威懾，殺敵的主力自然是姬飛花和胡小天。

找到白毛怪物的弱點之後，轉瞬之間已經斬殺了數十隻，那些白毛怪物終於意識到了對方的厲害，全都轉身向梵音山上逃去。

胡小天和姬飛花豈能輕易放棄好不容易得來的勝果，追逐白毛怪物直上山巔，山巔之上有一座廢棄的殿宇，白毛怪物逃入殿宇紛紛鑽入廢墟縫隙，轉瞬之間就已經消失得乾乾淨淨。

胡小天從飛梟身上一躍而下，姬飛花也降落在他身邊，這會兒功夫白毛怪物已經一個不剩。殿宇之下必然另有玄機，否則那麼多的白毛怪物根本就無處藏身。

胡小天朗聲道：「客人都到家門口了，為何還不現身相見？」他中氣充沛，聲音傳遍整個廢棄的殿宇，在遠方的山谷中久久迴盪。

過了好一會兒都不見有人回應。

姬飛花冷冷道：「看來也只是一隻縮頭烏龜罷了！」激將法也是無用。

此時劉玉章和象印大師也先後趕到，兩人並未看到白毛怪物圍攻胡小天和姬飛花的場面，不過途中看到了不少白毛怪物的屍體，也能想像得到剛才戰況之慘烈。

劉玉章陰惻惻道：「既然不肯現身相見，那就投幾顆玄天雷進去，將這片廢墟化成粉塵，順便再將梵音寺他的那幫徒子徒孫全都殺光！」他的聲音雖然尖細，可是穿透力絕不次於胡小天。

看來劉玉章的這句話總算起到了作用，一個低沉的聲音從地底歎道：「你們為何要苦苦相逼？」

聽到終於有人回應，眾人心中同時現出驚喜。

那聲音又道：「你有玄天雷，我沒有嗎？你可以毀掉這裡，我可以毀掉整座梵音山，大不了大家同歸於盡！」

眾人本以為對方已經服軟，卻想不到他的口氣突然又強硬起來。

劉玉章不甘示弱道：「那就試試！」

胡小天心想如果來硬的只怕不行，有唱紅臉的也得有唱白臉的，他呵呵笑道：「老先生，其實這天下間沒有解決不了的事情，不如你出來，咱們面對面好好談一談，不知意下如何？」

對方發出一聲桀桀怪笑：「小子，打得一手如意算盤，老夫若是出去，爾等就對我群起而攻之，當我是三歲孩童那麼好騙？」

胡小天道：「老先生看來是毫無誠意嘍？」

「誠意？也罷！讓那女娃兒進來，我跟她面對面說清楚！」

眾人一怔，除了胡小天和劉玉章知道姬飛花的身分，其餘人並不清楚，所以首先反應是哪來的女娃兒？

胡小天以傳音入密向姬飛花道：「不要中了他的詭計！」

此時那老者又嘰哩咕嚕說了句什麼，眾人全都沒有聽清，其實是沒有聽懂，彼此相望一頭霧水。姬飛花淡然笑道：「前輩，我去見您好不好？」她這麼說等於已經承認自己就是對方所說的女娃兒。

胡小天還想相勸，可是看到姬飛花毅然決然的眼神，已經知道她的決定斷然不會更改，心中熱血上湧，大聲道：「我去見你好不好？」

那老者冷冷道：「除了她之外，你們之中誰都沒有資格！」

姬飛花已經緩步向右前方走去，轟隆隆的響聲中，她的前方出現了一個地洞，看來老者剛才的那句古怪的話就已經給她指明了方向，姬飛花望著眼前黑魆魆的洞口，表情淡定如昔。耳邊傳來胡小天關切的聲音：「飛花，不要去！」

姬飛花甚至連頭都沒有回，一步步走向地洞。

明晦感覺自己身體的力量一絲絲游離出去，來自緣木的力量卻變得越來越強大，自己根本無力和緣木抗衡，他慘然笑道：「師叔祖，你是佛門弟子，難道你要……親手奪去我的性命？」身體的壓力陡然一鬆，卻是緣木放開了他。

明晦的第一反應就是想逃，可是腳步虛浮，撲通一聲跌倒在了地上，他慘然叫道：「虛空大法……你……你竟然修煉了虛空大法？」

緣木上前一步，蓬的一拳擊中了明晦的丹田氣海，明晦眼睜睜看著對方出拳，卻無力躲避，被緣木這一拳擊了個正著，丹田氣海宛如裂開一般，僅存的內息散得乾乾淨淨。明晦面如土灰，慘然道：「師叔祖，你好狠……」

緣木歎了口氣盤膝在他的對面坐下：「這並非是虛空大法，世上萬物相生相剋，武功也是如此，你記不記得當年我教你武功之時說過什麼？」

明晦冷笑一聲，沒有說話。

緣木又歎了口氣道：「你不記得了，當年我教你武功之時曾經說過人外有人天外有天，也曾經說過，佛門弟子想要修成正果，須心性堅定，抵受得住外界的種種誘惑，當時我曾經為你列舉了佛門幾大邪功萬萬不可觸碰，這血修羅就是其中之一，你記不記得？」

明晦冷冷道：「過了那麼久，我又豈會記得？」

緣木道：「若是心性純良，信念堅定者必然會聽從教誨，可是心有貪欲，野心勃勃者只會心生覬覦。」

明晦道：「你當初故意在我面前提起這幾門功夫，因為這幾門功夫雖然厲害，你們卻都有克制之道對不對？」

緣木點了點頭道：「不錯！」

明晦道：「你真是陰險啊！」

緣木道：「你智慧高絕，悟性奇高，越是像你這種的奇才，越是難以掌控，老衲絕非想要掌控你的未來，只是想你走正路，在你面前提起血修羅的目的就是為了考驗。」

明晦呵呵笑道：「你又何止考驗那麼簡單，故意洩露給我血修羅的秘密，我只是一個年輕人，你利用這種方法考驗我的心性，和害我又有什麼分別？」

緣木垂下頭去，臉上的表情充滿了懊悔，這樣的考驗並非是他所創，天龍寺歷來都是如此，只是明晦沒有禁得住考驗，偷偷修煉了血修羅。如果當初自己沒有給他這樣的考驗，難道明晦就能安安心心做一個佛門弟子？他就不會走入歧途？答案顯然是否定的。

緣木道：「你跟楚源海無怨無仇，為何要害他？」

明晦咬牙切齒道：「你不懂，你雖然活了那麼久，你永遠都不會懂得什麼才是愛恨，你早已麻木不仁，你這樣的人，活著和死去又有什麼分別？」

緣木道：「貧僧不懂愛恨，但是貧僧懂得何謂是非！」

明晦道：「是非？出家人不打誑語，楚源海明明是楚扶風的兒子，緣何你們要隱藏這個秘密？你們不敢說出真相豈不是與佛祖的教誨背道相馳？這就是你的是非？楚源海居心叵測，想要顛覆社稷，圖霸大康，這樣的人是不是亂臣賊子，應不應當誅之而後快？凌嘉紫禍亂宮廷，結黨營私，恐嚇皇上，危及社稷，這樣的人應不應該剷除？」

緣木被明晦一連串的發問問得無言以對。

明晦道：「我做錯了什麼？僅是因為我假死騙過你們的耳目？我這些年來隱姓埋名，雖然離開了天龍寺，可是我有沒有做過對不起天龍寺的事？你卻聯手外人追殺我，想盡一切辦法置我於死地，誰是誰非？你我之間究竟是誰更對不起誰？」

緣木道：「你勾結歹人潛入皇宮盜取靈犀佛骨……」

不等他說完，明晦又打斷他的話道：「靈犀佛骨？你知不知道靈犀佛骨究竟是何物？又是哪位活佛的頭骨？」

緣木啞口無言。

明晦道：「你什麼都不知道，既然如此，你老老實實在天龍寺誦經禮佛就是，何必多管閒事？」

緣木歎了口氣，神情黯然道：「老衲的確管不了太多的事情，也不該管那麼多的事情，可是老衲必須要管你。」

明晦聽他這樣說，真是有些欲哭無淚了，現實就是如此，自己的武功被廢，就算不想被緣木管，也由不得他了，他長歎了一口氣道：「你要怎樣才肯放過我？」

緣木道：「交出靈犀佛骨，老衲帶你回天龍寺向方丈認錯，自此面壁思過。」

明晦緩緩搖了搖頭道：「靈犀佛骨不在我這裡，我也不會回什麼天龍寺，我是迦羅，明晦早已死了，你我之間再無半點瓜葛。」

姬飛花沿著向下的台階走了進去，左手中拿著一顆夜明珠可供照亮，階梯走到盡頭，前方通道中的燈光一盞盞亮了起來，姬飛花舉目望去，通道之中乾乾淨淨並沒有一隻白毛怪物，身後響起沉重而遲緩的移動聲，卻是後方的石門關閉。

不入虎穴焉得虎子，既然想要探究事情的真相，姬飛花就必須選擇單槍匹馬，而且她這個人向來獨來獨往慣了。觀察周圍動靜的時候，那個蒼老的聲音再度響起：「你不必害怕，沿著通道走過來就是。」

姬飛花緩步走了過去，走了百餘步，前方出現一道斷崖，距離對面崖壁約有十餘丈的距離，崖壁之間漂浮著一個個大小不一的石塊，姬飛花眨了眨眼睛，她沒有看錯，這些石塊全都漂浮在空中。

「過來吧！」聲音此次從對面傳來。

姬飛花踏上一塊漂浮的石塊，用腳壓了壓，石塊微微下降，她確信這石塊足以承載自身的重量，這才兩隻腳走了上去，然後從一塊石塊走向另外一塊，很快就凌空走過斷崖。

對面水聲淙淙，循聲走去，沒多久就看到一個水潭，水潭之上霧氣繚繞，看不清其中的情景。

水聲嘩啦啦作響，一顆斗大的腦袋從水面下浮了出來，姬飛花心中一凜，下意識地將手落在光劍劍柄之上。

「你怕我？」

姬飛花沒有說話，只是警惕地望著對方。

此時她的腦海中映出一張古怪的面孔，蒼白的肌膚，常人兩倍大小的腦袋，大大的眼睛，扁平的鼻子，薄薄的嘴唇，和腦袋不成比例的小嘴。

對方道：「你聽得懂我說話？」

姬飛花竭力將這張面孔從腦海中排遣出去，忽然眼前藍光乍現，光芒強烈到她不敢直視，過了一會兒，白光中出現了一個影像，一名身材高大的怪人出現在光芒之中，面孔和剛才自己腦海中出現的映射幾乎一模一樣，光禿禿的頭頂寸髮不生，蒼白的皮膚滿是褶皺，身上穿著一件棉麻質地的白色長袍，手中拄著一根拐杖，背脊躬起，老態龍鍾。

姬飛花望著這古怪的老者，甚至分不出他究竟是男是女。

老者雙手拄拐，身體周圍的光芒漸漸散去，灰藍色的雙目打量著姬飛花，低聲道：「你不認得我，我卻認得你！」

姬飛花道：「你是天命者？」

老者笑了起來，只是笑聲，臉上的表情卻紋絲不動：「所謂天命者只不過是外人強加給我們這些人的稱號，我不是什麼天命者，只是一些迷路之人罷了。」大大的雙目中流露出只有姬飛花才能讀懂的憂傷。

姬飛花道：「你是當年從棲霞湖逃走的幾個人之一？」

老者點了點頭：「確切地說是當年墜毀飛船中的五十二名船員之一。」

姬飛花愕然睜大了雙目，她並沒有想到會有那麼多人。

老者道：「你不必擔心，倖存的卻只有九人，飛船墜落之後，多半成員已經死於這場災難，剩下的十一人準備棄船逃生，卻沒有料到飛船墜落的情景被康人看到，因此而派出大軍。」

姬飛花道：「那場戰鬥你們損失了兩名同伴。」

老者道：「那兩名同伴乃是我們的船長和領航員。」

姬飛花此時方才明白，為何其餘的天命者無法修復飛船離開。她低聲道：「所以你們這些年一直都在為了離開而努力？做出了那麼多的事情？」

老者緩緩搖了搖頭道：「家有家規，國有國法，宇宙也有自身的法則。我們不會輕易破壞任何一個星球的運行規則，即便是他們殺害了船長和領航員，我們也沒有想過去修復飛船，甚至沒有想過要回去。」

姬飛花有些詫異地望著老者，對他的話將信將疑。

老者道：「探索未知的領域擁有著極大的危險，發現別人的同時也會暴露自己，我們的法則之一就是，一旦預知到危險，就決不把這種危險帶回自己的家園，當年飛船墜毀並非意外，而是人為。」

姬飛花心中一沉，看來事情比自己預想中更加複雜。

老者道：「我們在漫長的探索中營救了一個人，正是這個人導致了我們的這場災難，她的基因甚至比起我們都要優秀得多，當船長發現她的陰謀和野心之時，決定偏離航向，毀掉星圖，甚至不惜和她同歸於盡。」

姬飛花道：「她死了？」

老者道：「她可以在短時間內學習別人知識的能力，並控制他人的精神，船長設計將她困住，本想將她除去，卻想不到她竟然控制了大半船員，試圖控制整條飛船，船長在無可奈何的前提下不得不選擇讓飛船墜毀。」

姬飛花點了點頭，接下來發生的就是龍靈勝境壁畫上所記載的事情了。

老者道：「這場意外讓我們失去了團隊的領袖，我們其餘九人逃走，大家各散東西，按照我們的法則，我們不可以冒險修復飛船，不可以重新返回家園暴露座標，開始的時候還算平靜，每人都恪守原則，可是到了後來，或許是環境讓我們改變，我們的性情漸漸發生了變化，有人變得惶恐不安，有人變得多疑善變，還有人變得沮喪絕望。」講述這番往事的時候他的語氣平淡無奇，可是在姬飛花聽來卻是驚心動魄，雖然她未曾親眼目睹，仍然可以想像得到當時凶險的情景。

老者道：「僥倖逃走的七人本來還準備救回船長，可是他們逃離不久就傳出大康皇帝下令將艦長和領航員殘忍殺害的消息，他們雖然擁有遠超這一時代的科技和文明，但是畢竟力量有限，而他們一直奉行的法則也不允許他們這樣做。」

姬飛花心中暗自奇怪，這老者口口聲聲他們所奉行的法則，如果他們當真遵循法則，或許就不會發生那麼多的事情，也不會引出大康分裂，大雍崛起，難道是環境的變化，現實狀況讓他們發生了變化？

老者竟然點了點頭道：「不錯！」

姬飛花心中一驚，自己尚未發問，老者竟然已經知道自己心中所想？難道他能夠讀懂自己的意識？

「你的身上擁有光翼族的血統，同樣也遺傳了族人的這種特殊本領，彼此之間可以通過意識進行交流。」老者並未啟動嘴唇，可是他的話語聲卻清晰出現在姬飛花的耳中。

姬飛花道：「光翼族？我的血統應該並不純正。」

老者道：「倖存的九人中，有兩人不知去向，剩下的七人為了躲避大康軍隊的搜索追蹤，不得不選擇來到漠北苦寒之地，這裡天氣雖然寒冷，可是地理環境相對更接近我們的家園，我們七人已經放棄了返回家園的想法，沒過多久，就有四名同伴因為無法適應這裡的氣候而患病，相繼死去，目睹同伴一個接著一個的死去，我們心中萌生出巨大的恐慌，更為不幸的是，患病死去的四人中包括我們的隨隊醫生。而我們倖存的三人卻都生了病，已經無人可以醫治，我們都以為過不了多久，我們會像其他同伴一樣在遙遠的異域淒涼死去，我們開始絕望，就在這時候，當初和我們同樣逃離的一名同伴找到了我們。」停頓了一會兒方才道：「他不但自己回來了，而且帶來了十個女人，這十個女人全都已經有了身孕。」

姬飛花已經猜到了什麼，饒是如此，仍然控制不住內心的震駭。

老者道：「他違背了我們的法則，我們紛紛指責他的時候，他卻告訴我們，他之所以能夠活下來，全都是因為這些女人的緣故。」

姬飛花倒吸了一口冷氣，難道這些異星人也有採陰補陽的說法？可馬上又想到自己的體內同樣留著這些異星人的血。

老者道：「在死亡的面前，任何法則都可以放下，很快就驗證了這個道理。」

「為了活下去，我們這些人不得不去尋找目標，當初我們心中想著只要能活下去就停下這種荒唐的行為，可是我們很快就發現，有些事一旦做過就無法終止，我們的病情時好時壞，必須要不斷通過這種方式來挽救自己，而但凡跟我們有過這種關係的女人就再也沒有效果，所以我們不得不去尋找新的目標。」

姬飛花心中黯然，這些人非但違背了他們的法則，而且做出了窮凶極惡的事情，可是在生存的前提下，他們的做法又似乎無可厚非。她曾經聽胡小天說過這些人繁衍後代的事情，胡小天是聽鬼醫符刓所說，只不過當時並沒有說出原因，認為這些異星人的繁衍是為了擴張和佔領，而眼前這位倖存者所說的應該才是真正的事實，他們是為了活下去，至於後代只是無意製造的附屬品。

老者道：「因為人種的差異，我們的後代存在著巨大的缺陷，多半都在出生後不久就已經死去，我們漸漸發現，我們的疾病並非是不適應環境的緣故，而是人為，那個意圖控制飛船，船長不惜毀掉飛船和她同歸於盡的生命體竟然和我們一樣逃了出來，她一直在暗中觀察著我們，我們的疾病全都是她一手造成，而治病的方法，也是她的詭計，我們的那名同伴其實早已被她控制，我們幾個不幸成為了她的試驗品。」

「後來呢？」

老者道：「雖然我們的後代存活率並不算高，可畢竟其中有部分人活了下來，他們的體貌更接近於這個世界的普通人，我們雖然盡力控制他們不去影響這個世界，可是我們無法控制他們進入這個世界，更無法隔斷他們和外界的聯絡和交流。不過他們存在著天生的基因缺陷，存活率極低是一方面，即便是僥倖存活，也往往活不過三十歲。雖然我們的初衷並不想生下這些後代，可是既然賦予了他們生命，我們就不想眼睜睜看著他們死去。」

姬飛花點了點頭。

老者道：「解鈴還須繫鈴人，既然這一切是那個女人背後所為，她就應當有解決的辦法，於是我們想方設法將她引誘出來，準備聯手將她拿下，那一次我們付出了極其慘痛的代價，我們付出了兩死兩傷，枉死者更是不計其數，我們成功將她殲滅，此後的百餘年，終於恢復了寧靜，我們開始著手收拾一切，避免事態進一步惡化，我們本希望這些後代自生自滅，讓這個世界恢復最初的平靜，然而很快我們就發現，隨著生息繁衍，後代的生命也在不斷延長，不過比起我們的種族，甚至這個世界的人他們還是短壽的，少有超過四十歲，超過五十歲的更是屈指可數。在我們的後代中不乏智慧卓絕之人，他們竟然創出了《天人萬像圖》，完善自身的缺陷，以獲得更為長久的生命。」

姬飛花聽胡小天說過《天人萬像圖》的事情，所以並沒有感到太多的驚奇，輕聲道：「據我所知，《天人萬像圖》最後又不知所蹤了。」

老者緩緩點了點頭道：「不錯，在天人萬像圖的事情上，即便我們內部也有不同看法，我們的初衷是想維護昔日的法則，讓這些後代自生自滅，不去影響這個世界，然而當我們想要控制這件事的時候，一切都已經變得無法控制，我認為應當毀掉那幅天人萬像圖，盡可能地保護這個世界，而我的同伴並不這樣想。」

姬飛花心中暗忖，他在這世上的同伴應該只剩下兩個，其中一人還不知去向。

老者道：「我們中失蹤的另外一名隊員，在失蹤近百年後終於找到了我們，你所穿的翼甲就屬於他的。」

姬飛花知道這翼甲的來歷，胡小天從五仙教得到，看來那名死在五仙教地底秘洞的天命者就是老者所說的隊友。

老者道：「這些年來，他離群索居，切斷了和我們的一切聯絡，可是他並沒有甘於寂寞，同樣擁有了後代，他來找我們的目的也不是為了和我們敘舊，而是為了那幅《天人萬像圖》。」說到這裡他長歎了一口氣：「察覺他的目的之後，我們之間發生了一場爭執，爭執中，我們發生了爭鬥，可這時候，我們並沒有意識到另外一個危機的到來，有人趁著我們兩敗俱傷之際伏擊了我們，可怕的是，他們同樣不屬於這個世界。」

姬飛花秀眉微顰，她從胡小天的轉述中聽說劉玉章和他的越空小隊遭受了天命者的伏擊，可是從眼前這位異星老人的口中卻得到了一個完全不同的版本。不知是不是血統使然的緣故，她更相信後者。

老者道：「那場戰鬥中我們雖然最終佔據了上風，可是有人趁著這個時機，將《天人萬像圖》帶走，我們俘獲了其中的兩人，一人口風極嚴，寧死不肯吐露半個字，另外一人卻熬不住訊問，交代了他所知的一切。」

姬飛花道：「他們是誰？」

老者歎了口氣，緩緩搖了搖碩大的頭顱道：「只要想查，不難查得到，只是那場戰鬥之後，我們僅剩的三名倖存者，一人因為傷勢過重不久死去，另外一人深深自責，悄然離開。」他向姬飛花看了一眼道：「你既然穿著他的翼甲，證明他也已經死了。」

姬飛花心中暗忖，如此說來當初和眼前這位異星老人一起來到這個世界上的其他人都已經死去，只剩下他孤零零一個。

老者道：「我在這世上時日無多，你所看到的這片地方，乃是我用來苟延殘喘所開闢的地方，這裡的佈局全都按照我家園的模樣……」說到這裡老者轉過身去，重新走入水池之中。

劉玉章望著姬飛花剛才消失的地方，臉上的表情陰晴不定，眼角的餘光看到胡小天，看到胡小天的雙目中充滿了憂慮，於是歎了口氣道：「我們不該讓她單身一人深入險境的！」

胡小天道：「後悔也已經晚了。」

一旁象印大師道：「依我看剛才就該一起殺進去，把裡面故弄玄虛的老畜生和那幫白毛畜生全都一網打盡。」

夏長明道：「這裡看似一片廢墟，實際上卻處處都埋伏著玄機，想要找到入口都沒那麼容易。」

象印大師怪眼一翻：「小子，世上無難事只怕有心人，只要想找，哪有找不到的道理？」

劉玉章道：「進去那麼久了，該不會發生什麼事情？畢竟她是孤身一人。」

胡小天心中也是擔心到了極點，可是他也知道劉玉章根本就是有意挑唆，如果他剛才不是聽到那句古怪的話語也不會同意姬飛花身涉險境，他知道姬飛花和天命者的淵源，所以也相信地底神秘人物選擇姬飛花見面的真意。關心則亂，越是這種時候，越是要保持冷靜，須知劉玉章為人陰險狡詐，此次和自己的聯手合作純粹是利益使然，任何時候他都可以反戈相向，對此人務必要加倍提防。

胡小天微笑道：「我對她有信心。」目光向周圍環視了一下，輕聲道：「緣木大師呢？因何現在還不見他回來？」

象印這才想起緣木的事情，大手照著自己的後腦殼上拍了一記，大叫了一聲道：「奶奶的，這麼重要的事情怎麼被貧僧忘了？我去找他！」說完之後，根本沒有徵求其他幾人的意見，轉身就向山下跑去。

胡小天向夏長明使了個眼色，象印雖然武功高強，可是梵音山這麼大，單靠他一個人搜索只怕短期內不會有任何的收穫，這方面反倒是夏長明的強項，他騎乘雪雕居高臨下展開搜索相對容易一些，更容易發現目標。

夏長明向劉玉章悄悄看了一眼，表達出他對此人的擔心，胡小天微微一笑，示意他不必多慮，儘快幫忙尋找緣木大師才是正本，夏長明這才呼喚雪雕騰空離去。

劉玉章抬頭看了看夏長明離去的身影，充滿羨慕道：「強將手下無弱兵，你的手下真是高手如雲。」

胡小天道：「跟您老人家不能比，翻手為雲覆手為雨，天香國和西川都在您的手下服服貼貼。」

劉玉章桀桀笑了起來：「咱家可沒有你這樣的胸懷和抱負，我只想著能夠討還公道。」說到這裡，目光中流露出無限怨毒。

胡小天道：「你是不是還有很多事情瞞著我？」

劉玉章笑道：「怎麼會？」

胡小天道：「當年對不起你的那個人究竟是誰？」

劉玉章道：「你的好奇心真是很重啊，對不起咱家的又豈是一個，他們能夠繼續活下來全都拜我所賜。」

胡小天心中暗歎，這句話充分將他的小人嘴臉暴露無遺，天下人都對不起他，他永遠都占盡了道理。

劉玉章道：「你猜她去見的究竟是誰？」

胡小天道：「何必心急，等她回來，一切自然明瞭。」

異星老者在池水之中浸泡了好一會兒，這才長舒了一口氣，萎靡的精神似乎振作了一些：「你是不是有什麼事情想問？」

姬飛花道：「我父親是什麼人？」

異星老人背朝著姬飛花，大大眼眶中居然閃爍著些許晶瑩，他緩緩閉上雙目，兩顆混濁的淚珠沿著滿是皺褶的面孔緩緩滑落：「他是你們口中常說的天命者。」

「凌嘉紫是什麼人？」

異星老人道：「我懷疑她就是當年導致我們飛船墜毀的元兇。」

姬飛花充滿驚詫道：「她不是已經死了？」

異星老人呵呵笑道：「死？沒那麼容易，當年飛船墜毀，我們以為她死了，可是她卻活了下來，我們在漠北圍剿，付出慘重代價以為將她置於死地，可是她又活了下來。」

姬飛花道：「她若是活著，為何至今沒有現身？」

異星老人道：「有些生命體超出你的認知之外，你看到我的樣子已經感到非常震驚，對不對？」

姬飛花望著異星老人的背影，雖然她第一次見到這樣的人，可是她卻並未感到震驚，反倒從心底產生了一種同病相憐的感覺，或許因為他們擁有著相同的血統，或許自己的心底深處和這位老人一樣的孤獨。

「有些生命可以像草木一樣，野火燒不盡，春風吹又生，你以為他死了，可是在適宜的條件下他會重新活過，有些生命體，有質無形，宛如雲霧一般不可觸摸，並非以肉眼可見的實體存在，可是並不代表不存在，一旦遇到合適的宿主，她就可以潛入宿主的體內，佔據她的身體完成寄生，從而以一個正常人類的體貌活在人世之上，我們稱她為魅影。」

姬飛花道：「莫非你說的就是種魔大法？」

異星老人道：「種魔大法從創立到現在也不過僅僅百年，這個世界應該無力開創出這一功法。」

姬飛花眉頭緊皺，低聲道：「凌嘉紫如果是你說的那個人，那麼七七又是她和誰所生？」

異星老人道：「你是不是想問她和你父親的關係？」

姬飛花沉默了下去。

異星老人道：「你父親是我們後輩中最為出類拔萃的一個，本來他有機會改寫自己的命運，然而他不幸遇到了凌嘉紫，以他的智慧，能夠將他迷惑住的屈指可數，如果不是這件事，我不會懷疑凌嘉紫的身分。」

姬飛花道：「我父親的死跟她有無關係？」

異星老人道：「你知不知道螳螂是如何繁衍的？」

姬飛花咬了咬嘴唇，她當然知道，螳螂繁衍後代是通過母螳螂將公螳螂吃掉的方式。老者這麼說分明在暗示自己，父親當年死於凌嘉紫之手。姬飛花道：「可是我親眼見到他被朝廷抓走凌遲處死……」這是她心中最痛的傷痕，至今難以忘記。

「親眼見到的未必是真的，你又怎能知道當時被抓走的就是你的父親？」異星老人長歎了一聲道：「為了除掉她，我違背了永不離開漠北的承諾，做出了許多讓步，付出了極大代價，我本以為除掉凌嘉紫之後，這個世界就能夠回復太平，可是卻沒有想到一個凌嘉紫被我除去，卻滋生出更多的野心家。我現在方才明白，一切絕非人力可以改變。」

姬飛花道：「你單獨見我，又是為了什麼？」

異星老人緩緩轉過頭來，他的頸部迥異常人，可以輕鬆旋轉一百八十度，雙目望著姬飛花道：「我感受得到，你已經掌握了虛空之力，你是楚源海的女兒，你有機會結束這一切。」

姬飛花靜靜望著老人，沒有說話。

「找到魅影將她殺死！」

「你們對付她那麼多次，她都不死，難道我可以做到？」

「有一個辦法一定有效。」長長的手臂探伸出來，宛如鳥爪的手掌舒展張開，露出掌心一顆宛如海水般湛藍澄澈的晶石。

胡小天和劉玉章苦苦等待了兩個時辰，方才看到姬飛花的身影重新出現，胡小天見她安然無恙，不由得大喜過望，大步來到她的面前，關切道：「怎樣？你有沒有事？」

劉玉章關心的卻是下面究竟發生了什麼：「你見到誰了？」

姬飛花冷冷掃了劉玉章一眼，並沒有理會他，向胡小天道：「咱們還是儘快離開這裡。」

胡小天料到她在下面必然有一番讓人意想不到的經歷，當下也不多問。

劉玉章顯然仍不甘心，他辛辛苦苦策劃的一場聯手攻擊梵音寺，到現在除了殺掉了一些番僧，根本沒有其他的收穫，那兩顆頭骨也不知所蹤，他大聲道：「有沒有問出頭骨的下落？」

此時腳下的地面隱隱開始震動，姬飛花道：「不想死的話先離開這裡再說！」

劉玉章感覺到腳下震動越來越厲害，這才知道將有大禍臨頭，胡小天召喚飛梟到來，姬飛花展開雙翼，先行飛掠而去。

胡小天躍上飛梟的背脊，向劉玉章道：「上來！」這倒不是他關心劉玉章，而是因為這老太監對自己還有用處，還不能眼睜睜看著他死。

劉玉章也不得不暫時按捺住心中的疑問，爬到了飛梟背上，飛梟振翅飛起，剛剛爬升到空中，梵音山上就地動山搖，但見山上積雪滾滾而下，山上殿宇的斷壁殘垣紛紛倒下，過不多久，原本殿宇所在的地方出現了一個巨大的地洞，周圍山岩積雪紛紛向地洞之中墜落，山峰之上雪霧飛騰。

胡小天和劉玉章雖然都是絕頂高手，可看到眼前山崩地裂的場面也被震撼到心旌搖曳。劉玉章感歎之餘，心中又有些後怕，剛才如果不是胡小天讓自己爬上了飛梟，即便是自己武功卓絕，恐怕也難逃這場劫難。

胡小天望著白茫茫一片，心中暗道，毀滅證據，只怕那數千隻白毛怪物也全都陪葬了，到底下面藏著什麼人？到底埋藏多少秘密，也許答案只有姬飛花知道。

第五章

更為強大的存在

姬飛花道：「你相不相信這世上除了天命者和越空者之外還有一個更為強大的存在？」

胡小天似乎明白了什麼，可是卻又不敢確定。

如果天命者和越空者之外還有一個更為強大的存在，那麼將會如何可怕！

胡小天讓飛梟將自己和劉玉章放在山腳，沒過多久，就看到夏長明和象印大師尋了過來，兩人也被這場突如其來的山崩地裂嚇得魂飛魄散，剛才的一番搜索也沒有找到緣木大師，這種狀況下搜索顯然無法繼續進行，只能先來到預定地點和其他人會合，等到山上情況穩定之後再做搜索的打算。

幾人在山下等到天黑都未見到姬飛花過來會合，胡小天雖然有些失落，可並不擔心，因為他相信姬飛花絕不會出事。相比較而言，劉玉章才是最懊惱的一個，他精心策劃的一切到現在已經完全失去了控制。

胡小天心中卻認定姬飛花必然還會回來尋找自己解釋一切，既然自己這麼想，說不定劉玉章也會這麼想，他微笑道：「車到山前必有路，船到橋頭自然直，公公又何必心急？」

幾人約定分頭行動，三天之後去南邊的坎兒鎮碰頭，看看有無姬飛花和緣木大師的消息。

分手之後，胡小天悄悄將夏長明帶到一邊，低聲叮囑夏長明，讓他儘快前往孤鷹堡和熊天霸會合，護衛西瑪即刻返回中原，讓胡小天警惕的那個人是劉玉章，他這次一無所獲，保不齊會生出什麼陰謀，還是未雨綢繆早做防範得好。

梵音寺在黑胡的地位等同於護國寶剎，這次梵音寺大半被毀，活佛失蹤，公主失蹤，對黑胡而言絕對是震驚全國的大事，胡小天也不敢再回孤鷹堡，喚來飛梟，飛去姬飛花此前帶他相會的雪洞處，希望在那裡能夠找到姬飛花，可是來到雪洞發現那裡空空如也。

三天之後，胡小天的身影出現在坎兒鎮，讓他意外的是，除了他自己之外並沒有任何人到來，在鎮上一直等到黃昏，胡小天終於喪失了希望，這些人無一不是高手，即便是遇到黑胡兵馬想必也能夠輕鬆脫身，胡小天並不擔心他們的安危，唯一的解釋就是他們可能遇到了什麼重要的事情耽擱了。

準備離開小鎮的時候，身後突然傳來一陣鑾鈴聲響，一個熟悉的聲音道：「小胡子，為何棄我而去？」

胡小天心中一熱，轉過身去，卻見姬飛花一身胡服騎在一匹黑色駿馬之上，英姿颯爽，笑眯眯望著自己。胡小天笑道：「有人好像在惡人先告狀呢！」明明是姬飛花棄自己而去，現在反倒全都成了她的道理，女人啊！胡小天發現在自己眼中姬飛花的女人味越來越濃。不知是自己的錯覺還是姬飛花的確發生了這樣的改變。

姬飛花翻身下馬，胡小天一把將她的手腕握住，拖著她來到隱蔽之處，姬飛花不解道：「你做什麼？」

胡小天神神秘秘道：「劉玉章可能就在附近。」

姬飛花不屑道：「你怕他？」

胡小天道：「我怎麼會怕他，只是那老太監牛皮糖一樣，到處找你，我擔心他找到你就黏上你。」

姬飛花聽他這樣說不禁笑了起來，胡小天被她這一笑反倒弄得一頭霧水了：「你笑什麼？我哪裡好笑？」

姬飛花道：「他現在正忙著搶奪頭骨呢。」

胡小天大驚失色：「那咱們也趕緊去，不能讓頭骨落在他的手裡。」

姬飛花道：「有什麼重要？」她翻身上馬道：「我在鎮外準備了一頭肥羊，你來不來啊！」

胡小天忙不迭地點頭：「來……來……」抬頭望去，姬飛花已經縱馬揚鞭，絕塵而去。

胡小天發足急追，可是小鎮道路之上人來人往，他也不方便使用輕功，不想太過惹人注目。

姬飛花哈哈大笑，胡小天跟在姬飛花身後一直追出了小鎮，確信四下無人，方才騰空而起，落在姬飛花的身後，想都不想展臂將姬飛花的纖腰摟住，心裡這個美啊，不是小爺我色膽包天，你給我這個機會，我若是再不敢有所舉動還算男人嗎？

姬飛花並沒有任何抗拒的舉動，只可惜路途太短，胡小天還沒有來得及好好體會抱著她的感受就已經到了目的地，姬飛花道：「下去！」

胡小天哦了一聲，心中寫滿失望，自己終究還是膽子太小了，這手臂剛才應該再往上一些，往下一些也好，老子何時變得如此規矩了？翻身下馬方才看到這裡早就紮起了一個孤零零的帳篷，想來是姬飛花此前就在這裡紮營。

兩人合力升起篝火，胡小天望著白雪皚皚的清冷大漠，西方一輪紅日緩緩落到了地平線的位置，不由得詩興大發：「大漠孤煙直，長河落日圓。」

姬飛花道：「落日不能當飯吃，孤煙也不能當酒喝，大詩人能不能幫忙將這頭肥羊烤好？」

胡小天轉過身去，卻見姬飛花從帳篷中拿出了一頭剝光的肥羊，他伸手接過，串好放在篝火之上，笑道：「這羊是公是母呢。」

姬飛花在一旁站著，凝望著夕陽，輕聲道：「羯羊味道最為鮮美。」

胡小天道：「跟人一個樣。」

姬飛花轉過臉去，四目相望彼此都明白對方在想什麼，姬飛花的面龐微微有些發熱，輕聲道：「人肉我倒沒有嘗試過，不如拿你試試？」

胡小天道：「難道你想把我烤了？」

姬飛花咬牙切齒道：「我想把你閹了！」

胡小天吐了吐舌頭：「多大仇，多大恨，這太監我是當夠了，沒前途的，不然你這個太監頭兒也不會跟我一樣淪落到漠北烤羊。」

姬飛花想起昔日在大康皇宮中的種種，不由得笑了起來。

紅日西沉，月兔東升，清冷廣袤的荒漠雪夜之中只有這堆篝火仍在熊熊燃燒，羊肉已經烤好，外焦裡嫩，油光華亮，胡小天用匕首分了，和姬飛花一邊吃肉一邊飲酒，他並沒有詢問那天在梵音山峰頂發生了什麼，因為他知道姬飛花方便說的話一定會說。

胡小天對羊頭肉有著偏好，一顆羊頭被他剔得乾乾淨淨，一邊喝酒，一邊用刀背輕輕敲著羊頭，宛如一個和尚在敲著木魚。

姬飛花道：「你為何不問我因何不辭而別？」

胡小天道：「每個人都有自己的秘密，你不想說，我問也沒用。」

姬飛花笑道：「你在坎兒鎮好像約了不少人？可好像一個都沒來。」

胡小天道：「該來的來了就足夠了。」

姬飛花的睫毛忽閃了一下，然後道：「知不知道他們為什麼沒來？」

胡小天道：「其實現在我有些明白了，你之所以不辭而別可能是為了迷惑劉玉章他們，製造你跟我之間也並非親密無間的假像，這兩天或許你已經和劉玉章見過面，私下裡應該又達成了某些我不知道的協定，比如說你告訴他頭骨所在的地點，所以劉玉章顧不上來這裡見我，忙著去搶頭骨了。」

姬飛花歎了口氣道：「胡小天啊胡小天，你果然聰明。」

胡小天笑道：「不是我聰明，是你剛才無意中說出劉玉章的事情，而且我們在這裡約好了相見，你並不知道，所以我判斷出你一定見過其中的一個，想來想去，這個人最可能還是劉玉章，也只有他那麼迫切地想見你。」

姬飛花將酒囊扔給了胡小天，表情居然有了幾分惱怒，可這樣的神態在胡小天看來卻是越發的可愛，越發有女人味道。

「你不想見我？」

胡小天道：「想，只不過我對你沒有動機！」他的這句話傻子才會相信。

姬飛花幽然歎了口氣，目光投向空中的圓月，低聲道：「你這番話不合道理，就算我知道頭骨所在的地點，因何要告訴劉玉章？」

胡小天道：「或許你知道他根本拿不到，或許那頭骨本來就沒有那麼重要。」

姬飛花的雙眸一亮，此時她方才為胡小天強大的分析能力所折服了，難怪胡小天如此年輕就能夠擁有如此成就，難怪自己會對他青眼有加，自己果然沒有看錯。

胡小天舉起酒囊連灌了幾大口酒，又塞了一塊羊肉在嘴裡，笑道：「人生得意須盡歡，莫使金樽空對月，咱們不談這些麻煩事，今晚一醉方休，只談風月。」

姬飛花望著他道：「可惜今晚不是清風明月，而是淒風冷月。」

胡小天笑道：「管它清風明月還是淒風冷月，只要有你在，便是大好風月！」

姬飛花禁不住笑了起來，她長身而起，居高臨下望著胡小天道：「小胡子，你在我面前卻是越來越放肆了。」

胡小天道：「我向來如此，只是你過去沒有發現罷了！」

姬飛花歎了口氣道：「不錯，你沒變，是我變了！」她的目光重新落在那輪明月之上，輕聲道：「七七果然是我同父異母的妹子，只不過凌嘉紫並非天命者。」

胡小天聞言一怔，他有些糊塗了，凌嘉紫不是天命者？那不是說七七也非純正的天命者血統？她如果不是純正的天命者血統，那麼因何會對頭骨有感應？

姬飛花道：「你相不相信這世上除了天命者和越空者之外，還有一個更為強大的存在？」

胡小天內心一凜，他似乎明白了什麼，可是卻又不敢確定，抓起酒囊又灌了一大口酒道：「我有點暈，咱們明天再說好不好？」如果天命者和越空者之外還有一個更為強大的存在，那麼將會如何可怕！或許這才是當初鬼醫符刓、洪北漠、劉玉章、任天擎、龍宣恩這些人聯手殺死凌嘉紫的原因。

姬飛花卻沒有停下這個話題的意思，輕聲道：「你見聞廣博，相不相信這個世界上有一種生命可以有質無形，並不以常人所見的形態而存在？」

胡小天將酒囊塞好放下，起身來到姬飛花的身邊，從側面望去，她的表情前所未有的凝重，沒有一絲一毫的戲謔成分。他忽然感到一陣不寒而慄，沒來由顫抖了一下，雙手抱住手臂，低聲道：「科幻電影裡看到過。」

姬飛花道：「她叫魅影，當年飛船之所以墜毀其實是為了將她毀掉，越空者和天命者之間的那場戰鬥也是因她而起，七寶琉璃塔內很可能收藏著當年用來克制魅影的武器。」如果不是親眼見到了那位碩果僅存的天命者，姬飛花絕不會相信這個匪夷所思的故事。

胡小天聽她說完梵音山上的見聞，心中震駭到了極點，喃喃道：「既然這個魅影那麼厲害，為何她沒有修復飛船離開？」

姬飛花道：「也許時機尚未成熟。」

「如果凌嘉紫就是魅影，那麼她又怎會死在這些人的聯手攻擊之下？」

姬飛花反問道：「誰告訴你她已經死了？我們所認為的死，對她而言或許只是一種休眠狀態。」

胡小天不禁有些頭疼了，如果魅影當真如姬飛花所說的那麼可怕，是位有質無形的生命體，那麼七七是什麼？兩個截然不同的生命體究竟是通過何種方式孕育新的生命？而這個生命在外表上竟然和人類毫無差別？他深深吸了一口氣，清理了一下思路，被埋藏在七寶琉璃塔和龍靈勝境的兩顆頭骨分別屬於飛船的船長和領航員，那麼這兩人就是當年那支艦隊的中樞核心，他們掌控著飛船的核心秘密，姬飛花的身上無疑擁有其中一人的血統，楚源海應當就是當初一人的後代，而七七同樣擁有楚源海的血統，這樣就能夠解釋，為何她們兩人能夠領悟到頭骨中的資訊。可是那兩顆頭骨卻分別屬於不同的人，其中一人是船長而另外一人是領航員。

想到這裡，胡小天突然問道：「船長和領航員是夫妻嗎？」

姬飛花愣了一下，然後緩緩點了點頭，胡小天的問題極其關鍵。

胡小天心中已經明白，當時的飛船上除了船長和領航員之外，必然還有他們的子女，而且他們的子女應當是在當時成功逃生的船員之中，楚扶風，楚源海正是這些倖存者的後代，也只有這樣才能解釋姬飛花、七七和這兩顆頭骨的關係。

姬飛花道：「劉玉章對你撒了謊，他當年並非是受到了天命者的攻擊，而是他和他的那支越空小隊主動攻擊了天命者，結果慘敗，鷸蚌相爭漁翁得利，魅影利用這個機會重創了雙方，天命者有一人當場死去，劉玉章的越空小隊也死了兩人，劉玉章被天命者所俘。」她停頓了一下又道：「至於說他遭受折磨，被天命者變成了太監倒是真有其事。」

胡小天點了點頭道：「難怪他這麼恨天命者。」他忽然又想到一個可能，鬼醫符刓曾經說過，越空小隊之所以來到這個時空是源於飛船的墜毀時候產生的異常波動，也就是說他們的動機並非是那麼單純。

姬飛花道：「徐老太太和鬼醫符刓應當都是當年的成員之一，從劉玉章的表現來看，他應當是被隊友所拋棄，而徐老太太和鬼醫符刓應當也和魅影之間有著千絲萬縷的聯繫。」

胡小天道：「七寶琉璃塔的地宮中當真有克制魅影的武器？」

姬飛花點了點頭道：「天命者親口告訴我的，應該不會有錯。」

胡小天道：「既然他知道有這樣一件東西，這麼多年為何不取出來？」

姬飛花道：「因為開啟地宮的秘密只有船長和領航員才知道，當年他們巧妙利用了諸葛運春，為他們建成了一座常人無法開啟的地宮。」

胡小天道：「看來還需找到那兩顆頭骨。」

姬飛花點了點頭。

「你有沒有想過，或許魅影早就隨著凌嘉紫死了，這世上沒有永生不滅的生命體。」

姬飛花道：「你有沒有想過洪北漠不惜一切代價修復飛船的目的是什麼？」

胡小天經她提醒，腦海中忽然一亮，低聲道：「難道他想逃離這裡？」

姬飛花聲音凝重道：「不單是他，只怕徐老太太也是一樣。」

能讓洪北漠如此強勢的人物選擇逃離，足見魅影何其之可怕。胡小天想起姬飛花剛才所說，他們所認為的死亡對魅影而言可能只是一次休眠，難道這個可怕的生命體復甦之日已不久遠？

胡小天道：「事不宜遲，我們這就去找頭骨。」

姬飛花搖了搖頭道：「頭骨我來尋找，你只需做好兩件事。」

胡小天道：「什麼事情？」

姬飛花道：「我要你迎娶七七，蕩平徐氏！」

胡小天有些詫異地望著姬飛花，他沒聽錯，姬飛花讓他迎娶七七，蕩平徐氏，而且還把迎娶七七放在第一位，胡小天沉默許久方才憋出一句話道：「為什麼？」

姬飛花道：「七七的體質迴異常人，我擔心若是魅影復甦，第一個找上的恐怕就是她，也只有你才有這種能力改變她的體質。」

胡小天略顯尷尬道：「你抬舉我了。」

姬飛花道：「天人萬像圖乃是天命者後代為了改變自身缺陷，延長生命所創出的秘法，七七雖然是魅影和天命者的後代，可是她的身上應該擁有更多天命者的特質，我想天人萬像圖應該對她有用。」

胡小天老臉有些發燒了，姬飛花擺明了是要送自己給七七當藥引子，尷尬之餘心中又有些不快，難道自己在她的心中當真是輕如鴻毛？當初想出對西瑪用美男計的是她，現在要送給七七當藥引子的又是她，若是她心中當真在乎自己，又怎能拿自己送來送去？難道她心中連半分嫉妒都沒有？

胡小天道：「你也是天命者的後代。」

姬飛花霍然轉向他，一雙明眸冷冷盯住他，看得胡小天心頭一陣發虛，他也搞不清楚自己因何會如此忌憚姬飛花，剛才那句話其實是提醒姬飛花自己同樣可以給她當藥引子，並非是不敬，而是闡述事實的同時發洩心中的不快。

姬飛花一字一句道：「我不需要你幫忙！」

胡小天反正是無所謂這張臉皮了，既然話都說了出來，不妨再說明白一些：「我不介意啊！」

「我介意！」姬飛花說完轉過身去，向前走了幾步道：「我走了，馬匹和帳篷全都留給你，該怎麼做你自己掂量。」話音剛落，已啟動翼甲倏然射向夜空之中，胡小天大步追了上去：「噯！話都沒說完呢，你有沒有搞錯啊，翼甲是我的啊！」

本來已在空中的姬飛花再度俯衝而下，從胡小天頭頂低空掠過，扔了一封信給他，揚聲道：「小氣鬼，送給我就是我的，這輩子別想再要回去……」

胡小天望著她再度遠去的身影大聲道：「那就肉償吧！」

姬飛花的笑聲從空中傳來：「那頭肥羊足夠肉償了！」轉瞬間身影已消失。

胡小天無奈搖了搖頭，他低頭看了看烤架上被吃了小半的肥羊，歎了口氣道：「肉償？羊肉跟人肉能比嗎？更何況牠是一頭太監羊吶！」

姬飛花留下的那封信雖然是她親手所寫，可信的內容卻是得自於劉玉章，胡小天看完也是驚心動魄，信中劉玉章將西川發生的事情全都坦誠相告，胡小天看到李鴻翰毒殺周王，又親手弒父的秘密，內心中被震駭得難以形容，他本以為李鴻翰只是一個被人利用的可憐蟲，卻想不到這廝居然如此陰狠歹毒。殺周王倒還罷了，連親爹也殺，足見這廝已經泯滅人性。

和姬飛花分別之後，胡小天並未在黑胡繼續逗留，既然姬飛花已經說過她來負責尋找頭骨，而且劉玉章透露了那麼多的內情給自己，足以證明劉玉章和她之間又達成了某種協定。

胡小天從白雪飄飄的漠北苦寒之地回到東梁郡，發現這裡也開始下雪，進入臘月的東梁郡也因為這場雪而變成了一個銀裝素裹的世界。胡小天的平安回歸讓眾人無不笑顏逐開，他顧不上休息，首先召集部下詢問最新的局勢。

余天星和趙武晟代表眾人將最新局勢向他做了個稟報，最近一段時間倒是算得上平靜，各方都沒有太大的舉動，安康草原的增兵和域藍國的滲入全都在有條不紊地進行中。康都的狀況也非常平靜，丐幫大會如期舉行，七七和龍曦月之間相處默契，至少在目前，並未發現她對龍曦月有任何不利的舉動。

負責在東洛倉駐守的常凡奇也專程前來參加這次軍機會議，他等到最後發言，抱拳行禮道：「主公，新近大雍方面倒是有幾件大事，薛道銘親自前往北疆，大雍南部落雪不斷，已經造成大範圍的災情。」

胡小天點了點頭，薛道銘在這種時候膽敢前往北疆似乎並不明智，畢竟康都有李沉舟這個虎視眈眈的野心家，很難保證這廝不會趁機製造風浪。

常凡奇又道：「最近有不少來自大雍的逃兵，看來南部駐軍情況也不樂觀。」

余天星道：「大雍今秋薄收，冬季糧食方面必然捉襟見肘，更何況他們現在的軍糧必須優先供給北疆，南部自然有所緊縮。今年不巧又遭遇了十年以來最冷的天氣，南部雍軍缺衣少糧，臨陣脫逃也是正常。」

趙武晟道：「現在還沒到一年最冷的天氣，等到了數九寒天，庸江冰封，只怕南下的難民和逃兵會更多，我已經增派士兵，加強沿江防線。」

胡小天歎了口氣，昔日聲勢一度壓倒大康的大雍帝國，在薛勝康死後的短短幾年內已經衰退到如此地步，不但和大雍混亂的內政有關，也和國運有著密切的關聯，這些年來大雍天災不斷，更是將這個陷入低潮的大國一步步推向深淵。

余天星以為胡小天心中不忍，低聲道：「雖然朝廷調撥了不少物資和糧食給我們，可是因為西川難民的緣故，我們今冬只怕也要節衣縮食。」

胡小天點了點頭道：「只能儘量去幫了，能幫多少，幫多少！」

余天星恭敬道：「主公仁德為懷，屬下由衷敬佩。」

胡小天道：「讓顏宣明去聯繫渤海國方面，看看還能獲取多少援助，挺過這個嚴冬，就會迎來春暖花開。」

余天星道：「已經派他去了，能想的辦法全都去做了。」他的表情流露出些許無奈，其實他也知道胡小天的用意，越是在這種時候越是收攏民心的絕佳時機，可是現在他們的情況也不樂觀，又哪有多餘的能力去收容那些難民。

軍機會議之後，胡小天在維薩的陪同下去了同仁堂，探望已經懷有身孕的秦雨瞳，秦雨瞳不但是第一個懷上他後代的紅顏知己，同時也擁有天命者的血統，在這方面的認知要比其他人多得多。

來到同仁堂，卻聽說秦雨瞳出診還未回來，問過方芳知道她去了福喜堂，那裡是胡小天興建的一座慈善機構，專門收容孤兒。胡小天準備去福喜堂找她的時候，剛好諸葛觀棋和洪凌雪夫婦抱著女兒過來，寶兒如今已滿周歲，生得粉雕玉琢煞是可愛，胡小天上前逗弄了一會兒，笑道：「我這乾女兒真是越長越可愛。」

洪凌雪笑道：「主公那麼喜歡孩子，趕緊自己生一個。」

諸葛觀棋趕緊發出一連串咳嗽，顯然認為妻子失言說錯了話。

洪凌雪這才意識到自己失言，表情不由得有些尷尬，畢竟他們都知道胡小天和龍曦月大婚那麼久至今龍曦月的肚子還沒有動靜，這句話可能讓胡小天難堪了。

胡小天卻不以為然笑道：「好啊，好啊，等我生了兒子，就把寶兒娶進門做我家的兒媳婦。」

諸葛觀棋見他沒有介意這才放下心來，笑道：「親上加親當然最好。」

維薩道：「就算現在生也比寶兒小呢。」

胡小天笑道：「女大三抱金磚，小上幾歲又怕什麼？你趕緊努力喔！」

維薩聽他當著外人居然說出這樣的話，俏臉羞得通紅，趕緊岔開話題道：「姐姐，我們去找雨曈姐，讓她回來。」

洪淩雪抱著女兒和維薩一起離去之後，諸葛觀棋駐足觀望，直到妻子的身影消失在街道拐角處方才回過頭來。

胡小天笑道：「依依不捨，果然伉儷情深。」

諸葛觀棋苦笑道：「主公見笑了，我現在已經是徹頭徹尾的女兒奴了。」

胡小天道：「妻賢子孝，闔家團圓，其樂融融，人世間最大幸福莫過於此。」

諸葛觀棋深有同感地點點頭，低聲道：「主公想要這樣的生活隨時都可以的。」

胡小天哈哈大笑。

諸葛觀棋也笑了起來：「只是主公胸懷天下當然不可能像我一樣容易滿足。」

胡小天笑道：「觀棋兄是拐彎抹角說我野心勃勃了。」

「豈敢！豈敢！」

兩人重新回到同仁堂坐下，胡小天簡單將別後經歷對諸葛觀棋說了一遍，諸葛觀棋道：「看來那座七寶琉璃塔真正的秘密全都在地宮之中，主公離去之後，屬下又將祖上傳下的兵法和陣圖全都仔細研讀了一遍。」

胡小天道：「有何發現？」

諸葛觀棋道：「我祖上的機關術數之學源於大康鬼才墨無傷，發揚光大於祖上諸葛小憐，到先祖諸葛運春這一代又有飛躍，仔細研讀之後，我發現在他這一代進境最多的當屬星相之學。」

胡小天心中暗忖這是自然，畢竟諸葛運春當年負責審訊兩名天命者，他從天命者那裡應該得到了遠超這個時代的知識。

諸葛觀棋道：「主公所說的那件事確有可能，或許先祖當真從外界得到了不少的學識。」

胡小天微笑道：「以兵聖的性情，他的求知欲必然極強，天命者擅長窺探人心，利用兵聖的弱點，和他達成協議也很正常，若想破解當年的秘密，還需親自去那邊走一趟。」

諸葛觀棋點了點頭道：「屬下隨時等候主公的召喚。」

胡小天道：「不急，我總覺得以兵聖的智慧未必沒有留下反制的手段，觀棋兄還需精研兵聖留下的文獻，做好充分的準備。」

諸葛觀棋道：「我也是這樣想。」

北風呼嘯，北疆卷雪城內戒備森嚴，大雍皇帝薛道銘已經抵達了這裡。老帥尉遲沖親自出城相迎，陪同薛道銘進入簡陋得近乎寒酸的帥府。

陪同薛道銘此番前來的還有以武力稱霸大雍的董天將，接受完眾將參拜之後，薛道銘摒退眾人，身邊獨留董天將。

尉遲冲恭敬道：「陛下不顧北疆苦寒，不遠千里，長途跋涉而來，讓老臣感激涕零，誠惶誠恐。」

薛道銘呵呵笑了一聲，陰陽怪氣道：「怎麼？聽老愛卿的意思，朕好像不該來？難道這北疆不是大雍的疆土嗎？這北疆的眾將士不是朕的臣下？」

尉遲冲慌忙跪倒在地：「陛下，老臣愚昧，口不擇言，絕無半分不敬的意思，只是念及陛下辛苦，關心陛下的龍體。」

薛道銘冷冷望著尉遲冲，目光中並沒有太多的善意，他也沒讓尉遲冲從冰冷的地上站起身來：「朕的身體一向還好，老將軍花甲之年都尚在北疆鏖戰，還可衝鋒陷陣，身先士卒，你以為朕不如你嗎？」

尉遲冲額頭冷汗滲出，心中暗自覺得奇怪，薛道銘雖然對自己心中不滿，可是因為自己兵權在握，他對自己始終忌憚，幾次見面也都表現出相當的尊重，從未有過像今日這般疾言厲色處處刁難，難道他此行的目的不僅僅是勞軍那麼簡單？想要趁著冬日休戰對自己下手？

一旁董天將道：「陛下，大帥向來忠心耿耿，怎會有這樣的想法。」

薛道銘道：「諒他也不敢，老愛卿，你起來吧，天寒地凍，你這身老筋骨可禁不起折騰。」

尉遲冲緩緩站起身來，目光投向董天將，報以謝意，董天將也曾經在他的麾下，從這方面來講，自己算得上是他的恩師。

薛道銘道：「朕此次前來，是念著爾等在北疆征戰辛苦，所以特地調撥軍糧物資，優先供給北疆將士。」

尉遲冲恭敬道：「謝主隆恩！」他猶豫了一下又道：「陛下，老臣斗膽說一句，此次調撥送來的物資和此前陛下批覆的不符，尚不到軍需的半數，恐怕……」

薛道銘歎了口氣道：「朕焉能不知，可是朝廷也有朝廷的難處，即便是這些軍糧，也已經是優先供給你們，老愛卿還是多多體諒朝廷的難處。」

尉遲冲心頭黯然，此番皇上親臨，對解決軍中困境並沒有實際上的用處。

薛道銘又問起軍中的狀況，全都是一些無關緊要的廢話，尉遲冲耐著性子一一作答，薛道銘臨走之前方才說到要緊之處，他點出此行的另外一個目的，卻是要安排董天將給尉遲冲當副手，擔任軍中的副統帥，其用意不言自明。

尉遲冲無法當面拒絕，只能暫且答應下來，以後將董天將架空，尋找機會找到他的錯處再將他趕回去。

薛道銘離去之後，董天將並沒有馬上隨行，而是留下向尉遲冲道：「大帥，您是我的恩師，此番委任完全是陛下的決定，末將絕無和大帥爭權的野心。」

尉遲冲心中自然不會相信他的話，淡然笑道：「長江後浪推前浪，一代新人換舊人，老夫年近花甲，多年征戰早已心力憔悴，你能來當然最好不過，如果陛下願意，若是能夠卸下這身的重擔，老夫才是求之不得。」

董天將客氣道：「大帥哪裡話，北疆少不了大帥，大雍少不了大帥！」

「陛下已經抵達北疆卷雪城！」黑衣人跪在李沉舟的面前低聲稟報道。

李沉舟點了點頭，雙目之中閃過一絲陰冷的殺機。他擺了擺手，黑衣人悄然退了出去。

從屏風後緩緩走出了一人，那人赫然正是昔日的丐幫少主上官雲冲。他微笑望著李沉舟道：「是時候了？」

李沉舟道：「是時候了。」

上官雲冲道：「我只是不明白，你為何不乾脆殺了薛道銘？」

李沉舟道：「薛道銘不可怕，若無他背後的那些人，他根本就是廢物一個，想要徹底擊倒一個人，就要先打斷他的脊樑。」

上官雲冲道：「大都督做事真是夠果斷！」

李沉舟陰鬱的目光盯住上官雲冲道：「你記住，這次絕不能有半點閃失。」

上官雲冲歎了口氣道：「大都督忘了，你我之間是合作關係，你對我最好還是客氣一點。」

李沉舟道：「你若非走投無路，又豈會從黑胡又逃回大雍？唐九成父子，劍宮邱閑光無不想殺你而後快，丐幫更是對你要趕盡殺絕，天下間除了我之外，還有誰願意收留你？」

上官雲沖英俊的面龐不由得抽搐了一下，李沉舟的話擊中了他的軟肋。他當初利用李沉舟吸引丐幫的注意力，江北丐幫得而復失，他們父子不得不逃亡黑胡，本以為可以在黑胡得到庇護，卻沒有想到最終落得鳥盡弓藏的地步，父子三人東躲西藏，如今不得不選擇偷偷回歸大雍，找到李沉舟尋求他的庇護。

上官雲沖也是極其聰明之人，明白越是危險的地方越是安全這個道理。可李沉舟也不是什麼省油的燈，豈肯白白給他提供庇護，對李沉舟而言合著用，不合則棄，上官雲沖這種人此前已經背叛過自己一次，不排除這廝再次背叛的可能。

今次選擇跟上官雲沖合作也是無奈之下的選擇，他眼前的狀況不妙，昔日在朝堂之上見風使舵的一幫臣子，也看到薛道銘羽翼漸豐，悄悄向他靠攏。燕王薛勝景雖逃得不知去向，可是留在大雍的潛伏勢力依然龐大。而大雍如同遭受了詛咒一樣，天災不斷。這些還算不上讓李沉舟最為頭疼的事，真正讓他頭疼的是薛靈君。

從他新近得知的不少消息來看，薛靈君和薛道銘之間的關係出現了破冰的跡象，這讓他不由得惶恐起來，如果他們姑侄兩人冰釋前嫌，攜手對付自己，那麼自己的處境將會變得雪上加霜。

薛道銘在這種時候選擇去北疆，讓李沉舟欣喜若狂，他要把握住這次機會，將瀕臨失控的政局重新控制在自己的手中。

李沉舟在緊張佈局對付這些老臣的時候，大雍吏部尚書府內，禮部尚書董炳泰正在怡然自得地跟項立忍下棋，項立忍明顯有些心緒不寧，落了一顆黑子，然後歎了口氣，目光投向烏雲密佈的天空。

董炳泰不禁笑了起來：「立忍兄因何歎氣啊？」

項立忍道：「皇上因何要一意孤行，這種時候豈能離開康都。」

董炳泰知他說的一定是這件事，微笑不語。

項立忍不禁埋怨道：「你可是皇上的親舅舅，你為何不勸皇上留下？此番北疆之行千里迢迢，還不知會出什麼意外狀況。」

董炳泰端起桌上的茶盞，輕輕抿了一口道：「必然凶多吉少！」

項立忍聽到他的話不由得目瞪口呆，愣了好一會兒方才道：「你……你明明知道凶多吉少，還讓皇上去？」

董炳泰笑了起來：「其實真正需要擔心的應當是我們才對，以李沉舟的智慧又怎會蠢到行刺皇上？若是皇上出了什麼意外，所有人第一個會懷疑到他身上。」

項立忍點了點頭，話雖然不錯，可是尉遲冲也不是什麼容易對付的角色，也不能排除他對皇上不利的可能。

不等他提出疑問，董炳泰已經想到了這一層，他低聲道：「尉遲冲自然有他自己的盤算，雖然他駐守北疆抗擊黑胡有功，但是也不能因此而對他放縱，放縱下去的結果必然是北疆軍團軍心離背朝廷，時間越久，越難收拾。」

項立忍深有同感地點了點頭道：「正因為如此，皇上此行方才凶險重重啊！」此時他的情緒已經完全平復下來，並非因為他已將心放下，而是因為董炳泰所表現出的淡定，董炳泰是薛道銘背後最重要的支持力量，他既然能夠表現出這樣的淡定，就證明他有足夠的把握保證皇上不會有事。

董炳泰道：「長公主那邊最近有什麼舉動？」

項立忍道：「按照你的意思，我去見了長公主，她似乎對李沉舟有些絕望。」

董炳泰呵呵笑了起來：「似乎這兩個字還不夠。」

項立忍壓低聲音道：「難道你期望她會站在咱們這一邊？」

董炳泰意味深長道：「只要給出難以拒絕的條件，這世上任何事都能發生。」

薛靈君站在一座孤零零的墳塚前，今天乃是她亡夫洪興廉的忌日，這位短命的大雍才子，在和她大婚三個月後就一命嗚呼，沒過多久洪興廉的父母又相繼而亡，自此以後薛靈君克夫之命傳遍天下，薛靈君望著這座被積雪覆蓋的墳塚，雙目竟然有些濕潤了，她將手中用來祭奠的貢品放下，點燃三支燃香，插在墳前香爐之中，輕聲歎道：「相公，這些年來我還是第一次到這裡來看你，你怪不怪我？」

積雪覆蓋的墳塚自然不會回應她什麼，薛靈君淒然笑了笑，低聲道：「你自然不會怪我，你那麼疼我又怎會怪我？這個世界上也只有你是真心待我……」停頓了一下又道：「可我卻害了你，我是個不祥的女人，原不該活在這個世界上。」

身後傳來一聲歎息，薛靈君猛然回過頭去，進入陵園之前，她已經讓人清場，而且她已經嚴令隨行護衛全都留在陵園外面，沒有她的允許本不該有人進入其中。出現在她面前的卻是一張熟悉的面孔，金鱗衛統領石寬。

薛靈君皺了皺眉頭，她今日出行並沒有動用金鱗衛的任何人，卻不知石寬因何會出現在這裡。帶著怒氣道：「什麼事？」

石寬對薛靈君保持著一如既往的恭敬，抱拳行禮道：「有人委託屬下送一封信給長公主殿下過目。」

薛靈君心中疑竇頓生，什麼信非得這種時候送到自己的手中，況且自己前來亡夫陵前憑弔的事情非常低調，刻意避人耳目，而石寬卻能找到這裡，足以證明他一直都在跟蹤自己。

石寬掏出一封信雙手呈上，薛靈君伸手接了過去，冷冷道：「你可以退下了。」她對這種時候被人打擾極其的不滿。

身為金鱗衛統領石寬不可能沒有這點察言觀色的能力，可是他卻依然沒有離去的打算，恭敬道：「請殿下現在就看！」

薛靈君柳眉倒豎，鳳目圓睜，在她看來石寬的行為有犯上之嫌，他明顯在步步緊逼，這在以往還從未發生過，薛靈君怒極反笑：「石寬，你在跟本宮說話？」

石寬點了點頭，目光直視薛靈君卻並未表現出一絲一毫的畏懼和退縮，他的表情讓薛靈君內心深處隱隱生出一絲不祥的感覺，薛靈君向他走了一步，意圖逼退石寬，石寬卻仍然沒有退步，薛靈君的這一動作讓她險些撞在石寬寬闊的胸懷之中，薛靈君鳳目之中幾欲噴出火來，怒叱道：「大膽！」

石寬意味深長道：「其實在下都是為殿下的清譽著想，您還是當面看清楚的好。」這番話已經充滿了威脅的味道。

薛靈君內心猶豫了一下，終於決定作出少許的讓步，且看看這封信的內容究竟寫的是什麼。她展開信紙，逐行看了下去，當她看清這上面所寫的內容之後，一張俏臉瞬間變得慘白如紙，緊咬櫻唇，竟然將嘴唇咬破，鳳目之中充滿惶恐和屈辱的光芒，她將那封信在手中揉成一團，然後又迅速展開，一點點撕碎，直到她確信這封信的內容再也無法復原，方才將目光望向石寬。

石寬只是靜靜站在那裡，當薛靈君向他走近的時候，他方才緩緩轉過頭去。

薛靈君來到他的近前，忽然揚起手來狠狠一巴掌抽在他的臉上，石寬的面龐宛如大理石雕成，雖然挨了薛靈君這一掌卻紋絲不動，面不改色。薛靈君反手又是一掌，然後她宛如瘋魔一般，來回揮舞著手掌，用盡全身的力氣抽打石寬。

石寬任憑薛靈君的手掌落在自己的臉上，直到薛靈君的手掌被他的面龐反震得紅腫，她方才停下手來，在石寬面前蹲了下去，捂住面龐，無聲啜泣起來。

石寬望著薛靈君，虎目中流露出些許憐憫，低聲道：「有人讓我轉告你，若要人不知除非己莫為，大雍皇室的清譽全都在殿下的一念之間。」

薛靈君的內心在泣血，不堪回首的往事，她自以為已經隨著皇兄死去而永遠掩蓋起來的那些見不得光的醜聞，卻重新被人揭開，她感覺自己宛如赤身裸體地跪倒在這冰天雪地之中，四周全都是世人唾棄的聲音，鄙夷的眼光。

「誰寫的這封信？」如果目光可以殺人，那麼現在石寬早已被碎屍萬段。

石寬道：「長公主殿下只管放心，這封信的內容只有寫信人知道，他讓在下轉告長公主，希望長公主早做決斷，徹底斷絕了和逆賊的聯繫。」

薛靈君點了點頭，心中已經猜到寫信人是誰，她從地上緩緩站起身來，冷風吹過，被她撕碎的信紙宛如蝴蝶般飛起，從她的腳下掠過，有些貼在了她的貂裘之上，宛如一顆顆的污點，在白色貂裘上留下觸目驚心的印記。

若是在過去，素來愛潔的薛靈君絕對不會容忍，可是現在的薛靈君卻無所謂，因為她感到自己渾身上下已經千瘡百孔。

薛靈君深深吸了口氣，想要挺直腰桿，可是卻總覺得在自己的身後有一雙眼睛在望著自己，那是亡夫的眼睛，目光中充滿了嘲諷和鄙夷，薛靈君瞬間感到萬念俱灰，甚至連自己都開始厭惡自己，她後悔自己為何苟活在這個世界上，

石寬此時卻又拿出了一封信，依然雙手呈上，恭敬道：「長公主殿下若是心境平和，現在可以看看這封信了。」

薛靈君望著那封信，竟然有種畏之如蛇蠍的感覺，她向來自認智慧超群，在大雍朝內少有臣子能夠入得她的法眼，直到今日方才意識到，昔日在她眼中那些平庸的臣子卻並非表面看到的那樣，有些人只是韜光隱晦等候時機，他們的手中其實掌握了太多的秘密和隱私，輕易不會動用，一旦有所動作必然天崩地裂風雲變色。

李沉舟再次來到了長公主府前，黃昏時分天空中又飄起了細雪，站在雪地中遙望著有些模糊的府門，李沉舟的眼前卻浮現出一個衣著單薄走在漫天飛雪中瑟縮發抖的女子，他的內心一陣狂跳，雖然沒有看清那女子的面容，可是他卻知道那是簡融心，猛然閉上雙目，再度睜開的時候眼前的幻象消失得乾乾淨淨。

李沉舟搖了搖頭，自己這段時間的壓力實在是太大，不知為何，這段時間簡融心的影子總會不由自主浮現在他的腦海之中，李沉舟的唇角浮現出一絲苦笑，他本以為會反覆出現的那個影子是薛靈君，畢竟她才是自己生命中第一個女人，可是時間卻讓他們之間的距離變得越來越遠，隔閡也似乎越來越深。

李沉舟靜靜望著長公主府的匾額，在他心中第一次打起了退堂鼓，走過去無非是遭遇到再次拒絕罷了，李沉舟正準備轉身離去的時候，街角處傳來馬車的鑾鈴聲響，舉目望去，卻是長公主薛靈君的座車向府門的方向而來。

李沉舟準備接受再次擦肩而過的現實，卻沒有料到馬車居然在自己的身邊停下，車簾緩緩掀起，露出薛靈君異常憔悴蒼白的面容，一雙鳳目靜靜望著李沉舟，包含著難以言明的情愫。

李沉舟望著薛靈君，唇角綻放出一個溫暖的笑容。

「雪大了，進來歇歇吧！」

爐火正熊，外面雖然是雪花紛飛，室內卻是溫暖如春，李沉舟坐在那裡，表現出少有的拘謹，他聽得到屏風後窸窸窣窣的聲音，應當是薛靈君正在更衣，李沉舟閉上雙目，腦海中回憶著昔日兩人纏綿歡好的場景，可是心頭卻沒有昔日的火熱和衝動，他攥起雙拳方才發現自己掌心冰冷。

珠簾輕動，薛靈君換上了一身紅色長裙，酥胸半露，纖腰盈盈一握，婷婷嫋嫋走向李沉舟，看得出她特地裝扮過，櫻唇如火，俏臉之上也輕施粉黛，臉色顯得好看了許多，美目流轉顧盼若兮，嫵媚風情不減昔日。

李沉舟聞到她身上熟悉的淡淡蘭香，可心中卻產生了一種難以道明的陌生。

第六章

血泊中的大帥

殷紅色的鮮血宛如噴泉般噴灑在漫天飛雪之中，
眾人都沒料到尉遲冲竟然會做出這樣選擇，
現場靜得連一根針落下的聲音都能聽到，
一會兒方才聽到霍勝男撕心裂肺的悲吼聲：
「義父！」她分開眾人，不顧一切地奔上點將台。

薛靈君在李沉舟的身邊坐下，端起屬於她的那杯茶，輕抿了一口，卻又馬上放下：「茶已經冷了。」

李沉舟向几上的茶杯掃了一眼，然後道：「是啊，冷了！」

薛靈君忽然格格笑了起來，笑聲住後意味深長道：「什麼東西放久了都會冷，你說對不對？」

李沉舟的笑容顯得有些牽強，他甚至後悔自己這次的登門，不錯，什麼東西放久了都會冷，包括他和薛靈君之間的感情，也許怪不得薛靈君，是自己一手扼殺了他們之間的感情，他在心底開始斟酌道別的話語，可沒等到他說出口，薛靈君的手卻主動落在他的手背之上。

李沉舟有些錯愕，望著薛靈君柔情似水的雙眸，他的喉結蠕動了一下。

兩人就這樣靜靜對視著，薛靈君的美眸中閃爍著晶瑩淚光，她的聲音低柔婉轉：「我努力過，可是我發現仍然忘不掉你……」淚水沿著她的面龐緩緩滑落。

女人的淚水往往是她們最好的武器，這兩行淚水輕易就軟化了李沉舟的內心，他牽起薛靈君的纖手湊在自己的唇邊親吻著。

薛靈君站起身，來到他面前，一隻手摟住他的脖子，讓他將面龐埋在自己胸前。李沉舟猛然將薛靈君擁入懷中，擁抱得如此用力，幾乎就讓她透不過氣來。

薛靈君趴在他的肩頭，美眸之中卻流露出一絲難以描摹的憂傷。

「融心……」李沉舟囈語般叫道。

無意中的失言卻如同一把尖刀狠刺在薛靈君的心頭，她強忍住將李沉舟推開的衝動，只是裝出並沒有聽到他說什麼的樣子。

李沉舟也第一時間意識到了自己說錯了話，他的大手探入薛靈君的衣襟內，扯去她的長裙，試圖用激情來掩蓋剛才的一切，然而他很快就意識到自己的一切努力還是徒勞無功，昔日總是可以輕易激起自己欲望和衝動的薛靈君，如今動人的肉體已在股掌之中，可是自己卻依然疲不能興。他慢慢放開了薛靈君，極度的自尊讓他產生深深的自卑，此刻甚至不敢直視薛靈君的眼睛。

薛靈君也沒有說話，只是默默從他的身上站了起來，整理了一下被他弄亂的衣裙，然後揚起手來，解開髮髻，讓已經蓬亂的秀髮流瀑般披散在肩頭，風情無限，嫵媚動人，然而如此尤物就在面前，李沉舟卻無力採摘，內心中湧現出無限悲哀。

薛靈君自然看出了他的沮喪，柔聲道：「你最近太累了一些，壓力也實在太大。」這句話充分顯示出她的善解人意，主動為李沉舟尋找藉口，化解他的尷尬。

李沉舟抬頭看了看她，目光中流露出些許感動，不錯，自己太累了，終日生活在陰謀和算計之中，見不得光。他低聲道：「等忙完這陣子，我陪你出去走走。」

薛靈君道：「你不怕閒話？」

李沉舟搖了搖頭：「沒有人能夠阻擋！」他用力握緊了薛靈君的肩頭道：「過

了今晚，再也沒有人敢在我們面前說三道四。」

薛靈君倒吸了一口冷氣：「你想做什麼？」

李沉舟道：「既然已經止不住大雍衰落的勢頭，不如推倒重來！」

薛靈君道：「你想廢掉皇上？」

李沉舟沒有說話，可是他的目光卻分明已經承認了一切。

「若是廢掉了他，誰來坐在那張龍椅上？」

李沉舟微笑望著薛靈君：「你！」

「我只是一介女流，那些臣子豈能心服？」

「事在人為，連大康永陽公主那個黃毛丫頭都能做到的事，我們為什麼不可以？」李沉舟說這話的時候留意到薛靈君的雙目突然變得明亮起來，他彷彿清晰看到了薛靈君心中的野望。

凌晨時分，大雍太師府內傳來一聲撕心裂肺的慘叫，與此同時吏部尚書府被兵馬團團圍困，風雪之中，平靜並沒有太多時間的雍都城又開始風聲鶴唳，滿城都是兵馬調動，不時傳來雞鳴犬吠之聲，早已飽受變亂之苦的百姓於睡夢中驚醒，家家戶戶鎖好了大門，生恐被這場變故所波及。

在千里之外的北疆同樣也是一個不平靜的夜晚，剛剛視察軍營完畢，脫下盔甲準備就寢的老帥尉遲沖卻被緊急召喚前去面聖。

尉遲沖冒著風雪匆匆來到皇上的行轅，卻見董天將一臉嚴峻地守在大帳之外，尉遲沖跟著他進入帳內，卻見燭光的映照下大帳內空無一人。

尉遲沖心中頓時覺得不妙，霍然轉向董天將冷冷道：「皇上呢？」

董天將抱拳道：「皇上已經歇息了，這是他的手諭，請大帥交出虎符！」

尉遲沖怒視董天將，其實薛道銘到來之初就已猜到他此番的目的，可是見面之時他都未曾提出這件事，突如其來將自己招到這裡，實在是有些不同尋常。

尉遲沖呵呵笑道：「皇上既然就在大營之中，何不讓他親自出來說個清楚，真當老夫貪戀軍權嗎？」

董天將歎了口氣道：「大帥，其實皇上此前見你已將態度表明，只想大帥知難而退，主動交出虎符，畢竟念及大帥功在社稷，有些事不想當面說得太過明白。」

尉遲沖冷冷道：「深更半夜將我召到這裡是何用意？難道老夫不交，就要對老夫用強嗎？」

董天將道：「不敢，只是大帥若是不肯交出虎符，那麼皇上很可能會出事。」

尉遲沖虎目圓睜：「你說什麼？」

董天將道：「皇上若是在軍中出了事，那麼不但是在下，連大帥也需承擔責任，到時候只怕我們兩顆人頭還不夠，還要連累大帥手下數十萬將士。到時不知會有多少顆無辜人頭落地。」

尉遲沖從心底倒吸了一口冷氣，董天將竟然用皇上的安危來恐嚇自己，難道說這廝狼子野心，和李沉舟一樣都想將大雍社稷據為己有？尉遲沖怒道：「你敢對皇上不利？」

董天將笑道：「大帥忘了這是在北疆，皇上出了事，首先承擔責任的是誰？」

尉遲沖心中暗歎，這廝說得不錯，薛道銘若是在北疆出了事，任何人都會以為他謀反害了皇上，到時只怕百口莫辯。心中的悲哀難以形容，大雍果然是氣數已盡，奸佞橫行，權臣當道，無人為大雍薛氏盡忠，無人體恤墜入水深火熱之中的百姓，只想著將大好江山據為己有，尉遲沖就算千算萬算也算不到董天將竟會用皇上的性命來要脅自己。他充滿悲哀道：「你這樣做，對得起皇上的信任嗎？」

董天將道：「大好江山，能者居之，大帥若是毫無私心，為何牢牢把握軍權不肯放手？你若是忠誠皇上，在意皇上的性命，又怎會吝惜軍權？」

尉遲沖怒視董天將道：「別忘了這是在什麼地方？只要我一聲令下，就可讓你死無全屍！」

董天將毫不畏懼，雙目灼灼望著尉遲沖道：「大帥願意用一世英名和手下將士的性命來賭，末將又何須吝惜自己的這條性命？」

尉遲沖點了點頭道：「好，明日辰時，我交出虎符印信，不過我要在三軍將士面前親自將虎符印信交到皇上的手中，若是見不到皇上，休怪老夫無情！」

「一言為定！」

董天將望著憤然走入風雪中的尉遲冲，直到他的身影完全消失，這才回身走入西南一座偏僻的營帳內，薛道銘正在火盆旁烤火，他有些坐立不安，看到董天將進來，慌忙站起身，迎向董天將道：「董將軍，咱們何時離開？」

董天將淡然道：「你只管安心就是。」

薛道銘顫聲道：「那尉遲冲太過精明，我擔心他會識破我的身分，到時候只怕不會饒了我……」原來他只是一個冒牌貨。

董天將伸出大手一把將他的衣領揪住，兇神惡煞般低吼道：「你給我記住，做好你的本分，不可露出任何馬腳，決定你生死的並非是他，而是我！」

「是……是……」

雍都今夜好大風雪，皇城東邊的金勝樓內燭火閃亮，已是三更時分，這裡的主人仍然沒有入眠，桌前對坐著兩個人，一人乃是大雍吏部尚書董炳泰，另外一人赫然正是大雍天子薛道銘。

薛道銘的表情明顯有些不安，他忽然站起身來，負手走到窗前，並沒有打開窗戶，而是靜靜傾聽著外面簌簌落雪之聲，這細微的聲音卻密密麻麻打在他的心頭，讓他心神不寧，心亂如麻。

董炳泰深邃的雙目靜靜望著薛道銘的背影，雖然看不到他的表情，卻已經將薛道銘此刻的心情揣摩得一清二楚。

「他們會不會被尉遲沖識破？」

董炳泰道：「陛下的這個影子我已經秘密訓練了七年，就為了有一天能夠派上用場，陛下只管放心。」

薛道銘霍然轉過身來，望著董炳泰，雙目中充滿著焦慮：「尉遲沖何其精明，只怕很難瞞得過他。」

董炳泰微笑道：「皇上的龍顏又有幾人膽敢直視，尉遲沖常年在外征戰，他見皇上也沒有幾次，其他將領更是少有機會能夠接觸到皇上，不會有任何紕漏。」

薛道銘道：「可是你又怎能保證他會甘心交出虎符印信？」

董炳泰道：「聖命如山，他豈敢不從？」

薛道銘道：「萬一他不肯交出來，又或是萬一那影子發生了什麼意外，那我們的計畫豈不是就要全盤落空？」

董炳泰道：「陛下多慮了，此次的事情籌謀已久，絕不會有差錯發生。」

薛道銘歎了口氣道：「今晚李沉舟已經出手了。」

董炳泰微笑道：「那又如何？一個人越是認為自己勝券在握掌控大局，越是他最危險的時候。」

天色未亮，北疆眾將已經集結在卷雪城點將台前，任憑漫天風雪飄飄灑灑，眾將依然雕塑般佇立，排列著整齊的隊形，恭候老帥的到來。

尉遲冲準時出現在校場大門外，騎著他的獅子驄，先是在大門處勒住馬韁，環視眼前這群陪著他出生入死的部下，虎目之中閃爍著激動的光芒，然後翻身下馬，手扶劍柄大步走向點將台，虎老雄風在，一如往常的龍行虎步，只是細心人已經發現今日他的步伐顯得沉重了許多。

經過霍勝男身前的時候，尉遲冲停頓了一下，伸出手去輕輕拍了拍她的肩膀，向身後衛士點了點頭，那衛士將一個包裹遞給了霍勝男。

霍勝男不解地望著義父，卻聽尉遲冲道：「等我走了再打開。」

包裹入手沉甸甸的頗有份量，霍勝男心中暗忖，不知什麼重要物事，義父為何要在此時交給自己？

尉遲冲獨自一人來到點將台上，望著下方一張張熟悉的面孔，心頭有種說不出的熱情在湧動，他深深吸了一口氣，朗聲道：「諸位兄弟，諸位兒郎，今日乃是聖上閱兵點將之日，老夫特地讓你們早來半個時辰，是有些話單獨想對你們說。」

現場鴉雀無聲，眾人從尉遲冲沉重的語氣中已意識到今日之事有些非同尋常，皇上要在半個時辰之後才會抵達，大帥先行召集他們或許並非僅是提醒他們要注意禮儀那麼簡單。

尉遲冲道：「你們雖是我的部下，可是老夫從未將你們當成部下看待，這些年來你們陪我東征西戰，浴血疆場，若無你們，老夫絕無可能擋住胡虜的進攻，若無你們老夫也不會擁有今日之虛名，然而老夫卻一直沒有盡到保護你們的責任，讓無數兄弟馬革裹屍，血染荒原，每念及此，老夫愧不能言，心如刀割！」

尉遲冲向一旁點了點頭，他的親隨拿著酒罈酒碗走了過來，倒了一碗酒遞給了尉遲冲，尉遲冲端起那碗酒，恭恭敬敬將酒灑在了點將台上，虎目蘊淚道：「這碗酒敬給咱們死去的兄弟。」

現場不少將士的眼圈已經紅了。

尉遲冲又端起一碗酒，環敬眾人：「這碗酒我敬在場的兄弟，沒有你們的流血流汗，捨生忘死，就沒有大雍百姓的安康！」

「大帥言重了！」眾人齊聲道。

尉遲冲搖了搖頭道：「不重，比起你們的付出，我這句話又算得上什麼？只可惜老夫人微言輕，不能給兄弟們功名富貴，不能讓你們早日衣錦還鄉，甚至……老夫連讓你們吃飽穿暖的能力……都沒有……」

在場的眾人多半都已經知道，此次皇上雖然親自前來，卻並未帶來太多糧草軍需，說穿了主要就是精神上的鼓勵，可是畫餅不能充饑，眼看就要迎來一年之中最寒冷的嚴冬，和黑胡人鏖戰許久的將士們剛剛得以歇息，原指望著朝廷的補給物資能夠及時到來，卻沒有料到現實居然如此嚴酷。

一些將士已經忍不住道：「我們去找皇上請願！」

「對！去找皇上，讓他給個明確的說法。」

尉遲冲展開雙臂，雙手下壓，示意眾人停下說話。他在軍中威信極高，眾將士馬上肅靜了下去。

尉遲冲目光投向東南，聲音低沉道：「老夫本是大康將領，昔日蒙難，逃入大雍，承蒙先皇不棄，力排眾議，委以重任，老夫發誓要效忠大雍，為先皇鞠躬盡瘁，死而後已，這一生只求血染黃沙，馬革裹屍，以報先皇的知遇之恩，然天妒我皇，英年早逝，老夫的這顆丹心卻從未有過改變，黑胡大軍壓境，老夫雖然老邁，可依然主動請纓駐守北疆，這幾年來雖然吃過不少的敗仗，可終究帶著兄弟們擋住了黑胡大軍的入侵。」

說到這裡他停頓了一下，長歎了一口氣道：「老夫本想將殘生了卻在沙場之上，可是現在方才發現有些事並非是老夫力所能及的。此前朝廷召我回京，名為嘉獎，真正的意圖卻是要剝奪老夫的軍權，我尉遲冲絕非貪戀權力之人，可是我不敢將軍權輕易交出，因為老夫知道，軍權不僅僅是權力的象徵，更是代表著你們對我的信任，你們一個個都已將生命和榮譽交給了我，我又怎能隨隨便便濫用這種信任，又豈能將你們的信任交給他人？」

現場沒有人說話，所有人都知道皇上已經派來了董天將為尉遲冲的副手，其背後的用意其實就是要制衡尉遲冲，分薄他的權力。

尉遲冲道：「我是康將，卻背離故國報效大雍，我一心為大雍盡忠，可到頭來卻被人猜忌，我不想讓手下將士捲入朝堂紛爭，卻落到被人質疑忠誠的下場。」

眾將大吼道：「大帥，管他們作甚，在我們眼中只有大帥一個！」「是，除了大帥的命令，我們誰都不會理會！」眾將義憤填膺，群情激奮。

尉遲冲緩緩搖了搖頭道：「有人跟我說過一句話，天下分久必合合久必分，其實這中原本是一家，黑胡人之所以敢侵犯邊境，歸根結底還是因為中原內鬥使然，若是中原各大勢力能夠團結起來，胡虜又豈敢輕易犯我邊境，殺我親人？我活了大半輩子，征戰了大半輩子，忽然不明白打仗是為了什麼？保家衛國，若是吃不飽穿不暖，我拿什麼去衛國，若是連家鄉的親人都朝不保夕，我又如何能夠保家？」

他慢慢轉過身去，忽然大聲吼道：「先皇，你走得早了！也只有你才能夠明白老臣的苦心了……」倏然他從腰間抽出佩劍，反手一抹，一道淒冷的劍光從自己的頸部劃過。

眾人看到殷紅色的鮮血宛如噴泉般噴灑在漫天飛雪之中，所有人都沒有料到尉遲冲竟然會做出這樣的選擇，因為震驚而呆在那裡，現場靜得連一根針落下的聲音都能聽到，過了好一會兒方才聽到霍勝男撕心裂肺的悲吼聲：「義父！」她分開眾人，不顧一切地奔上點將台。

眾將此時方才回過神來，一個個發出悲不自勝的哭號，他們衝上去圍攏在尉遲冲的身邊。

霍勝男抱起血泊中的尉遲冲，尉遲冲望著霍勝男微笑著，沾滿血跡的大手輕輕撫摸了一下她的面龐然後無力垂落了下去。

「義父！」霍勝男緊緊抱住尉遲冲的屍體，她比任何人都要明白尉遲冲的選擇，這些年來，尉遲冲始終因為忠誠而糾結，他是康人，當初在他落魄不得志的時候是薛勝康力排眾議重用了他，而他為了報效薛勝康的知遇之恩，為大雍立下不世之功，而尉遲冲卻始終沒有獲得大雍朝廷的信任，這種狀況在薛勝康死後變得變本加厲，尉遲冲想要解甲歸田，卻擔心這些追隨他的將士會被報復會被利用。他想過要叛離大雍，率領眾將士歸順胡小天，卻又擔心這個決定會讓所有將士隨同他一起承受罵名。

在胡小天前來北疆的時候，尉遲冲就透露出有朝一日會用自己的性命來成就這些將士的想法，然這次薛道銘的到來迫使他不得不提前進行，他並不認為董天將真敢對皇上下手，這應當是他們布好的局，真正的用意是迫使自己交出軍權。

看到朝廷如此冷漠，皇上如此昏庸，尉遲冲對大雍僅存的那點期望已經消失殆盡，他決定用自己的死來成就這些將士，也只有自己的死才能讓將士們醒悟，才能讓將士們因此而仇視大雍朝廷，才能讓將士們擁有一個堂堂正正的理由和藉口。

點將台內外哭聲震天，眾將士全都跪了下去。

霍勝男伸出手去為尉遲冲合上雙目，然後慢慢站起身來，她解開義父剛剛交給自己的包裹，從中取出虎符印信，雙手高舉，淚水在寒風中冷卻，目光變得前所未有的堅定。

北疆六大主將全都單膝跪倒在霍勝男面前，大聲道：「我等願聽從霍將軍的差遣！」這六名主將全都是尉遲冲的心腹嫡系，尉遲冲此前已經單獨跟他們密談過，甚至對霍勝男的身分也未有隱瞞。

霍勝男此番在軍中時間雖然不長，全都以尉遲冲的高級幕僚的身分存在，多半將領雖然不知道她的真正身分，可是也知道她和尉遲冲關係匪淺。霍勝男此時也不再掩飾自己的身分，轉身揭開人皮面具，以本來面目示人。

霍勝男過去在軍中就威信極高，雖然她是大雍通緝的要犯，可是當初大雍給她施加的罪名卻是刺殺黑胡王子完顏赤雄，在大雍的律法這種行為顯然是大逆不道，定斬不饒的死罪，可是在多半百姓心中卻並不是這般著想，私底下甚至將霍勝男當成民族英雄看待，在軍中更是如此，可以說霍勝男非但因為這件事影響到她在北疆將士心中的地位，聲望反而提升了不少。她當眾表明自己的身分不僅僅是因為虎符印信的加持，更是因為此時需要有人站出來擔當，有人站出來為三軍將士指引。

霍勝男其實也冒著極大的風險，畢竟她現在的身分還是大雍通緝的要犯。

果不其然，霍勝男剛剛表明自己的身分，就有人指責道：「霍勝男，你乃大雍欽犯，不是已經投靠了胡小天了嗎？有何資格掌控虎符印信？又有什麼資格指揮三軍將士？」

霍勝男冷冷望向那名將領，朗聲道：「勝男是大雍欽犯不假，說我投靠胡小天，誰能證明？」

眾將齊刷刷將目光望向那將領，都說霍勝男已經成為胡小天的妻子，但是誰也沒有親眼見到過，而且霍勝男追隨胡小天之後也一直隱姓埋名，很少以真實面目示人，更沒有主動承認過身分，所以這只能查無實證。

霍勝男道：「先皇認為我殺完顏赤雄破壞大雍黑胡兩國友好，因而欲要將我除之而後快，大帥也因為這件事受到了牽累，可是事實證明，黑胡人始終都是狼子野心，他們絕不可能跟大雍真正交好，他們的目的是要吞併中原，除非我們奉上我們的土地，我們的家園，我們的姐妹，我們擁有的一切，供他們驅使奴役他們方肯甘心。我或許不夠資格引領你們，可是義父將虎符交到我的手中，他是想讓我盡力保住咱們這些同生共死的兄弟，他是要我儘量避免，避免咱們捲入一場毫無意義的內鬥之中。」

現場靜了下去，有人大聲叫道：「霍將軍，大帥既然將虎符印信交給了你，就證明他對你的信任，大帥信任你，我們就無條件地信任你！」

「霍將軍，只要你說一句話，我等風裡來火裡去，絕不吝惜這條性命。」有人道：「是那昏君逼死了大帥，咱們找他去！」

眾人一聽頓時應和。

剛才那名質疑霍勝男的將領看到勢頭不妙，趁著眾人不備悄悄溜走。就快離開人群之時，卻被一人攔住怒道：「你哪裡走？想去給昏君通風報訊……」話未說完，寒光一閃，那將領竟然噗的一刀刺入他的小腹，然後推開他的身體，奪路而逃，於校場大門處奪了一匹駿馬，翻身上馬，揚鞭而去。

眾將士紛紛欲追，霍勝男從背後摘下長弓，引弓搭箭，瞄準了那名逃跑的將領，咻的一箭，箭矢破空，發出尖銳的嘶鳴，穿越層層雪幕，於漫天雪花之中串聯出一條筆直的雪線，鏃尖從那將領的頭盔上射入，貫通頭盔，帶著森森血跡從他的前額冒出來，那將領吭都未吭出一聲，從馬背上栽倒在地，已經氣絕身亡了。

眾人親眼目睹霍勝男神乎其技的一箭，一個個心生佩服，霍勝男過去就以槍法箭法著稱，看來她隱藏身分的幾年武功又有極大進境，卻不知霍勝男並未展示出自己的最大實力，她和胡小天修煉射日真經之後，非但內力提升巨大，而且她的箭法也已經達到了御氣為箭的境界，放眼天下，只怕已少有能夠超出她的人存在。

影子皇帝掀開車簾，露出一張蒼白的面孔，雖然他為了模仿薛道銘專門練習了七年，可有些事是永遠無法模仿出來的，這一夜他輾轉未眠，他並非害怕尉遲冲，讓他擔心的是董天將，他總覺得董天將隨時都可能會放棄自己。

董天將似乎猜到了他的心思，微笑道：「皇上，過一會兒就到校場了，您千萬別忘了那件事情。」

影子皇帝點了點頭，鼻子卻因為受不了寒冷的刺激，忍不住打了個噴嚏。

董天將馬上直起身來，有些厭惡地皺了皺眉頭，此時他聽到了憤怒的人聲，舉目望去，卻見風雪之中，一支隊伍正迎著他們的方向行進，董天將眨了眨雙目，揮了揮手，示意身邊武士前去查探，然後又示意隊伍暫時停下前進。

沒過多久，他就看到派出去望風的武士沒命向這邊狂奔而來，董天將頓時意識到了不對，憤怒的悲吼聲也越來越清晰：「殺了那狗皇帝，為大帥報仇……」

董天將確信自己絕沒有聽錯，可是他內心卻變得越發迷惘起來，怎麼？尉遲冲出了什麼事情？難道他死了？

董天將算不到尉遲冲會用死來成全他自己的清譽，更料不到尉遲冲會用死來解脫他手下的將士。

尉遲沖之死已經徹底將北疆將士的憤怒點燃，因為軍需糧草的事情他們對朝廷早就不滿，更何況親眼目睹大帥慘死，憤怒猶如山火燎原，一發而不可收拾。

董天將雖然勇武，可是面對洶湧而來的大軍也不敢硬撼其鋒，這種時候首先想到得就是保住自己的性命，大吼一聲：「護駕！」調轉馬韁頂著風雪沒命逃竄，他這一逃，其餘人誰還敢停留，一個比一個逃得更快。那影子皇帝嚇得想從馬車中爬出來，可那座車的馬兒受了驚嚇，轉身就跑，因為轉彎太疾，馬車歪倒，馬兒拖拽著車廂在雪地上狂奔。這樣一來速度更慢，很快就被後面的北疆將士追上，射殺馬匹，從車廂中拖出瑟瑟發抖的影子皇帝。

霍勝男聽聞皇上被抓，第一時間也趕到近前，那影子皇帝可能是驚嚇過度，竟然嚇得尿了褲子，在風雪中凍得瑟瑟發抖，他顫聲道：「別殺我……我不是皇上……我不是皇上……」

霍勝男翻身下馬，來到他的面前，冷冷望著他那張可惡的面龐，忽然揚起拳頭一拳將他打得暈厥過去。

李沉舟躊躇滿志，身穿甲冑大步走入天和殿內，被集結於此的文武百官一個個嚇得面無顏色，時局才剛剛平靜了幾天，想不到再次動盪起來，這次皇上不在皇宮，李沉舟趁機掀起風浪，還不知要死去多少人？

禮部尚書孫維轅提起勇氣上前攔住李沉舟的去路道：「大都督，這裡是天和殿，按照大雍的規矩是不得穿甲冑，攜帶兵器入內的。」

李沉舟望著孫維轅笑了起來，他擺了擺手，身後馬上有人衝出來將孫維轅抓了起來，孫維轅大叫道：「你這是為何？我犯了何罪？朝堂之上你豈能濫用私刑？」

李沉舟道：「濫用私刑？我這是替天行道！孫維轅你勾結項立忍意圖顛覆朝廷，篡位謀反？我不治你，天理不容！」

孫維轅大吼道：「李沉舟，你信口雌黃，我孫維轅忠心耿耿，效忠皇庭，你竟敢誣我清白，我定要和你在皇上面前說個清楚。」

李沉舟道：「讓我治你的就是皇上！」

「你胡說！」

此時長公主薛靈君在一群人的護衛下走入天和殿，李沉舟心中暗自得意，薛靈君無論是否甘心情願，今日都不得不選擇跟自己站在一起，他向薛靈君身後的石寬使了一個只可意會不可言傳的眼色，若無石寬這位金鱗衛首領的內應，他又怎能如此順利地控制皇宮。今日之事勢在必行，他決不可繼續對薛道銘姑息下去，若是錯過了這一時機，恐怕他再也控制不住這廝崛起的勢頭。

薛靈君來到朝堂之上，不由得幽然歎了一口氣道：「皇上剛去北方，為何又搞成這個樣子。」

李沉舟假惺惺抱拳道：「啟稟長公主殿下，項立忍聯合董炳琨等人作亂，幸虧被及時發現。」

薛靈君點了點頭道：「真是好大的膽子，那些叛賊如今何在？」

李沉舟道：「項立忍負隅頑抗已被當場格殺，董炳琨倉皇逃離，如今也在通緝之中，諒他逃不出雍都範圍。」

眾臣聽到這裡一個個心驚不已，連董炳琨和項立忍都已經失勢，更不用說他們了，皇上真是不該在這時候離開，誰也沒有料到皇上剛走，李沉舟就在背後展開雷厲風行的手段。其實這樣的現象已經不是第一次發生了，李沉舟此前就已經在慈恩園上演了一齣奪權的大戲，在那一次宮廷劇變之中，死的是蔣太后和薛道洪，逃的是燕王薛勝景，那次的勝利者是李沉舟和長公主薛靈君。

他們當初推舉薛道銘登上皇位的初衷只是為了扶植一個傀儡，只是事與願違，他們並沒有料到薛道銘居然擁有那麼強大的能量，而且大雍接二連三的天災也讓他們接應不暇，更何況背後還有薛勝景在暗中作亂，黑胡從北方的進犯更是讓他們的處境雪上加霜。

現實的處境逼迫李沉舟和薛靈君不得不掀起又一場風浪，他們必須要清除異己，阻止薛道銘的勢力繼續坐大。

對李沉舟而言這也是不得已而為之的行動，大康已經將他的父親抄家下獄，在事態沒有進一步惡化之前，他必須要將大雍的形勢牢牢控制在自己的手中，也唯有如此，他才有可能不至於陷入險境，才有可能挽救他的父親。

雖然文武百官都清楚薛靈君和李沉舟之間的關係，可是薛靈君的皇族身分畢竟比李沉舟更具說服力一些，李沉舟在此時請出薛靈君，無非是想要師出有名。

薛靈君在孫維轅臉上掃了一眼，孫維轅叫道：「長公主殿下，微臣冤枉！」

薛靈君淡然道：「冤枉的話理當給皇上去說，可是皇上不在。」

李沉舟冷笑道：「若是皇上沒有前往北疆，這幫賊子也不敢趁機作亂！」

所有人心中都暗罵李沉舟，賊子是他自己，真是賊喊捉賊！

薛靈君道：「皇上雖不在，可也不能讓這幫逆賊為所欲為，推下去砍了吧！」

孫維轅也是三朝老臣，想不到薛靈君輕描淡寫地就要將他殺了，孫維轅豈能心服，事到如今已經忘了害怕，他破口大罵道：「李沉舟你這賊子，隻手遮天，獨霸朝堂，薛靈君你助紂為虐，你對得起皇上？對得起薛氏的列祖列宗嗎……」

李沉舟聽得勃然大怒，從腰間抽出佩劍，一劍刺穿了孫維轅的胸膛，孫維轅慘叫一聲，軟綿綿倒在了地上，鮮血瞬間流淌了一地。

眾人看到眼前一幕，只覺得觸目驚心，無人再敢發聲，心中徒有悲傷無奈。

李沉舟冷冷道：「咆哮朝堂，侮辱殿下，信口雌黃，混淆是非，死有餘辜！」

薛靈君的美眸中卻流露出一絲不忍之色，她咬了咬嘴唇，轉過臉去，實在不忍心去看仍然在血泊中抽搐的孫維轅。

李沉舟道：「皇上離京之前，特地留下密詔，若是宮中發生變故，就由長公主殿下暫攝朝政。」他揚起手中聖旨。

眾臣心中明白，李沉舟又是故技重施，這聖旨多半是他自己偽造的，反正無人膽敢戳穿他，皇上現在身在北疆，放眼朝中已經無人能夠鎮得住此人，聯手長公主薛靈君，今次是要讓薛靈君走上前台，效仿大康，推出一個女流之輩掌控政權。眾人心中雖然不甘，可是面對李沉舟殘忍無情的手段，誰也不敢主動說話。

李沉舟向薛靈君微微一笑，薛靈君卻渾然不覺，似乎根本沒有看到他的笑容。

就在此時外面傳來一聲響亮的通報：「陛下到！」

眾人全都是心中一驚，李沉舟也是詫異萬分，皇上回來了？不可能，薛道銘明明去了北疆，怎麼會這麼快回來？

朝堂中所有人的目光齊刷刷望向外面，但見薛道銘在吏部尚書董炳泰的陪同下大步走入天和殿內。

李沉舟內心一沉，他幾乎在第一時間就斷定，薛道銘就是皇上本人，這廝果然沒有離開，李沉舟馬上就想到了其中的關鍵，應當是薛道銘和董炳泰等人故意放出煙幕彈，讓自己認為他已經去了北疆，事實上前往北疆的很可能只是一個替身。

文武百官看到皇上現身，一個個喜出望外，今日之事當真是先抑後揚，原來皇上一直都在雍都，他要設計除去李沉舟這個叛賊。

薛道銘怒道：「李沉舟，你可知罪？」

李沉舟哈哈大笑道：「陛下何出此言，臣為朝廷剷除奸佞，平復叛亂，何罪之有？陛下千萬不要被包藏禍心之人騙過，聽信讒言，蒙蔽視聽！」說話的時候雙目盯住董炳泰。

董炳泰道：「李沉舟，你陷害忠良，殘殺同僚，現在還想欺瞞皇上，我且問你，那大康太師文承煥究竟是你什麼人？你跟他又是什麼關係？」

李沉舟心中一緊，最壞的狀況果然發生了，看來父親的真實身分已然暴露，他只是冷笑沒有說話。

董炳泰道：「你不肯答，我便替你回答，大康太師文承煥乃是當年借著假死叛逃大康的李明佐，他就是你的親生父親，可歎靖國公一生忠烈，卻留下你們這對父子，不忠不孝，為了一己之私出賣大雍利益，勾結大康意圖顛覆我朝！」

李沉舟聽他竟然侮辱自己的父親乃是大雍叛逆，可憐老父昔日拋家棄子，忍辱負重，隱姓埋名那麼多年，到了最後竟然落得如此下場，心中那裡還能按捺得住，怒吼道：「你住口！」

董炳泰笑道：「你因何又讓我住口？擔心我說出實情？」他轉向群臣道：「大家若是不信，只管問長公主殿下，她出使大康之時，到底送給文太師什麼禮物？」

眾人的目光全都望向長公主薛靈君。

薛靈君歎了口氣，一雙嫵媚妙目看著李沉舟，她緩緩搖了搖頭，歉然道：「本宮也沒有料到，你竟然會勾結文承煥出賣大雍的利益。」

李沉舟的雙目中充滿了不解和錯愕，他怎麼都想不到薛靈君竟會出賣自己，這個曾屬於自己的女人，這個自己生命中真正意義上的第一個女人竟會背叛自己。

薛靈君咬了咬櫻唇道：「本宮乃是皇族，又豈會背叛自己的列祖列宗，更不會將江山拱手相讓給你這種狼子野心的貨色。」

她的話如同長鞭一樣抽打在李沉舟的內心，李沉舟感覺到自己的內心在滴血，他緩緩點了點頭，向石寬使了個眼色，石寬卻無動於衷。

李沉舟頓時明白了什麼，他轉向薛道銘冷冷道：「我小看了你，不過就憑你們又能奈何得了我？」

董炳泰道：「皇上從來都不喜歡冒險。」

從他們的身後走出了幾個人，李沉舟舉目望去，那幾人揭開人皮面具，但見為首一人正是劍宮主人邱閑光，邱閑光木然無情地望著李沉舟。

李沉舟恨恨點了點頭道：「邱閑光，你也敢跟我作對？」

邱閑光道：「劍宮的使命從來都只是為了護衛朝廷，而不是為了一個反賊。」

李沉舟哈哈大笑，感到身後沉重的腳步，那一定是石寬，金鱗衛和劍宮弟子已經將皇上和長公主保護起來，李沉舟也已經處於一群頂級高手的包圍之中。李沉舟的目光穿過人群盯住薛道銘的雙目：「薛道銘，不要忘了是你親手殺了你的皇兄，大雍真正的皇上。」

薛道銘的內心頓時變得慌張起來，進而變得憤怒，他大吼道：「殺了他，給朕殺了他！」

李沉舟已經拔劍衝了出去，他要從邱閑光那裡完成突破，他有足夠的把握可以斬殺邱閑光，從這個缺口衝出，然後直面薛道銘和董炳泰，就算是敗走，他也要斬殺這兩人。相比較而言，身後的石寬武功要超出邱閑光一些，而邱閑光身邊的劍宮弟子根本不足為懼。

李沉舟向來都是一個思維縝密計畫周詳的人，他雖然剛剛失算了一次，但是他仍然擁有自信，相信自己不會再次算錯。

第七章

龍椅之上

燕王薛勝景在文武百官的一致推舉下，
終於假惺惺坐在了那張期盼已久的龍椅之上，
天和殿內到處都是橫七豎八的屍體，血流滿地，
然而這絲毫沒有影響到薛勝景的心情，
他微笑望著眼前的一切，享受著被群臣跪拜的快樂。

邱閑光早已嚴陣以待，李沉舟啟動之時他就迎擊而出，身為現任劍宮主人，其武功劍法自然非同泛泛。兩柄劍於虛空中相互撞擊，自李沉舟劍身之上傳來的強大力量讓邱閑光手臂劇震，他不得不後撤一步，以化解對方的衝擊力。

李沉舟一劍震退邱閑光，信心更加強大，他要殺出一條血路，斬殺薛道銘，然而就在此時，一旁的劍宮弟子倏然啟動，此人只有一條左臂，在李沉舟將全部注意力都集中在邱閑光身上的時候，展開迅雷不及掩耳的突襲，左手中一道幽藍色的光芒，向李沉舟的右肋刺去。

李沉舟反應及時，身軀順時針擰轉，盡可能躲開對方的偷襲，然而對方這一劍來得實在是太快，李沉舟暗叫不妙，不過他盔甲之下還有堅韌的內甲，相信對方沒那麼容易刺破。然而對方手中的那柄藍色短劍鋒利至極，輕易就切開李沉舟的甲冑，即便是他內穿的稀世內甲也未能阻擋。李沉舟的肌膚已經感到凜冽陰冷的劍氣侵襲而至，危機時刻，他竭力收縮，將胸廓收縮到極限。

邱閑光雖然後退一步，並不代表他被李沉舟徹底擊敗，事實上邱閑光已經打定主意，今日定要寸步不讓，必殺李沉舟於當朝。後退一步之後，手中劍光閃爍，正是追風三十六劍，當年他曾經將這套劍法親授給兒子邱慕白，正是這路劍法讓邱慕白名揚天下，想起李沉舟的冷漠無情見死不救，邱閑光更是悲從心來，一劍快似一劍，追風逐電，一道道光網鋪天蓋地向李沉舟籠罩而來，封住李沉舟前行的道路。

李沉舟被獨臂人突襲刺中之後，身軀旋轉勢頭不改，而邱閑光的阻截又讓他無奈慢下步伐。

此時石寬已經悄然趕上，一拳向李沉舟的後心攻去。李沉舟並沒有做出閃避的動作，竟然任憑石寬的這一拳擊中了自己，借助石寬這一拳的力量，凝聚全身的力量，宛如離弦之箭，撲向左側，手中長劍將兩名意圖封堵自己的金鱗衛手中長刀撥開，然後劍刃分別送入對方的胸膛，從兩人之間的縫隙之中亡命而逃。

邱閑光見到李沉舟逃離，他跟在身後窮追不捨，剛才刺中李沉舟一劍的獨臂人卻止步不前，石寬擊中李沉舟一拳之後，反倒被李沉舟所乘，情緒似乎也受到了影響，他也沒有繼續追殺出去。

李沉舟帶來的那些親隨武士雖然人數不少，可是面對突然出現的這些武功高手根本沒有還手之力，再加上他們看到皇上突然出現，一個個嚇得心驚膽戰，如果繼續跟朝廷作對唯有死路一條，現在放下武器或許還能夠求得一線生機，再加上帶頭人李沉舟都已經奪路而逃，誰還敢繼續堅持作亂？撲通撲通跪倒了一大片，口中高呼萬歲，只說是被李沉舟那奸賊蒙蔽了。

薛道銘望著眼前的一幕，內心中抑制不住激動，他也沒有想到今次除賊會如此順利，一切果然都在舅舅的計算之中。目光投向前方高高在上的皇位，薛道銘不由得攥緊了拳頭，雖然他已經記不清自己有多少次坐在那張龍椅之上，可是此前哪一次不是在李沉舟和長公主薛靈君的陰影之下？想到這裡，他不由得看了長公主薛靈君一眼，這位姑母居然在最後關頭選擇站在了自己一邊，女人果然善變，不過看她的樣子應該是承受了巨大的壓力，否則也不會狠心拋棄她的姦夫。

一旁董炳泰微笑提醒薛道銘道：「請陛下登上皇位，撥亂反正，肅清朝綱！」聽到董炳泰這麼說，周圍文物群臣全都跪了下去，爭先恐後道：「請陛下登上皇位，撥亂反正，肅清朝綱！」

薛道銘點點頭，他深深吸了一口帶著血腥的空氣，心中的快慰和激動難以形容，從今日起他方才是大雍貨真價實的皇帝，他再也不要看他人的臉色，他要重振朝綱，他要將大雍重新帶入輝煌，他要繼承父皇的遺志，稱霸中原，一統天下！

薛道銘躊躇滿志地走向龍椅時，卻聽到一個冷漠而熟悉的聲音道：「一個親手殺死自己兄長，聯手他人逼走自己親叔的敗類，又有什麼資格坐在龍椅之上？」

眾人心中劇震，當然若是說到震撼，薛道銘首當其衝，因為他已經分辨出那聲音根本就是來自於他的親叔叔燕王薛勝景。

董炳泰也是臉色劇變，他本以為今日已經完全掌控了局面，卻想不到在最後關頭又有變故，燕王薛勝景不知什麼時候混入了天和殿？

天和殿龍椅背後的屏風後出現了一個微胖而魁偉的身軀，那人身穿蟒袍，頭戴金冠，銀盆大臉，綠豆小眼，一張面孔似笑非笑，看似和藹，可是目光中卻隱藏著讓人從心底發冷的寒意，他的步幅緩慢，每一步卻走得堅定而踏實，來到龍椅前站了，雙手負在身後，一雙小眼睛睥睨眾人，氣勢淵如山嶽，在場的所有人都不得不承認薛勝景的身上擁有著懾人的氣勢。

董炳泰怒道：「薛勝景，你謀逆叛國，刺殺太后，害死先皇，勾結黑胡，禍亂大雍，來人！將此逆賊拿下！」他向石寬使了個眼色，他兩旁的武士準備衝上去捉拿薛勝景，還未走出幾步，那獨臂武士已經迎了上來，手中短劍連續刺出，格殺數名武士於當場。

石寬大步走向朝堂正中，揮了揮手，佈置在天和殿周圍的金鱗衛改變陣型，一部分排成人牆擋在薛勝景和眾人前方，還有一部分將董炳泰和薛道銘圍困起來。

別說是文武百官，就連長公主薛靈君此時也是目瞪口呆，她本來是受了董炳泰的脅迫，石寬當時送給她的那封信是董炳泰親筆所寫，薛靈君始終認為石寬表面上是李沉舟的親信，事實上卻早已倒向薛道銘一方，卻沒有料到石寬真正的主人卻是自己的皇兄燕王薛勝景。

薛勝景仍然站在那裡，他的目光落在妹子薛靈君的臉上，充滿溫情道：「靈君，你是我親妹子，有二哥在，你什麼都不用怕，沒有人再敢說你的半句閒話！」

聽起來溫情滿滿的一句話，卻讓薛靈君內心不禁一陣抽搐，二哥的意思分明是在暗示自己，她的那段不堪回首的往事他什麼都知道，不錯，董炳泰或許是唯一知道自己隱私的人，可是他找了一個吃裡扒外的送信人，石寬又怎能不把這個秘密告訴他真正的主子？一想到自己的悲慘命運卻成為這些陰謀家要脅自己就範的武器，薛靈君心中萬念俱灰，她恨不能當場死去，也好過被這幫人輪流要脅。

薛勝景道：「那天晚上，在慈恩園究竟發生了什麼，只怕很多人都不知道，我母后是如何死的？皇上又是如何死的？」他怒視薛道銘道：「薛道銘，你當著滿朝文武的面說個清楚！」

薛道銘被嚇了一跳，可他畢竟是一國之君，馬上鎮定了下來，冷冷道：「二皇叔，時至今日你竟然還執迷不悟。」

薛勝景呵呵笑道：「你這孩子當真是不見棺材不落淚了。」

董炳泰怒道：「薛勝景，你簡直無恥之尤，自己壞事做絕，竟然信口雌黃，意圖污蔑皇上，你對得起列位先皇嗎？」他環視眾人道：「我等乃大雍臣子，食君俸祿，承受皇恩，國難當頭，難道你們一個個都要忍氣吞聲無動於衷嗎？」

薛勝景歎了口氣，使了個眼色，一名武士從木匣中拎出兩顆人頭扔了下去，那兩顆人頭嘰哩咕嚕一直滾落到董炳泰的腳下，董炳泰定睛望去，竟然是他的兩個兒子董天兵和董天軍，看到兩個兒子的頭顱就在面前，董炳泰心如刀絞，慘叫一聲，躬下身去抱起兩顆頭顱已經是淚如雨下。

薛勝景道：「意圖謀反的人是誰？害死太后的人是誰？親手殺死皇上的人又是

誰？」他的目光再度落在薛靈君的臉上：「皇妹，那張所謂的遺詔，究竟是真是假？如今可以大白於天下了！」

薛靈君感覺腦海之中空空蕩蕩，整個人已經變成了被抽去靈魂的空殼，她感覺自己完全成為了一具任人擺佈的傀儡，這樣活著還不如死去。

董炳泰抱著兒子的頭顱嚎啕大哭，口中咒罵著奸賊。

冷不防石寬大踏步走了過來，一把抓住他的頭顱，當著群臣的面，喀嚓一聲就擰斷了董炳泰的頸骨。

清脆的骨裂聲讓所有人心膽俱寒。

薛勝景微笑望著薛靈君道：「皇妹，現在你不用擔心有人會胡說八道了，你只管照實說，那天晚上在慈恩園究竟發生了什麼？皇上到底是被誰害死的？」

薛靈君也被清脆的骨裂聲重新拉回到現實中來，看到慘死當場的董炳泰仍然死死抱著兩個兒子的頭顱，薛靈君驚得鳳目圓睜，她緩緩轉過頭去望著面色慘白的薛勝景，伸出手指向薛勝景道：「是他……是他和李沉舟串謀害死我母后，董淑妃因為內疚而自殺，是他親手刺殺了皇上，又將所有的罪責栽贓給我二皇兄……」薛靈君一邊說一邊流淚，她感覺即便是自己最不堪回首的那一夜，也不如此時更加屈辱更加難過，她所說的一切有真有假，以她的智慧當然明白二哥想讓自己說什麼。

薛靈君說完該說的話，意識已經完全脫離了現場，她不知道自己應該做什麼？

更不知道自己應該往哪裡去？不知是誰最先開始跪下，口中高呼萬歲，然後文武百官一個個跪了下去。

燕王薛勝景在文武百官的一致推舉下，終於假惺惺坐在了那張期盼已久的龍椅之上，天和殿內到處都是橫七豎八的屍體，血流滿地，然而這絲毫沒有影響到薛勝景的心情，他微笑望著眼前的一切，享受著被群臣跪拜的快樂。

薛靈君雖在現場卻有如一具行屍走肉，屠殺過後狂歡又起，她不知道大雍還能不能夠承受這一次折騰，不知過了多少時候，方才有人過來引領她，將她帶到薛勝景的身邊。

這是一間單獨的宮室，除了他們兄妹之外，室內再也沒有其他人，薛勝景親手點燃燈燭，此時薛靈君方才意識到渾渾噩噩之中已經度過了一天，在她指證薛道銘和李沉舟之後，發生了什麼？她已經完全不記得了。

薛勝景點燃燭火之後，望著跳動的橘黃色的火苗，微笑道：「你還記得小時候我帶你偷偷溜出皇宮觀燈的情景嗎？」

薛靈君抿了抿嘴唇，那時的她是單純而快樂的，那時候的二哥在她心目中是溫暖親近的，然而時過境遷，一切都已發生了改變，她緩緩搖了搖頭道：「時間太久，完全不記得了。」

「你雖然不記得，我卻記得，那年的上元節之後，我再也沒有見過你真正的笑容，過去我始終不明白究竟發生了什麼，現在方才知道……」

「你住口！」薛靈君用盡全力發出一聲驚人的尖叫。

薛勝景也被她的這聲尖叫嚇住，愣了一下，然後小眼睛中流露出些許同情的光芒，歎了口氣，在桌旁坐下，望著憔悴的妹子，感覺她似乎在一日之間老了許多。

薛靈君似乎也被自己嚇住，過了好一會兒，她慢慢跪了下去。

薛勝景的身體向前微微傾斜了一下，本想做出一個攙扶的動作，可很快就打消了這個念頭，輕聲道：「你這又是為了什麼？」

薛靈君道：「請陛下賜我一死！」

薛勝景道：「我還不是皇上，就算有一天我登上了皇位，你也無需下跪，在我心中，你始終都是我嫡親的妹子。」

薛靈君道：「我在這世上早已沒有親人了，皇上其實也是一樣。」

薛勝景愣了一下，他緩緩搖了搖頭道：「其實我還有一個女兒。」

「早晚也會失去的。」

薛靈君的話讓薛勝景心生不悅，他皺了皺眉頭，然後轉過臉去望著跳動的燭火：「母后在咱們兄妹三人之中其實最偏愛的始終都是大哥，知子莫若母，她一直都瞭解我的頭腦和能力。」

薛靈君道：「所以她看出你不肯久居人下……」

「不！我從未想過去當皇帝，從未想過跟大哥去爭什麼！」薛勝景的聲音開始變得激動起來，這件事是他永遠繞不過去的溝壑，每當提起這件事，他都會無可抑制地激動起來。

「是他們逼我！為了防止我和他爭奪皇位，大哥竟然安排一個歌姬給我，當我愛上那個歌姬，她也喜歡上了我，為我生下兒女，然後他再將此事密報給父皇，讓父皇對我失望透頂！」

薛靈君歎了口氣道：「你若是當真喜歡自己的妻子兒女，為何不敢跟他們一起走？你不是怕死，你是捨不得那份名利，你是捨不得大雍的皇權！」

薛勝景冷冷望著薛靈君，他的雙手卻緊緊抓住座椅的扶手，他在竭力控制自己心中的憤怒。

薛靈君此時卻站了起來：「其實你心中最在乎的始終都是皇位，只是一直以來你都在欺騙自己，不停地告訴你自己，你是一個受害者，你是一個好丈夫，你是一個好父親，是大哥把你逼到這種地步，是父皇和母后把你逼到這種地步，其實所有一切都是你想要奪權的藉口罷了。」

薛勝景的目光陰冷至極，他忽然桀桀笑了起來：「想不到你居然還在維護那個畜生，看來當年他對你做過的那些事並非強迫。」

薛靈君宛如內心深處被狠狠抽了一鞭，她竭力咬住嘴唇，嘴唇已經被咬破，鮮血沿著唇角流下。

薛勝景的內心中非但沒有感到不忍，反而生出一種報復的快感，他低聲道：「母后一定知道這件事，可是她非但沒有給你主持公道，反而奉勸你忍辱負重，家醜不可外揚對不對？」

薛靈君充滿仇恨地望著薛勝景，原來人性可以如此醜惡：「為何不殺了我？」

薛勝景道：「大雍的國土雖然很大，容得下千萬人生活，可是卻只容得下一個皇上，你和我只不過是家族的棄子！」

薛靈君慘然笑道：「你已得償所願，為何還要跟我說這些？我對你而言已經沒有任何利用價值。」

薛勝景點了點頭，對她的這番話表示認同，沉思片刻，低聲道：「你知不知道母后當年誦經的那串念珠在什麼地方？」

薛靈君從頸上取下懸掛的一顆念珠，遞給了他，然後道：「這一顆我一直貼身佩戴，剩下的一百零七顆全都在我府上，藏於鳳棲梧桐的屏風內。」

薛勝景接過那顆念珠，小眼睛的光芒變得明亮起來。

薛靈君道：「能否賜我一死？」

薛勝景短粗的手指摩挲著那顆珠子，輕聲道：「等我找到所有的念珠。」

「我死之前還有沒有機會見李沉舟最後一面？」

薛勝景手上的動作突然停頓，他有些迷惑地望著薛靈君，過了好一會兒方才道：「他在靖國公府！」

留得青山在不怕沒柴燒，李沉舟成功逃出皇宮時是這樣想，他以為至少大雍南部水師仍然掌控在自己的手中，只要自己能夠逃出雍都，就有東山再起的機會，然而當他感到整個右肋開始變得酸麻漸漸失去知覺的時候，意識到自己中毒了，難怪獨臂人和石寬沒有追蹤。李沉舟的腳步變得越來越慢，劍宮邱閑光率領一眾弟子追蹤而至，不過他們並沒有急於靠近，一直將他追逐到靖國公府的李氏宗祠內。

毒性開始漸漸發作，李沉舟望著宗祠裡的牌位卻始終不敢進入，就這樣站在院落中任憑風雪吹打，他感覺周身都開始麻痹，力量和溫度被一絲絲抽離出自己的身體，終於他的雙腿再也承受不住身體的力量，在雪地中跪了下來，面朝宗祠的方向，光線黯淡，他看不到祖宗的牌位，可是一個個先祖的名字卻在腦海中閃光。

功虧一簣，如果當初自己再果斷一點，再狠心一點，或許結局絕不會是現在這樣。李沉舟不甘心，他不甘心就此死去，可現實卻已經沒有機會了。

腦海中浮現出父親慈祥的模樣，父親忍辱負重，背井離鄉數十年到最後落得如此淒涼下場，大康已經將他下獄，大雍又將他定為奸臣，忠心為國卻連一個公平的說法都沒有，大雍的歷史中，父親或許永遠都要背負這樣的屈辱。

自己本想背水一戰，逆轉乾坤，唯有掌控大雍的權力方才有拯救父親的機會，然而自己苦心經營的一切卻斷送在薛道銘的手裡。

李沉舟的眼前變得朦朧起來，他似乎看到一個白色的倩影向自己走來，看到單薄的衣裙，看到蒼白的面孔，融心！他的內心驟然緊縮，幾乎就要脫口叫出來，可是那白色的衣裙卻又在他的視野中突然變成了紅色，血一樣的紅色。

李沉舟的呼吸變得急促而粗重，他用力搖晃著頭顱，拚命想看清眼前的一切，可是他的視線卻變得越來越模糊。

腳步聲提醒他來人已經走到了自己面前，他聞到了熟悉的體香，薛靈君？她，她又怎麼有臉來見自己？難道她是要來恥笑自己，看自己的笑話？是要親手殺死自己向朝廷表露她的忠心？李沉舟的手中握緊了匕首。

薛靈君望著英雄末路的李沉舟，內心中湧現出難以名狀的悲涼，是她一手將李沉舟造就成為一個真正的男人，也是她一手將李沉舟推入萬劫不復的深淵。

薛靈君在李沉舟對面跪下，她發現李沉舟的目光淡漠，甚至不願看她一眼，淚水沿著薛靈君皎潔的面龐緩緩滑落，她顫聲道：「沉舟，看我一眼好不好？」

李沉舟依然緊握著匕首，已經變得青紫的嘴唇倔強地抿著，他的聲音也如同這天氣一般冰冷：「我已經看不見了。」

薛靈君的手顫抖著伸了出去，在李沉舟的雙目前晃了晃，卻沒有看到他有任何的反應，頓時淚如泉湧。薛靈君不顧一切地捧起了李沉舟的面龐：「沉舟……」

李沉舟手中的匕首卻抵住了她的胸膛，匕首的鋒芒輕易就刺破了她的外衫，刺破了她嬌嫩的肌膚，然而薛靈君非但沒有感到害怕，反而期望這匕首能夠繼續深入下去，刺穿自己的心臟，奪去自己的性命，就讓自己這樣死去也好。然而匕首卻在她的肌膚內停頓下來，並沒有繼續深入的意思。

李沉舟的喉結上下蠕動了一下，他低聲道：「我落到如今的地步，你滿足了，你走吧！」

薛靈君搖了搖頭，小聲道：「你之所以落敗，並不是因為你的智慧和能力不如他們，而是因為你不如他們狠心。」

李沉舟道：「我錯就錯在信錯了人！」薛靈君的背叛對他打擊深重，而這次的背叛讓他一敗塗地，再無翻身之日。

薛靈君道：「我是個不乾淨的女人，其實我早就該死，不然也不會害了那麼多人。」

李沉舟冷冷道：「這些話你沒必要對我說。」

薛靈君道：「你知不知道最後坐在皇位上的那個是誰？」

李沉舟心中一怔，她為何這樣說？難道最後坐在皇位上的不是薛道銘？旋即心中暗自苦笑，自己都到了這步田地，誰坐在皇位上又和自己有什麼關係？明年今日應該就是我的忌日。

薛靈君道：「我二哥，你知不知道他們做了什麼事情？」她低下聲音，附在李沉舟的耳邊，小聲將其中緣由告訴了他，李沉舟的內心震撼到了極點，他萬萬沒有料到皇室之醜惡到了如此的地步，內心中極其矛盾，他不知應該說什麼，薛靈君將這樣的事情告訴自己，足以證明她對自己的信任，可是她現在說出來又有何意義？

就在李沉舟心中紛亂如麻之際，薛靈君握住他的右手，輕聲道：「沉舟，你怪不怪我？」

李沉舟沒有回答，落到如今這種地步，怪與不怪又有什麼意義？

薛靈君望著宛如一尊塑像般麻木的李沉舟淚眼婆娑，無論她怎樣傷心絕望，他已經看不到了，薛靈君點了點頭，握緊了李沉舟的手，然後猛然撲了上去，匕首穿透了她的胸膛，深深刺入她的心臟。

李沉舟並沒有在第一時間意識到發生了什麼，直到薛靈君的血染紅了他的手掌，直到血的溫熱讓他業已麻痺的肌膚恢復了些許的知覺，他方才明白到底發生了什麼，他想要放開匕首，可是他的手指已經僵硬，無法從匕首上移動開來，冷漠木然的面孔因為痛苦痙攣扭曲。薛靈君的身軀軟軟倒在了他的懷中，李沉舟抱著她的嬌軀，他想要吶喊，卻發不出一絲的聲息，唯有緊緊抱著她，空洞的雙目中沒有淚，也沒有悲傷，然而他的一顆心卻在此時已經支零破碎。

雪一片一片落在李沉舟的身上，被他的體溫融化，從他的眼角腮邊滑落下去，夜色中水晶般璀璨，就像是悲傷的淚水。薛靈君的身軀卻已經冷卻，長裙如火，肌膚比周圍的積雪還要蒼白，雪地上觸目驚心的血已經凝固，隨之凝固的還有李沉舟的內心，他只是緊緊抱著薛靈君，感受不到薛靈君身體一絲一毫的溫度，也感受不到來自這世界一絲一毫的溫情。

他的視覺似乎恢復了，他看到自己和薛靈君攜手蕩舟湖面的情景，看到草色青青的湖畔，看到漫山遍野的桃花。如果人生真的可以重來，他寧願時間永遠停留在那一刻。

他看到一個男童在花叢中嬉戲，那孩童似乎在花叢中迷失了方向，臉上陽光般的笑容漸漸收斂，有些惶恐地呼喚著：「大伯，大伯……」

男童的身後一個面孔猙獰的男子緩緩向他走來，李沉舟張大了嘴巴，想要提醒他逃走，可是他發不出聲音，李沉舟抓住了那柄仍然深深刺入薛靈君胸膛的匕首，猛然抽了出來。

薛靈君的嬌軀已經在雪中僵硬，即便是這樣的動作也不會帶給她任何痛苦。

他的耳邊不停傳來孩童驚恐的呼救聲，可是他的眼前卻重新歸於一片黑暗。

李沉舟一手抱著薛靈君，一手用匕首抵住了自己的咽喉，心中默默道：「靈君，我來了……」

正當他積蓄全身的力氣準備完成這一動作的時候，有人卻抓住了他的手腕，體內的毒性讓李沉舟無法抗拒，他想不到這種時候，為何還會有人過來救他，可很快李沉舟就意識到對方阻止他絕非是為了救他。

因為對方抓住他的手腕，硬生生折斷了他的手臂，劇痛讓李沉舟頸部的青筋暴出，然而他卻緊咬嘴唇，一聲不吭。

他看不到對方的樣子，忍過這最難捱的時刻，方才低聲道：「你是誰？」

「你殺了我的父親！」

李沉舟的心中充滿了迷惘，他這一生殺了太多的人：「誰？」

「你的岳父，簡洗河！」

李沉舟點了點頭，沒有流露出任何對死亡的懼意，他的唇角露出一絲笑意：「看在融心的份上，給我一個痛快……」他聽到了刀聲，還有鮮血噴出斷裂的脈管尖銳的呼嘯聲，然後他就抱著薛靈君的遺體緩緩倒在了地上。

一滴鮮血沿著榮石手中鋒利的刀鋒流淌下去，迅速來到刀尖之上，長久的停頓，直到下一陣風吹來的時候，血珠方才隨風低落，落在雪地之上宛若梅花綻放。

薛勝景聽完手下人的稟報，並沒有表現出任何的喜悅，皺了皺眉頭，低聲歎了口氣道：「葬了！」說完之後馬上又補充道：「把他們葬在一起吧。」

「是！」

薛勝景擺了擺手，示意手下人趕緊退出去。

那人剛剛離去，一道黑影宛若遊魂一般走了進來，赫然正是玄天館主任天擎，他右邊的袖子空空蕩蕩，那條手臂正是在大康皇宮龍靈勝境內突襲胡小天的時候丟掉，今日這場宮變，薛勝景集合了任天擎、劍宮、石寬多方力量，方才一舉成功。

任天擎的臉上並沒有他人那種對薛勝景的敬畏和尊重，淡然道：「恭喜你了，一舉將所有心腹大患全部剷除，現在的大雍已經無人能夠與你抗衡了。」

薛勝景歎了口氣道：「何喜之有？北疆告急，尉遲冲當眾自殺，董天將落荒而逃，假皇帝身分已被識破，如今北疆軍團近三十萬人已全部表示要追隨霍勝男。」

任天擎對國家大事顯然沒有太多興趣，不屑道：「三十萬人缺衣少糧，又能掀起什麼風浪？你讓他們自生自滅就是。」

薛勝景搖了搖頭：「這些事你不懂的。」

任天擎呵呵笑了起來，他向前走了兩步，復又停下腳步道：「我的確不懂這些事，也不關心，不過有件事我卻知道，若是再找不到《天人萬像圖》，你只怕在這個位子上坐不太久。」

薛勝景臉上的表情頓時變得僵硬起來，任天擎說中了他的痛處，他的生命並沒有期望中長久，除非能夠找到《天人萬像圖》，才能改變這一切，他手中的《天人萬像圖》只有半冊。

任天擎道：「我已經查到還有半冊《天人萬像圖》在胡小天的手中。」

薛勝景的目光頓時變得明亮起來，可馬上又變得黯淡，即便是查到了那半部的下落，胡小天又豈肯乖乖將之交給自己？

任天擎道：「也不是沒有機會！」

薛勝景有些激動地站起身來，主動走向任天擎，壓低聲音道：「願聞其詳！」

任天擎道：「有人找石寬合作，讓石寬幫忙殺掉李沉舟，石寬把李沉舟給了他，只可惜他終究還是嫩了一些。」他說的這個人就是榮石。

薛勝景道：「你又怎能知道胡小天肯為了他將《天人萬像圖》交給我們？」

任天擎呵呵笑道：「榮石乃是簡洗河的親生兒子，簡融心現在是胡小天的女人，他絕不會對大舅子的性命坐視不理。」

薛勝景瞇起那雙小眼睛，沉吟片刻，仍然搖了搖頭道：「榮石還沒有重要到這種地步，而且，我現在選擇跟他為敵並不明智。」

任天擎雖然學究天人，武功高強，可是在國家大事方面，他遠遠比不上自己，斟酌之後，薛勝景道：「此事我來處理。」

任天擎道：「希望你能處理妥當。」

這場發生在雍都的政變震驚天下，相比而言，北疆的那場兵變似乎影響小了許多，然而胡小天更為關注的還是北疆的局勢，薛勝景和黑胡人早有勾結，不排除這廝出賣北疆換取短時間安穩的可能，如果他真的那樣做，霍勝男和北疆的三十萬將士就會落入進退維谷的地步。

胡小天雖然沒有馬上親臨北疆，也派出夏長明、諸葛觀棋、熊天霸三人先行前往，從旁協助霍勝男，同時他積極籌措，尋求妥善通路，目前最可能的一條通路就是從北疆沿著大雍西南邊境行進，進入安康草原，只是在這樣的苦寒天氣裡，要行軍近兩個月的路程，損耗必然極大，更何況途中凶險重重。派諸葛觀棋前往那裡，主要的目的就是要根據實際情況來制訂對策，盡可能的保存實力，減少傷亡。

按照原定計劃，胡小天也要在近期內親自前往北疆探望霍勝男的。可是在雍都政變沒過幾天，就傳來大雍派特使前來的消息。

聽到這個消息之後，胡小天第一個想起的人居然是薛靈君，雖然他已經得到了薛靈君已死的確實消息，可不知為何，心中仍然期望這個消息有誤，或許自己在女人方面始終都過於心慈手軟，尤其是對漂亮的女人，他心底深處認為薛靈君這樣的傾城佳人不該就這樣匆匆離去。

或許是出於這份期待，或許是出於對大雍特使禮節性的尊重，胡小天選擇親自出城相迎。

彤雲密佈，呼呼的北風從北方席捲而下，帶著徹骨的寒氣，南面的庸江已經開始封凍，枯黃的草色上面掛著一層細茸茸的白霜，馬匹不停打著響鼻，有節奏地噴出兩道白霧。

大雍使團並沒有想像中規模宏大，比起昔日長公主薛靈君動輒五百人開外的使團，這個不過百餘人的使團隊伍規模自然小了許多，如果不是迎風招展的大大雍字，或許旁人會以為這只是一個普通的商團。

儘管如此，胡小天仍然給足了面子，親自恭迎到東梁郡大門之外，少有使團能夠享受到如此的尊榮。

大雍使團在城門前止步，負責使團安全的統領官來到胡小天身前翻身下馬，鞠躬行禮稟明身分。

胡小天聽聞今次前來的特使並非是長公主薛靈君，心中悵然若失，此時他方才確定薛靈君的確已經死了。從身邊人手中接過對方遞交的文書，展開一看，一行熟悉的字跡映入眼簾，他不由得怦然心動，這封信竟然是霍小如的手筆，難道今次前來的使臣是霍小如？

那位統領官恭敬道：「特使因為長途跋涉身體不適，所以現在不方便面見王爺，還望王爺多多體諒。」

胡小天淡然笑道：「既然如此，本王先回去，尊使方便的時候再來府中一晤！」他竟然調轉馬頭揚長而去。

該來的始終要來，胡小天相信無論使臣到底是不是霍小如，千里迢迢來到這裡絕不會空手而返。一切果未出乎他意料之外，當天晚上，大雍使臣前來王府求見。

胡小天讓人將使臣請到花廳，並未讓其他人在場，靜靜等待著對方的到來。聽到輕盈的腳步聲由遠及近，胡小天已經料到來人是誰，換成過去，他或許會激動不已，然而時過境遷，他的內心卻變得古井不波，連胡小天都沒有想到自己居然會如此淡定和沉穩，平靜望著門外，似乎早就知道是她，也只能是她。

霍小如雖然是一身男裝打扮，可是仍然掩飾不住她的絕代風華，肌膚勝雪眉目如畫，一顰一笑動人心魄。

兩人目光於虛空中相遇，胡小天仍然坐在那裡，雖然看到霍小如已經走到了面前，他卻依然沒有起身相迎的意思，懶洋洋的眼神，懶洋洋的笑意。

霍小如雙手背在身後，同樣微笑望著胡小天。

兩人就這樣彼此看著，過了許久，還是霍小如率先打破了沉默，輕聲嗔道：「難道你已經不認得我了？」

胡小天道：「就快想不起來了，所以見到你，居然懷疑是不是真的。」

霍小如歎了口氣道：「你那麼聰明，究竟發生了什麼，這其中又有什麼變故，你心中必然清清楚楚。」

「你不說我又怎能知道？」胡小天向一旁虛席以待的椅子掃了一眼：「坐！」

霍小如在他身邊坐了下來，兩人自康都一晤也不過分別半年的光景，只不過這次見面卻感覺到彼此之間的距離又遙遠了許多。

胡小天又怎能不明白？霍小如既然以大雍特使的身分前來，自然是受到了薛勝景的委派，薛勝景成功剷除李沉舟和薛道銘之後，已經成為大雍實際上的掌權者，放眼大雍國內，再也無人能夠挑戰他的權威，雖然薛勝景並未急於登基，可是對他來說也只是早晚的事情。

薛勝景是大雍的皇帝，霍小如自然就是大雍的公主。胡小天曾經親眼目睹霍小如刺殺薛勝景的場面，此事已經過去多年，也是從那次之後，霍小如在薛勝景的安排下去了渤海國，此後的那麼多年，胡小天就失去了霍小如的下落，這些年中到底發生了什麼？究竟是因為父女情深，而讓他們走到了一起，還是霍小如本身的身世就有著不為人知的秘密？胡小天寧願希望是前者，雖然他從心底不喜歡薛勝景。他希望霍小如此後所做的一切都是在薛勝景的影響下發生，而她的本性原非如此。

希望終歸只是希望，現實卻始終都是現實，胡小天清楚的認識到心中那個美好的影子只屬於過去，眼前美人如玉，可是她的心思卻無法猜度。

「過去我曾經在這裡接見過貴國特使！」

霍小如道：「長公主對不對？」

胡小天點了點頭。

霍小如道：「她已經死了，從現場看應當是死在了李沉舟的刀下。」

胡小天的雙目中掠過一絲憂傷，雖然薛靈君曾經多次出賣自己，可是真正聽到她死訊的時候，心中仍然有些難過。

霍小如又道：「朝廷並未追究李沉舟的罪責，甚至沒有對靖國公府趕盡殺絕，而且還對李沉舟網開一面，將他和長公主葬在了一起。」

胡小天端起茶盞，抿了一口，唇角泛起一絲嘲諷的笑容，追究罪責？薛勝景又有什麼資格去追究他人的罪責，李沉舟叛國謀逆，他自己又是什麼好人？

胡小天道：「李沉舟殺了薛靈君，為何還要將他們葬在一起？難道還想兩個冤魂在九泉之下糾纏不休？」

霍小如道：「李沉舟並非自殺，而是死於……」她停頓了一下，方才加重語氣道：「榮石之手！」

胡小天皺了皺眉頭，榮石和簡融心兄妹相認之後不久也離開了這裡，沒有人知道他的去向，想不到他居然前往雍都為父報仇，從霍小如的這番話中胡小天馬上就判斷出榮石應當遇到了麻煩，他將茶盞緩緩放在几上，輕聲道：「榮石是我的人！」語氣雖然平淡，可是其中卻蘊含著不可抗拒的力量。

霍小如自然明白他這句話的含義，若是有人膽敢動他的人，勢必會招致暴風驟雨般的報復，現在的胡小天擁有這樣的氣魄，更擁有這樣的能力。當一個曾經愛過自己的男人，面對面說出這樣的話，就證明他已經放下了昔日的情愫。

事實上，他們之間並未有真正的交往過。霍小如的表情風波不驚，胡小天的反應也在她的預料之中：「北疆軍團被霍勝男策反之事跟你有沒有關係？」

胡小天平靜望著霍小如，她再不是昔日那個風情萬種的歌姬，究竟是什麼讓她發生了如此之大的改變？胡小天忽然笑了起來。

霍小如沒有笑，靜靜望著胡小天，兩人的目光都極其清醒，沒有絲毫的情愫。

胡小天止住笑聲道：「說說你的條件吧！」

霍小如道：「天人萬像圖！」

胡小天道：「在我手裡，不過區區一幅圖好像不值得你們花費太大的代價。」

霍小如意味深長道：「這世上你以為很重要的事情，在別人眼裡其實根本不重要，同樣你認為微不足道的事情，在他人心中或許是無價之寶。」

胡小天點了點頭道：「感情何嘗不是如此？」

霍小如歎了口氣道：「感情對有些人來說宛如天上星辰，遙不可及！」她的目光突然變得有些迷惘。

胡小天望著眼前美得不可方物的霍小如心中充滿著迷惑，在他的印象中霍小如一直都是個頭腦極其清醒，個性鮮明外柔內剛的女子，卻不知究竟是什麼才促使她這樣死心塌地地維護薛勝景？難道說僅僅是因為父女感情？胡小天並不相信，親情可以影響到霍小如放下是非觀。或是為了利益？他實在不想繼續想下去，因為他擔心自己想得越多，越是容易破壞霍小如在自己心中美好的形象。

霍小如的目光從迷惘恢復冷靜，輕聲道：「我爹並不想與你為敵！」

胡小天心中暗歎，她終於當面承認薛勝景是她的父親了，他不由自主想起了認賊作父這四個字，幾乎就要脫口而出，可是話到唇邊終究還是沒忍心講出來，還是不想對霍小如太過刻薄，他點了點頭道：「他能夠這麼想證明還不糊塗，大雍的事情我懶得管，不過那天人萬像圖並不是我的，我還需和真正的主人商量一下。」

霍小如道：「我可以等！」

胡小天灼熱的目光盯住她的雙眸道：「你真的可以等嗎？」

霍小如靜如止水的雙眸泛起漣漪，芳心中出現了一絲慌亂。

胡小天道：「還是別等了，等得越久失望越大，這樣吧，我就代人家答應，可以將天人萬像圖交給你們，不過你也要答應我三個條件。」

霍小如道：「說吧。」

「第一，放榮石平安離開！」

霍小如點了點頭：「沒問題！」

「第二，尉遲冲自殺之後，留下北疆三十萬將士，我有意收留他們，請你們讓出一條西北通路，可以讓他們進入安康草原，對於不願離開者，你們也需答應不可追究他們的責任。」

霍小如歎了口氣道：「三十萬將士，你當真以為一幅天人萬像圖就可以換得一支大軍？誰會做出將自己的大軍拱手讓給對手的事情？」

胡小天微笑道：「首先，我和燕王不是對手，然後這三十萬將士絕不會聽從他的指揮，因為尉遲沖的事情，早已將大雍朝廷視為不共戴天的敵人。」

霍小如道：「你同樣不要忘了，他們現在正處於苦寒的北疆，缺衣少糧，若是膽敢謀反，朝廷讓他們自生自滅不費吹灰之力。」

胡小天道：「雖然缺衣少糧，可並非毫無戰鬥力可言，雖然燕王和黑胡交好，但是這樣的季節黑胡顯然不會冒險出兵幫助你們，若是這三十萬大軍選擇南下亡命一搏，即便是以失敗收場，大雍也勢必付出慘重的代價，更何況我也不會坐視不理，或許大雍滅國已不久遠。」他這番話說得針鋒相對寸步不讓。

兩人靜靜對望著，雖然目光中並沒有劍拔弩張的氣勢，可是彼此都堅守著自己的立場，對視良久，霍小如方才歎了口氣道：「好吧，可以放他們前往安康草原，不過你需簽下一紙協定，有生之年大康不得對大雍用兵！」

胡小天呵呵笑道：「霍姑娘，我又不是大康皇帝，我又有什麼資格簽署這樣的協定？」

霍小如道：「我相信你足以影響大康朝廷，你若是不肯簽，那麼榮石和這三十萬將士就讓他們自生自滅吧！」

胡小天道：「簽倒是可以，不過，我只能答應，薛勝景有生之年，大康不會對大雍用兵。」

霍小如皺了皺眉頭，胡小天果然是個不肯吃虧的角色，仔細解讀他的這番話，分明是在說，父親活著大雍沒事，若是父親發生了任何意外，他就不會再遵守協定，若是仔細斟酌，這其中貓膩實在太多，霍小如想了想終於還是點了點頭道：「好吧！說說你的第三個條件！」

胡小天道：「親親我！」

霍小如的美眸因震驚而瞪得滾圓，旋即俏臉羞得通紅，她啐道：「胡鬧！」

胡小天微笑道：「看得出你是一個孝順女兒，為了燕王，你甘心做任何事，其實你應當感到慶幸，我沒有提出更過分的要求。」

霍小如的美眸變得冷若寒潭：「胡小天，你很無恥！」

「一向如此，只是有些後悔，我做得還遠遠不夠。」

霍小如走了過去，忽然伸出雙手捧起胡小天的面龐，義無反顧地吻了下去，胡小天的本意顯然是刁難霍小如，他就要撕下霍小如清高的面具，就要羞辱她的自尊，可是他也沒料到霍小如竟然會做得如此乾脆，甚至他本想採取的主動已經在現實中淪為被動。居然被霍小如吻得熱血上湧，頭腦一陣空白，等這貨決定要化被動為主動好好享受一下的時候，霍小如卻已經放開了他，轉身飄然而去。

胡小天在有些發懵的腦殼上拍了一下，望著霍小如遠去的倩影，喃喃道：「我他媽好像吃虧了……」

嚴冬終於過去，安康草原被寒風和冰霜折磨枯黃的小草重新開始泛起蔥綠，一場以霍勝男為主帥，余天星為軍師的大規模戰役在安康草原以西的全線展開。

這場戰爭的目的是為了奪取並控制域藍國，域藍國只不過是瀚海沙漠中的一塊綠洲，無論是疆域還是國力都無法和周圍列強抗衡，可是之所以能夠存在數百年，就是因為獨特的地理位置，周圍茫茫的瀚海沙漠成為域藍國天然的屏障。

胡小天為了這場戰役準備得極其充分，在這場戰爭中，尉遲冲昔日的舊部充當了主力，與胡小天事先派去潛入域藍國的將士裡應外合，短短三天之內就完全控制了這面積和武興郡相若的沙漠綠洲。

胡小天之所以不惜軍力財力長途跋涉打這場仗，主要是因為域藍國重要的戰略位置，控制域藍國之後，就可以切斷沙迦和黑胡擴張的路線，同時也解除了西線危機，可以將整個瀚海沙漠變成自己的西部屏障，其意義非比尋常。

即便是在大康最為輝煌的時候，勢力範圍都沒有拓展到這裡，胡小天這場勝利震驚天下，而這場戰爭之前，他也悄悄密報了七七，他和七七好不容易修補的關係如今還需信任滋養，胡小天不想在這種敏感時刻讓七七對自己再生出戒心，在龍曦月和姬飛花的先後建議下，胡小天以域藍國作為聘禮，向七七正式提親。

大雍並沒有因為薛勝景的掌權而重新走入正軌，薛勝景在皇位的事情上也沒有表現得過於迫切，而是暫時扶植了薛道洪不到六歲的兒子為帝，這樣做的好處，一來可以堵住天下悠悠之口，二來可以牢牢將朝廷大權掌控在手中，不會重蹈李沉舟的覆轍，正所謂挾天子以令諸侯。

這半年以來，大雍境內民亂不斷。民以食為天，一旦老百姓的吃飯和穿衣出現了問題，整個社會就會陷入持續的動盪中。和胡小天交易天人萬像圖的事情並不適合公諸於眾，薛勝景對外宣稱和大康達成了長久的和平協定，因此才放尉遲冲昔日的舊部一條生路，而沒過太久，事實就給了他一記響亮的耳光，正是他網開一面放走的尉遲冲舊部，在休養生息之後不久就攻下了域藍國為胡小天遞上了投名狀。

域藍國重要的地理位置還在其次，讓薛勝景最為頭疼的是他在域藍國有著重大的利益，甚至他將聚寶齋和燕熙堂的總部都搬到了那裡，隨著域藍國的陷落，他的利益首當其衝受到了威脅。

讓薛勝景頭疼的還不僅僅是這些事，他昔日和黑胡早就達成了私下協定，若是黑胡幫他掌控大雍權柄，他將會割讓北方七城給對方，如今就要春暖花開，黑胡人於邊境集結大軍，做出捲土重來的架勢，另一方面他們的使者也已經來到了雍都，面見薛勝景希望他兌現昔日的承諾。

高處不勝寒，也只有真正登上權力巔峰時方才能夠明白這句話的真正意義。

任天擎走入御書房的時候，薛勝景正望著地圖愁眉不展，即便是任天擎來到他的身後，他仍然沒有回頭，雙目盯著地圖道：「你不是曾經答應過我，可以讓黑胡人罷戰休兵？」

任天擎昔日空蕩蕩的右肩處已經多出了一條手臂，只是暴露在外面的手完全是鋼鐵鑄成，他淡淡一笑道：「北方七城可是你親口答應給人家的。」

薛勝景歎了口氣，此一時彼一時，當初就不該隨隨便便答應這件事，可過去那時候是李沉舟當家，現在輪到了自己，將自己的東西送出去實在心痛，更何況還要招致朝野上下罵聲一片呢？

任天擎道：「其實王爺最不該將尉遲冲的那些部下放回去。」

薛勝景有些不滿地望向任天擎道：「若是我不將他們放走，你焉能得到天人萬像圖？」停頓了一下又道：「當初你說過，只要找到《天人萬像圖》，就能幫我平定天下，可現在，兩幅圖我都已經找到，也全都交到你的手上，是該你兌現承諾的時候了。」

第八章

肯騙你一輩子的男人

一個男人願意對你撒謊，
至少證明你在他的心中擁有重要的地位，
如果一個男人肯騙你一輩子，那麼還是趕緊嫁了吧，
不然只怕再也遇不到那麼在乎你，那麼有耐心的好男人！

春風又綠江南岸，冬去春來，康都再度沐浴在煙雨之中。鎮海王府張燈結綵喜氣洋洋，卻是鎮海王胡小天這兩日就要返回康都，王府為了迎接主人的到來正在積極準備著。

王妃龍曦月此刻卻並不在王府內，她一早就去了皇宮，和永陽公主七七兩人一起泛舟瑤池，欣賞瑤池兩岸賞心悅目的春色。

鮮花吐豔，草色青青，朦朧的煙雨潤澤了色彩，也讓一切的輪廓變得朦朧而富有詩意，這樣的煙雨天，泛舟湖上，宛如駛入了一幅絕妙的山水畫中。

七七和龍曦月並肩站在船頭，並沒有讓人打傘，靜靜享受著纖細的雨絲拍打著肌膚那種酥麻的感覺，兩人吹彈得破的肌膚飽含了水汽，顯得越發水靈和嬌嫩，猶如綻放在人世間兩朵絕美的解語花。

龍曦月感歎道：「瑤池重建之後，這裡的景致更勝往昔。」

七七道：「我讓人找出了昔日兵聖諸葛運春設計的原圖，還有他棄去不用的手稿，綜合之後重新修建而成，雖然比不上兵聖當年之玄妙，可是外觀看起來要賞心悅目許多。」

七七讓工匠在原有的基礎上重建，也進行了不少的改建，其中最大的改動就是將縹緲山上的靈霄宮拆除，保留雲廟。雲廟之中也只留下了她母親凌嘉紫的遺像，靈霄宮拆除之後，縹緲山再無人居住，已經徹底成為了她紀念亡母的地方。

龍曦月抬頭仰望縹緲山，縹緲山兩座青龍之間，銀亮的瀑布飛流直下，因為落雨的緣故，瀑布的水流增大了不少，可最奇妙的是，這樣大的瀑布，從高處落入瑤池之中竟然沒有發出太大的聲音，這得益於當年巧妙的設計，保留瀑布宏大景觀的同時，盡可能地將落差時發出的聲音消除。

眼前看著同樣的景致，可彼此內心中想的卻並不一樣。

龍曦月道：「這兩天王爺就回來了！」

七七裝出一副漫不經心的樣子：「哦！」心中卻泛起一陣波瀾，胡小天雖然還沒有回來，但是他要用域藍國作為聘禮向自己提親的消息已經滿天飛了。呼吸了一口濕潤的空氣道：「姑姑就要見到他了，心中一定激動得很吧？」

龍曦月微笑道：「可他這次回來卻不是為了我。」望著七七虛無縹緲的雙目輕聲道：「他這次回來是專門向你提親的。」

七七並沒有流露出任何的開心，而是輕聲歎了口氣道：「他這個人做任何事都有他的目的，這世上也不是每個人都甘心被他騙！」

龍曦月道：「我是個很懶的人，懶得考慮別人的動機，懶得考慮他會不會騙我，也許正是因為這樣，他甚至都懶得騙我！」說到這裡她自己笑了起來。

七七真是佩服龍曦月的豁達，以她對龍曦月的瞭解，既不懶，也不蠢，非但如此，她還要比多數人都要聰明得多，不然她何以控制天下間最大的幫派丐幫？不然她何以將桀驁不馴的胡小天收拾得死心塌地？不然她何以會在最為關鍵的時候冒險來到康都，只是為了斡旋自己和胡小天之間的關係，增加他們彼此之間的信任？

七七有時候甚至不由自主在想，如果自己是胡小天，在自己和龍曦月之間會選擇哪一個？思量再三的結果，如果自己是胡小天，也會選擇龍曦月，多半男人都喜歡聽話的女人，更何況這個女人不僅僅溫柔善良，還有在關鍵時刻為自己犧牲的勇氣和擔當。

七七道：「你難道真的沒有嫉妒心？」

龍曦月點了點頭道：「喜歡一個人不是佔有而是付出，其實我能夠擁有今天的一切，已經很知足了。」

七七道：「可是我不知足！」說完之後她又補充道：「我還很嫉妒！我沒有容人之量！」

龍曦月笑了起來。

七七皺了皺眉頭：「你居然還笑得出來？你難道不擔心我會對你不利？」

龍曦月搖了搖頭。

「你不擔心有一天因為你紅顏老去，他會喜新厭舊，他會對你變心？」

龍曦月依然搖了搖頭。

七七歎了口氣：「你這樣的人能夠活到現在，簡直是一個奇蹟。」

龍曦月道：「我答應過小天，不會讓他傷心，所以我必須要好好保護自己，所以任何人都休想傷害到我，同樣，我將小天看得比自己的性命更加重要，所以任何人膽敢傷害他，我第一個不會答應。」

七七有些詫異地回過頭去，正看到龍曦月溫柔如水的眼眸中第一次迸射出的徹骨寒意，她還從未在龍曦月的眼中看到這樣的神情。七七甚至感到有些害怕，她的目光落在瑤池波濤瀲柔的水面，水至柔，然而水能載舟亦能覆舟！她忽然想透了其中的道理。

龍曦月道：「我之所以勸你嫁給小天，其實原因很簡單，因為你能夠幫上他，因為你喜歡他，他也喜歡你，而最重要的是，你鬥不過他，過去如此，現在仍然如此，以後永遠都會如此，所以，你最好別做傻事！」說話的時候，她輕輕撫摸著七七被細雨濕潤的秀髮，七七忽然感到頸後有些發冷。她一直以為龍曦月生活在雲端，不知世態炎涼人心險惡，卻想不到她早已看穿了一切。

七七道：「過去別人都說女生向外，現在我方才真正體會到這句話的意義，原來為了一個男人，可以將祖宗丟去，可以將江山社稷視為塵土！」

龍曦月道：「皇位只是一個象徵，誰坐在上面並不重要，誰能做到國泰民安那才重要，古往今來戰火不斷，又有哪一場戰爭不是百姓在為了野心家的欲望付出？」說到這裡她似乎有些累了，懶洋洋打了個哈欠道：「你到底是約我來遊湖踏青呢，還是討論家國大事？」

七七道：「不是你提起了他，我怎會說那麼多？」

龍曦月笑道：「有件事我很好奇，如果他向你提親，你究竟答應還不答應？」

七七道：「你不是他，所以我沒必要回答！」

胡小天此番返回康都，比起過去聲勢浩大了許多，隨行人員有千人之多，其中就包括率軍攻克域藍國的霍勝男和昔日尉遲冲手下的幾名得力幹將，他們前往康都是要接受朝廷冊封和重賞，諸葛觀棋也和胡小天同行，他此次前往康都的目的是為了親眼見識一下龍靈勝境和七寶琉璃塔。

除了這些人之外，秦雨瞳也低調同行，此番同行倒不是為了陪同胡小天，而是她的小腹開始隆起，按照受孕的日期推算已經是懷胎十月，可月份大不相符，也就是正常懷孕五個月的樣子，胡小天為此也有些擔心受怕，好不容易才打響一炮，生怕中途又變成了啞炮。秦雨瞳倒是非常坦然，告訴他因為她體質的緣故，可能懷孕期要相對長一些，胡小天因此又擔心可能如凌嘉紫那樣，懷孕七年方才誕下七七，還好秦雨瞳的肚子已經開始初現規模，按照秦雨瞳的推算，她的生產日期可能要在年底，如此算來也要兩年了。

秦雨瞳本不想返回康都，可是最近得知父親生了重病，因為擔心父親的病情，所以決定隨同胡小天一起返程。

胡小天這一路之上自然少不得跟霍勝男親近，只是霍大將軍的肚子仍然沒有任何動靜，此事讓胡小天深感不解，閑來向秦雨瞳請教天人萬像圖的奧妙，按照秦雨瞳的說法，天人萬像圖只是對她這種擁有天命者血統的後代有效，連她也搞不懂為何胡小天能讓自己受孕，而不能讓霍勝男、龍曦月等人有孕。

胡小天雖然心中遺憾，可暫時也沒有解決的辦法，看來這世上沒有完美無缺的事情，目前最有可能懷上他骨肉的，除了秦雨瞳之外，也只有姬飛花和七七了。

距離康都城門還有十里，就看到沿途歡迎他們的百姓，連胡小天自己都沒有料到，他的聲望在這段時間內又上升了不少，究其原因卻是龍曦月在暗中佈局，再加上丐幫的幫眾到處傳播胡小天的仁德，現在不但是大康百姓，幾乎天下受苦受難的老百姓都已經將胡小天當成了他們的救星。此番攻下域藍國，更是將胡小天的聲望推到了階段性的高點，大康已經很久沒有聽到這樣揚眉吐氣的消息了。

胡小天一行人的到來讓整個康都沉浸在一片歡樂的海洋中，家家戶戶懸燈結彩，大街之上舞龍弄獅好不熱鬧。朝廷方面永陽公主並未親自相迎，而是派出了洪北漠，或許是知道洪北漠要來，王妃龍曦月也沒有出城相迎。

胡小天和洪北漠見過之後，洪北漠先是虛情假意地恭維客套了一番，然後將此次相迎的主要目的告訴了胡小天，卻是七七請胡小天直接前往皇宮相見。

上命難違，胡小天讓其他人先返回鎮海王府，自己則和洪北漠一起去了皇宮。登上洪北漠的座車和他共乘。洪北漠道：「恭喜王爺，賀喜王爺，攻克域藍國，立下不世之功！」

胡小天的表情並沒有半分得意，淡然道：「征服區區一個域藍國，又算得上什麼不世之功。」

洪北漠道：「勝不驕敗不餒，王爺的境界果然非比尋常。」

胡小天還是頭一次聽到洪北漠這樣恭維自己，不由得笑了起來：「洪先生向來不苟言笑，今日卻一反常態，不知是什麼緣故？」

洪北漠道：「此一時彼一時，洪某雖然算不上當世俊傑，可時務這兩個字還是懂得的。」這番話雖然說得不情願，可現實終究是現實，而今的胡小天非但掌控了大康版圖內超過半數的土地，而且和朝廷的關係也重新進入蜜月期，如果傳言屬實，他這次回來是為了向永陽公主提親，那麼他將會成為大康毋庸置疑的王者。

胡小天道：「皇陵那邊進展得還順利嗎？」

皇陵裡面的秘密兩人心知肚明。

洪北漠笑了笑，然後壓低聲音道：「萬事俱備只欠東風！」說這番話的時候，他的內心中並不舒坦，這樣的狀態已經維持了很久，總是差那麼一點能夠成功，他似乎已經看到了成功，距離成功只有一步之遙，而這一步卻走得如此艱難。他的心中有不少疑問，關於梵音寺，關於那兩顆失蹤的頭骨，自從頭骨失蹤後，宛如石沉大海再也沒有消息，洪北漠始終堅信解決飛船最後問題的關鍵全都在頭骨之中。

胡小天道：「洪先生只管安心，這件事總會解決！」其實他也不清楚應當如何解決，自從梵音寺一戰之後，姬飛花、劉玉章甚至包括緣木大師這些人全都失去了下落，姬飛花讓他安心做好自己的事情，那兩顆頭骨她負責找尋，說起來而今已經到了四月下旬，距離劉玉章約定的七月初七也只有不到三個月的時間，不知姬飛花能否成功找回頭骨？

洪北漠點了點頭道：「相信王爺可以做到！」

馬車停了下來，胡小天掀開車簾，卻發現已經來到了皇城之外，不是正門，看來七七事先做好了安排，確認車內人的身分之後，馬上侍衛就予以放行。

洪北漠也只是將胡小天送到了東祥門前，胡小天下車之後，看到小太監尹箏已經笑瞇瞇站在門前恭候。

洪北漠向胡小天笑了笑道：「王爺，今日洪某就不耽擱您的正事了，明天上午洪某會親往王府拜會。」

胡小天向他抱了抱拳：「恭候洪先生大駕光臨！」心中難免有些奇怪，洪北漠今次親自過來送自己，究竟是為了主動示好還是另有其他的想法？總覺得這老傢伙有事情沒有說出來。

目光轉向小太監尹箏，尹箏笑得越發獻媚了，低頭哈腰道：「小尹子見過王爺，王爺越發的丰神玉朗，瀟灑不凡了，如此氣宇軒昂，玉樹臨風的美男子當真是人間少見呢！」

胡小天咧開嘴巴嘿嘿笑道：「你這張破嘴是罵我呢，還是咒我呢？」

尹箏慌忙解釋道：「小尹子全都是發自內心的仰慕和讚賞啊！若是有一絲一毫不敬的念頭，就讓我不得好死。」

胡小天哈哈笑道：「別輕易發毒誓，萬一應驗了反倒不好。」他率先走過東祥門，尹箏麻溜地跟上，滿臉媚笑道：「公主殿下此刻正在勤政殿等著王爺您呢！」

胡小天微微一怔，本以為七七會在紫蘭宮接見自己，想不到是在勤政殿，算起來兩邊距離這裡都差不多遠，選擇在勤政殿見自己是要公事公辦的意思嗎？這妮子的性情還真是有些不好捉摸。

尹箏快走了兩步為胡小天在前面引路，周圍也沒有其他的宮人。

胡小天道：「最近都有什麼有趣的事情呢？」

尹箏道：「沒什麼大事，也就是王妃娘娘時常來宮中走動，對了，公主殿下最近忽然迷上刺繡，對朝政比起過去懈怠了些，應該是朝裡也沒什麼大事發生吧。」

胡小天道：「朝裡沒什麼事情？」

尹箏笑道：「奴才一個宦官，哪敢管外面的事情，都只是聽說。」

胡小天漫不經心道：「都聽說了什麼？」

尹箏道：「聽說太師不姓文而姓李，還是大雍靖國公李玄感的親兒子呢。」

這一消息對胡小天而言也算不上什麼新聞，他笑道：「說點新鮮的！」

尹箏狡黠道：「新鮮的您還是直接去問公主殿下。」

胡小天道：「只怕她不肯跟我說呢。」

尹箏笑道：「不跟您說還能跟誰說？忘了恭喜王爺了！」

「何喜之有？」

尹箏道：「天下人誰不知道王爺這次回來是向公主殿下求親的？」

胡小天不禁莞爾：「我都不知道你又知道了？」

尹箏道：「大家都這麼說，所以奴才斗膽說出來了，不過這件事公主殿下顯然也是知道的，王爺應該不會讓公主殿下失望吧？」

胡小天心中暗自苦笑，今次動靜鬧得那麼大，若是自己不向七七求婚，她豈不是要失望之極？搞不好又會惱羞成怒，翻臉成仇？愛恨果然就在一念之間。

來到勤政殿，尹箏也沒有進去通報，示意胡小天直接進去就行，放眼整個大康，也只有胡小天才有這樣的面子。

胡小天走入勤政殿，發現整個大殿內空空蕩蕩，心中正在奇怪之時，聽到後方畫屏後傳來腳步聲，舉目望去，卻見七七身穿白色長裙，樸素得就像一個民家的女孩兒，緩步走向自己。

胡小天以為自己看錯，過去在這樣的地方，又有哪一次七七不是華服加身，這樣的裝扮換成紫蘭宮並不算稀奇，可是在勤政殿就顯得有些奇怪了，而且這白色長裙在這樣的季節未免顯得單薄了一些，她也不缺衣服啊！胡小天忽然想起，自己當初在蘭若寺第一次見到七七的時候，她就是同樣的一身裝扮。

望著婷婷嫋嫋走向自己的七七，胡小天不得不承認這小妮子成長了發育了，美得動人心魄，當然如果胸再多點起伏和曲線就更完美了。

七七從他目光的落處已經知道這廝此刻在想什麼，俏臉有些發熱，心中暗罵他無恥，當然不是責怪他侵略性的下流眼光，而是責怪他心中所想，這廝一定在放大自己的缺點。

胡小天微笑道：「微臣胡小天叩見公主千歲千歲千千歲！」語氣非常誇張，可是並未見他有任何行禮的舉動。

七七哼了一聲道：「既然是叩見，你因何不跪？」

胡小天道：「跪下你還得攙起我，我是體恤你，擔心累到了你！」

七七道：「底氣足了，翅膀硬了！」

胡小天道：「硬了……」停頓了一下又道：「我沒翅膀！」

七七的俏臉徹底紅了起來，揚起手來作勢要打他，可落下去的時候卻非常緩慢，胡小天根本沒花費任何的力量就已經將她的皓腕拿住，想要將她拖入自己的懷抱，冷不防七七抬起長腿踢向他的要害，胡小天抬腿擋住，愕然道：「剛剛見面，用不著那麼歹毒吧？」

七七嗔道：「放開我！」

胡小天果然放開了她，向後撤了一步。

七七顯然沒有料到這廝那麼乖，過去又有哪次他不是涎著一張厚臉皮湊上來，這樣的舉動顯然出乎自己的意料之外。

胡小天道：「武功有進步？看來我不在康都的時候，你偷學了不少！」

七七意味深長道：「靠人不如靠己，權公公不在了，我總得學會一些自保的功夫，免得被你這惡人欺負！」

胡小天笑道：「果然是針對我，你從小到大，好像專門為了跟我作對而存在，若是失去了我這個對手，你活著還有什麼意義？」

七七歎了口氣道：「我也是剛剛發現了這個問題，可是我又發現自己始終都沒有占過上風，你是男人嘜，年齡還比我老那麼多？為何不懂得讓讓我？」

胡小天心想，若是將受孕期算上，你的實際年齡要比我還大，這廝沒想著把自己上輩子活過的年頭加上，他笑道：「通常來說，女性的心理年齡要比男性大許多，從生理學的角度來說，你應當讓我才對！」

七七望著這厚顏無恥的傢伙，討厭，心頭癢癢的那種討厭。

胡小天繼續上下打量著她，嘖嘖讚道：「女為悅己者容，你今天穿得雖然不倫不類，可看得出應該是花費了一番心思，如果我沒有記錯，你第一次見到我的時候就是這身打扮，連髮帶都一模一樣呢。」他伸出手去輕輕扯了扯七七藍色的髮帶。

七七瞪了他一眼，這廝的記憶力實在是太好，真是沒意思，沒情趣，哪怕是裝出想不起來，做做樣子也好，就不知道讓人家的虛榮心滿足一下，就不能讓讓我！冷哼了一聲沒好氣道：「聰明人往往不長命！天妒英才！」

胡小天笑道：「老天爺更不喜歡美人兒，天妒紅顏！今兒是怎麼了？一見面咱們居然就相互詛咒起來，難不成想做一對短命鬼？」

七七道：「你這麼賤怎麼捨得死？」

胡小天被她罵的不怒反喜，哈哈大笑起來。

七七也忍不住笑了，俏臉之上居然流露出幾分溫柔嫵媚的樣子，關切道：「你累不累？」

胡小天心中暗忖，還算你這丫頭有良心，老子風塵僕僕長途跋涉而來，總還知道問候一句。點了點頭道：「你這一說我還真感到有些累了，急著要見你，真可謂是歸心似箭，這一路之上也沒顧得上歇息。」

七七主動挽住他的手臂道：「你先坐著，咱們慢慢說，反正有的是時間。」

胡小天被她攙著來到了龍椅旁，七七道：「坐！」

胡小天就知道這妮子不會突然轉變了性子，這麼大一間勤政殿，就只有一張椅子，這可是龍椅，你讓我坐，根本就是在試探我，是想看看老子有沒有這個膽子，有沒有這個野心？胡小天哪能輕易上她的當，乾咳了一聲道：「這椅子太硬，硌屁股，我還是站著舒服點。」

七七放開他，自行坐下了，故意道：「我怎麼不覺得？」

「那是因為你屁股肉多！」

「呸！你不要命了？」

胡小天嘿嘿一笑，目光又習慣性地降落在飛機場上，看看這規模，也能夠想像得到，七七某處的肉也多不到哪裡，不過自己無意中倒是也拍打過，彈性還算不錯，也夠飽滿。

七七向一旁挪了挪嬌軀，拍了拍空出一大塊的龍椅，柔聲道：「坐嘛，這張椅子足夠大，容得下咱們兩個。」

胡小天道：「一路都坐著，還是站著舒服，再說，坐久了對腰不好，男人要是腰不好，麻煩可就大了。」

七七格格笑了起來，然後不屑瞥了他一眼道：「看來你還是習慣在一邊站著，太監似的！」

胡小天道：「此言差矣，太監即便是站著也是低頭哈腰，卑躬屈膝，我是昂首挺胸，筆直挺立，同樣是站，可氣質方面完全是兩個概念。」

七七歎了口氣道：「有人其實是沒有膽子，可偏偏要往自己臉上貼金，不敢坐就是不敢坐，說那麼多廢話幹什麼？」

胡小天道：「在你心中，究竟是這張椅子重要呢，還是我更重要一點？」

七七道：「人豈可和東西相比，你不是東西！」

胡小天當然聽出她在拐彎抹角地罵自己，他微笑來到七七面前，突然單膝跪了下去，七七被他突然的舉動嚇了一跳，卻見胡小天變戲法一樣拿出了一支嬌豔如火的紅玫瑰，送到她的面前。

七七咬了咬櫻唇，望著那支紅玫瑰，一顆芳心彷彿被這火焰的顏色染紅，繼而感到不受控制地突突狂跳起來，她小聲道：「你這是做什麼？」嘴上問著，可仍然接過了那支玫瑰花。

胡小天又掏出一個精緻的小盒子，打開之後，露出裡面一顆碩大的鑽戒，要說這時代可不時興這玩意兒，這顆鑽石也是胡小天偶然獲得，委託宗唐按照自己的意思打磨加工完成，如果是在他前世，這戒指也稱得上鴿子蛋了，七七雖然見多識廣，仍然在鑽石璀璨奪目的光芒面前表現得有些吃驚，胡小天道：「嫁給我！」他的聲音低沉而充滿深情，顯得是那樣的讓人難以抗拒。

七七明明知道這廝是在用盡心機施展手段來迷惑自己，此前她甚至已經考慮到了這種可能，認為自己足以抵禦得住這廝的攻勢，也想好了對策，可是在現實面前，她此前的準備卻早已被她忘了個一乾二淨，望著那顆讓人目眩神馳的鑽戒，美眸竟然濕潤了。她閉上眼睛，強迫自己平息下去。

胡小天也不心急，靜靜等待著，過了好一會兒方才聽到七七道：「胡小天，你不要以為我不知道你究竟在打什麼主意？」

胡小天道：「這裡只有你我，有什麼話但說無妨，不過還望長話短說，男兒膝下有黃金，你總不能讓我這樣一直跪著。」

七七緩緩睜開雙眸，盯住胡小天的雙目道：「你心中真正想要的是大康江山，而不是我！」

胡小天呵呵笑了起來：「大康江山於我何干？當皇帝又有什麼好？你願意當皇帝我絕不跟你爭，相比大康的江山，我對你的興趣更大一些。」

「你撒謊！」

「一個男人願意對你撒謊，至少證明你在他的心中擁有重要的地位，如果一個男人肯騙你一輩子，那麼我看你還是趕緊嫁了吧，不然只怕再也遇不到那麼在乎你，那麼有耐心的好男人！」

七七道：「我又怎麼知道你會跟我長相廝守？」

胡小天道：「這世上任何事都是有風險的，玫瑰花雖美，採擷時也要冒著被刺扎傷的風險，我之所以拿下域藍國，不是像外界所傳的要用域藍國當作聘禮向你求婚，而是我要向你證明，沒有你的權力，沒有你的江山我一樣可以打下大大的天下，只不過我對這些事興趣並不大，江山美人，相比較而言，我還是更愛後者。」

七七道：「你身邊女人實在太多，你還是一個有婦之夫。」

胡小天道：「你若是覺得自己吃虧，大可以將我拒絕，放眼大康，好男兒成千上萬，只要你願意，想挑幾個就挑幾個。」

「你混蛋，以為我像你一般濫情？」

胡小天笑道：「那就是喜歡我，其實感情本來就是兩情相悅的事情，合則來不合則分，你若是嫁給我覺得虧了，以後大可一封休書把我給休了，咱們一拍兩散，我絕不死纏爛打妨礙你的前程，你仍然可以追求自己的幸福。」

七七盯著那顆鑽戒，顯然還在猶豫：「可是……我仍然覺得自己吃虧了……」

胡小天道：「你若是當真存有這樣的想法，全當我今天什麼都沒說，什麼都沒做過，這顆鑽戒我收回，玫瑰你留著，算是咱們相識一場的紀念，我今兒就帶領我的部下回去，以後再不踏足康都半步。」這廝作勢要站起身來。

七七見他如此反倒有些慌了：「你給我跪著，人家也沒說不答應……」

胡小天心中暗笑：「任你小妮子精靈古怪，可在情場之上，咱倆還真不是一個級數的對手。」

七七仍然沒有去接那顆戒指，輕聲道：「你到底喜歡我哪一點？」

胡小天道：「胸！」

七七下意識地把胸含了起來：「胡說！」自己這方面可算不得優點。

胡小天道：「胸懷寬廣！」

七七方才知道自己誤會了他的意思，俏臉緋紅道：「還是胡說……」這方面她還是有著自知之明的，自己的胸懷算不得寬廣，也時常會生出嫉妒之心，不然他們之間也不會生出那麼多的波折和變故。

胡小天壓低聲音道：「有一個秘密……」關鍵時刻卻故意停頓了一下。

七七有些迫不及待問道：「什麼？別婆婆媽媽。」

胡小天道：「我很好奇，像咱們倆這樣精明，將來生的孩子將會如何厲害？」

七七紅著臉道：「誰要跟你生孩子？」

胡小天道：「你若是仍擔心我圖謀江山，咱們大可立個君子協定，我絕不插手你的朝政，等你將來懷上了我的骨肉，只管將皇權交到他手中，你意下如何？」

七七歎了口氣道：「胡小天啊胡小天，你分明是訛定了我。」他倒是沒說要當皇帝，他要當皇帝的爹。

胡小天道：「真覺得吃虧，你可以不答應。」

七七卻一把將他手中的戒指搶了過去，自己戴上了，揚起手在眼前仔細看了看，唇角泛起一絲掩飾不住的喜色，小聲道：「就算生了兒子，也要跟我姓！」

胡小天心想你自己姓什麼你只怕都不知道呢？楚源海才是你親爹，你跟龍家一丁點的關係都沒有。他連連點頭道：「好啊，就跟你姓，不過老大跟你姓，老二、老三他們都得跟我姓，不然我豈不是白忙活一場？」

七七白了他一眼道：「你反正從來都不肯吃虧。」

胡小天站起身來忽然一把將她攔腰抱了起來，七七一聲嬌呼，嚇得抱住了他的頸部，不曾想這廝轉身就坐在龍椅之上，將她橫抱在懷中，低頭給了她一個纏綿悱惻的長吻。

洪北漠走入觀星樓，臉上的表情變得肅穆而凝重，打開暗門，沿著階梯一步步走了下去，通過三層厚重的銅門，方才抵達地底的密室之中。一位老者躺在床上，不停咳嗽著。

洪北漠來到床邊，輕聲道：「義父，您感覺好些了沒有？」

那老者仍然不停咳嗽，過了好一會兒方才緩過氣來，緩緩搖了搖頭道：「不成了，只怕這次……我是不成了……」這老者赫然是鬼醫符刓。

洪北漠歎了口氣，此時從裡面房間內，出來了一個中年男子，正是追隨鬼醫符刓的啞巴，啞巴雙手中端著藥碗仍然冒著熱氣，一看就知道這藥剛剛煎好。

洪北漠使了個眼色，從啞巴手中接過藥碗，啞巴轉身離開房間，將房門關閉。

洪北漠伸出手臂，攙扶鬼醫符刓坐了起來，小心試了試湯藥的溫度，然後服侍鬼醫符刓將藥吃了。

鬼醫符刓吃完湯藥，洪北漠將空碗放在一旁，又拿了兩個軟墊墊在他的身後。自己搬了一張凳子在床邊坐下，輕聲道：「胡小天已經抵達京城了。」

鬼醫符刓點點頭，表情顯得極其疲倦：「有沒有劉玉章和姬飛花的消息？」

洪北漠搖了搖頭。

鬼醫符刓道：「他們必然還會回來。」

洪北漠道：「那兩顆頭骨究竟在什麼地方？」

鬼醫符刓歎了口氣道：「不知道，興許胡小天知道頭骨的下落。我怎麼都沒有料到，他竟然會和胡小天聯手合作！」

洪北漠低聲道：「劉玉章？」

鬼醫符刓唇角露出一絲苦澀的笑容道：「他根本就不是劉玉章，雖然他的樣子和過去完全不同，可是仍然瞞不過我的眼睛，他是林超，當年我們越空小隊的隊長……」說到這裡他繼續咳嗽了起來。

洪北漠耐心等待著，直到鬼醫符刓這次的咳嗽平息下去，方才繼續問道：「您不是說他已經死了嗎？」

鬼醫符刓搖了搖頭道：「當初我的確以為他死了，沒想到他仍然活著，而且成為了一個太監。」

洪北漠歎了口氣道：「為了掩飾自己的身分，他也算得上果敢堅忍，竟然可以承受這樣的屈辱。」

鬼醫符刓呵呵笑道：「你不瞭解他，他性情高傲冷酷，完全不是現在這個樣子，他不會主動自宮成為太監的，當年他是我們之中的領袖，為了引開天命者，主動犧牲，若非是他的主動犧牲，我們整個越空小隊只怕當時都要全軍覆沒。」

洪北漠道：「義父，當年你們降落在這裡，為何會遇到天命者？」

鬼醫符刓的目光突然變得迷惘起來，回憶了一會兒方才道：「其實當年我們並非是湊巧遇到了天命者，而是被一股神秘的力量所指引，現在回想起來，當初就應該是一個圈套，那股力量將我們引誘到天命者的藏身處，從而引發了一場戰鬥。」

洪北漠倒吸了一口氣：「您是說除了越空者和天命者外，還有另一支力量？」

鬼醫符刓抿了抿嘴唇，他沒有說話，等於默認了洪北漠的提問。

洪北漠道：「當年那場戰鬥之後，你們應該還有三人倖存吧？」

鬼醫符刓點了點頭道：「徐明穎、我、胡志成。林超吸引了天命者的注意力，給我們三人創造了逃生的機會，我們三人又在逃亡中失散。」

洪北漠道：「如此說來林超倒也算得上一位勇士。」林超就是劉玉章，按照鬼醫符刓的說法，如果沒有他的犧牲，其餘隊友只怕要被天命者一網打盡了。

鬼醫符刓歎了口氣道：「他當時那樣做不是沒有原因，他和徐明穎本是一對戀人，而且徐明穎那時已經有了身孕，林超主動犧牲更是為了保住他們母子。」

洪北漠點了點頭，無論怎樣說，能讓一個人主動赴死，保護其他人，其勇氣都是令人佩服的。

鬼醫符刓道：「我們失散一段時間，我輾轉找到了他們兩個，卻發現徐明穎和胡志成走到了一起，而且徐明穎已經流產了，據說就是在那次逃亡中不慎流產，在這樣一個完全陌生的世界，彼此之間都需要相互慰藉，他們走到一起也是再自然不過的事情，雖然我認為林超只不過才去世了兩個月，他們這樣有些不妥，可是想到現實，又有什麼好指責的呢？對我們每個人來說，最重要的事情就是活下去。」

洪北漠道：「後來呢？」

鬼醫符刓道：「徐明穎明顯還沒有從失去戀人和腹中胎兒的悲痛中走出來，胡志成找到我，讓我幫忙讓其中一顆火種復甦，希望通過這種方式讓徐明穎儘快擺脫痛苦。」說到這裡，他深深吸了一口氣，臉上的表情變得異常古怪，瘦骨嶙峋的雙手突然攥緊了拳頭：「就在我成功復甦其中一顆火種的時候，那天晚上，徐明穎在我們的飯菜中下了迷藥，醒來後，我竟然看到徐明穎親手殺死了胡志成……」

洪北漠也不由得驚呼了一聲。

鬼醫符刓道：「我不知他們之間發生了什麼，徐明穎本來要殺我，可是關鍵時刻她卻突然暈倒了，生了急病，我磨斷繩索將她救治，然後悄悄離去，我不想殺她，也不想被她殺死，所以只能選擇遠離……我隱姓埋名了許多年，後來突然聽說一個經商奇才宛如彗星般崛起於江南，一個偶然的機會我知道那個神秘的女子就是徐明穎，也就是人所共知的徐老夫人。她又嫁了人，虛凌空！」

洪北漠望著鬼醫符刓充滿憂傷的雙目，心中暗忖，看來義父當年也應當是喜歡徐明穎的，不然何以會流露出這樣的憂傷和失落。

鬼醫符刓道：「每一顆火種的基因中都存在缺陷，這缺陷並非先天具有，而是人為設置，你也一樣。」

洪北漠點了點頭道：「當年楚扶風的事情之後，我方才知道自己的出身緣起，老太太本想殺了我，如果不是義父，只怕我那時已經難逃毒手了。」

鬼醫符刓道：「她變了，再不是當年的徐明穎，我當時之所以能夠救你，是因為她有求於我，不得不做出些許的讓步和妥協。」

洪北漠道：「她究竟想要什麼？」

鬼醫符刓道：「我不知道，而我這些年只想著回去，我的家中還有妻兒……」

說到這裡他的雙目濕潤了，轉過臉去，不想被洪北漠看到他老淚縱橫的樣子。

洪北漠拍了拍他的手，低聲道：「還有機會。」

鬼醫符刓搖了搖頭道：「沒有了，我比任何人都清楚這件事，我命不長久了，你要回去，你也有親人，每一顆火種都有身分證明，所幸我在徐明穎毀去所有檔案之前，將你的保留下來，這些年我的研究，我的心得，全都要靠你帶回去。」他緊緊握住洪北漠的手。

洪北漠充滿失落道：「可惜修復飛船的關鍵仍然在那兩顆頭骨之中，那兩顆頭骨一顆在胡不為的手中，另外一顆很有可能落在薛勝景的手裡。」

鬼醫符刓道：「不是還有七七？你不是說她已經完全掌握了頭骨的秘密？」

洪北漠道：「那妮子心機深重，現在更有胡小天給她撐腰，她未必肯對我說實話，再者說她是天命者的後人，若是得知實情，十有八九不會站在我這一邊。」

鬼醫符刓道：「看來還得從胡小天入手，我雖然只見過他一次，可總覺得這小子和我們應該不是敵人。」

洪北漠點了點頭道：「明天我再會他一會。」

鬼醫符刓咳嗽了一聲道：「還是我去！」

「您去？」

鬼醫符刓道：「此時若是不見，只怕我再也沒有見他的機會了。」

第九章

背叛

胡小天聽說徐老太太和劉玉章是一對戀人，
否則無法解釋劉玉章為何對徐老太太恨之入骨，
如此看來背叛他的那個必然就是徐老太太，
難不成徐老太太和鬼醫符刓有私情，
兩人聯手給劉玉章戴了頂綠帽子？

天色未亮，胡小天已經醒來，望著懷中雲鬢蓬亂的龍曦月，更覺美人如玉，愛到極致，悄悄移開身軀，為她蓋好錦被，披上衣服走出門外。

外面仍然是一片漆黑，一彎新月孤獨掛在西方的夜空，胡小天舒展了一下手臂，緩步來到外面的花園，看到胡佛已經在那裡修剪花草了。

胡佛看到胡小天馬上收起花剪，來到他的面前恭敬請安道：「少爺早！」

胡小天望著胡佛斑白的兩鬢，心中暗歎，匆匆一晃那麼多年過去，胡佛也已經老了，過去胡府的這些家丁護衛全都經過了一番縝密調查篩選，最終留下的這些人應該說都沒有問題。

胡佛道：「少爺，剛才霍將軍讓人稍信過來，說周丞相那邊需要人照顧，她留在那邊陪著秦姑娘了。」

胡小天點了點頭，自從來到康都之後，霍勝男就和秦雨瞳一起去了周睿淵那邊，說是幫著秦雨瞳照顧，其實是留給胡小天和龍曦月一個小別重逢的空間，讓胡小天欣慰的是，他身邊的紅顏知己都非常通情達理，也都知道體諒彼此。當然七七卻是一個例外，不知這妮子的性情能否融入到自己這個原本和諧的後宮團中。

胡小天道：「葆葆還在天機局？」

胡佛點了點頭道：「是！葆葆姑娘主動要求過去，洪先生發明了一樣東西，有助於她的康復，少爺回來之前，王妃專程去天機局探望她了，因為她正處在康復的關鍵期，所以就沒接她回來，也沒有將少爺回來的消息告訴她。」

胡小天道：「這樣最好。」龍曦月溫柔善良，做事周到細緻，一定是葆葆的身體狀況不允許，否則她一定會接葆葆回來跟自己團聚。

兩人說話的時候，天光已經放亮，天機局方面洪北漠一大早就讓人送請帖過來，胡小天本來以為洪北漠昨天說好了要親自來這邊拜會自己，想不到他居然改變了主意，放棄登門，轉而請自己去天機局相見了。

讓胡小天意外的是，洪北漠非但沒有慢待自己的意思，反而親自帶著車馬過來迎接。

胡小天登上洪北漠的座車，不由得笑道：「洪先生太過隆重了，怎麼好意思讓您親自過來引路，這讓本王有些誠惶誠恐了。」

洪北漠道：「其實我本來打算登門拜會，可昨日突然發生了一件事情，讓洪某又改變了想法。」

「什麼事情？」

洪北漠將一物遞給了胡小天，卻是一把柳葉刀，這樣形狀的柳葉刀本不屬於這個世界，胡小天接過柳葉刀，原本以為這手術刀是自己委託天工坊打造而成，可是仔細一看上方鐫刻的名字卻是符刓，內心不由得一震。洪北漠不會平白無故遞給自己這把手術刀，這把刀難道就意味著他和鬼醫符刓之間有著密不可分的聯繫？

胡小天默默鑒賞著這把刀，沉默良久方才道：「你知道他的下落？」

洪北漠點了點頭：「他就在天機局！」

鬼醫符刓端端正正地坐著，雖然坐得很直很正，可胡小天還是一眼看出他的狀況很不好，微笑向鬼醫符刓點了點頭道：「前輩別來無恙？」

鬼醫符刓笑瞇瞇望著胡小天，然後對洪北漠輕聲道：「你先去吧！」

洪北漠恭敬退了出去，為兩人掩上房門。看到眼前一幕，胡小天已經明白，鬼醫符刓和洪北漠之間非但早就相識，而且他們的關係非比尋常。

胡小天故意向身後掩上的房門看了一眼：「他很聽你的話啊！」

鬼醫符刓道：「他是我的義子。」

「一顆火種？」

鬼醫符刓不置可否地點點頭道：「如果不是我，他早已死在徐老太太手中。」

胡小天歎了口氣道：「原來當初咱們見面的時候您老一句實話都沒對我說，還說什麼要毀掉飛船，其實洪北漠修飛船的背後指使者就是您老啊。」

鬼醫符刓道：「也有些實話，比如越空計畫，又比如我要死了……」停頓了一下，表情顯得有些憂傷道：「你應該可以看得出來，我命不長久了。」

胡小天笑道：「都說耳聽為虛眼見為實，可有些時候親眼見到的也未必是真的，我過去就曾經親眼目睹一個人死去，可事後證明我被人給騙了，其實人家活得好好的，不知多麼自在。」

鬼醫符刓道：「你說的是劉玉章吧？」

胡小天道：「聽起來您老跟他很熟悉？」

鬼醫符刓道：「怎能不熟啊！當年的越空小隊，他和我都是其中的成員，而且他是我們的隊長！他也一定跟你說了關於我的不少事情吧？」

胡小天搖了搖頭：「他倒是沒怎麼提起你，反倒是說徐老太太更多一些。」

鬼醫符刓道：「那是自然，他們原本就是一對戀人。」

胡小天還是第一次聽說徐老太太和劉玉章是一對戀人，過去他曾經做過這方面的猜測，否則無法解釋劉玉章為何對徐老太太恨之入骨，還說有人背叛他，如此看來背叛他的那個必然就是徐老太太，難不成徐老太太和鬼醫符刓有私情，兩人聯手給劉玉章戴了頂綠帽子？想到這裡，胡小天咧嘴笑道：「當初劉玉章為了拯救你們越空小隊選擇挺身而出犧牲自己，前輩和徐老太太做事只怕有些不夠厚道吧。」他是連猜帶蒙。

鬼醫符刓道：「你聽到些什麼？又胡說什麼？我和徐明穎之間沒有任何的瓜葛，更沒有做出過對不起他的事情……」說到這裡他不由得咳嗽起來。

胡小天仔細觀察著鬼醫符刓的神態，暗自揣度，看來這老傢伙沒說謊話。

鬼醫符刓咳嗽了好一會兒，方才緩過這口氣來，搖了搖頭道：「我就快不成了，癌細胞已在體內擴散，這幾天狀況急轉直下，我估計可能熬不過這個月了。」

胡小天其實在見他第一眼的時候就有了這樣的判斷，鬼醫符刓的狀況比起自己上次見他的時候差了很多，而且如果不是到生死垂危的時候，他也不會主動現身和自己相見，更不會主動揭穿自己和洪北漠之間的關係。

胡小天道：「前輩找我，是不是有什麼我可以幫上忙的地方？」

鬼醫符刓道：「你和劉玉章聯手攻打梵音寺，有沒有見到天命者？」他的目光充滿了期待。

胡小天搖了搖頭，他的確沒有親眼見到那名天命者。

鬼醫符刓雙目中的光芒瞬間黯淡了下去，低聲道：「你騙我，你一定見到了他，這件事非常重要，關係到這個世界還有我們過去世界的生死存亡，你對我說實話行不行？」

胡小天道：「我的確沒有見到什麼天命者。」

鬼醫符刓歎了口氣道：「不對，他明明應該藏身在梵音山上……不對……難道他早已經死了？」

胡小天道：「我雖然沒有見到他，不過有人見到了他！」

「誰？」鬼醫符刓再度激動起來，因為激動而劇烈咳嗽。

胡小天開始擔心這老傢伙隨時都可能閉過氣去，奉勸他道：「您老還是冷靜一些，不如先將您知道的事情跟我說一些，然後我再告訴你我知道的事情。」他拉了張椅子在鬼醫符刓的對面坐下。然後輕聲問道：「您老見過天命者？」

鬼醫符刓點了點頭：「我見過！」

胡小天道：「您有沒有見過一些白毛怪物。」

鬼醫符刓道：「那是星魈，天命者用來實驗的動物，他們最初來到這裡，利用星魈和這個世界的人類製造出來的混血怪物。」

胡小天倒吸了一口冷氣，這些天命者還真是夠邪惡。

鬼醫符刓道：「我會將我所知的事情全都告訴你，你也需將你所掌握的一切全都坦誠相告，此事非同小可，若是我們彼此不能坦誠相待，以後後悔都來不及。」

鬼醫符刓為了表示誠意果然再不隱瞞，將自己如何來到這裡，以及當初前來的目的和整個越空計畫的來龍去脈全都說了一遍。

胡小天對這些事原本就掌握了不少，他能夠判斷出鬼醫符刓所說的一切應當屬實，他也將自己前往攻打梵音寺尋找頭骨的事情說了，至於姬飛花和天命者見面後說的什麼他並未急於說出，畢竟不是自己親眼所見，做出些許隱瞞也是理所當然。

鬼醫符刓道：「天命者為何單單選擇姬飛花相見？難道他也有天命者血統？」

胡小天道：「你當年曾經為凌嘉紫做過剖腹手術，你有沒有研究過她的身體結構和我們究竟有何不同？」

鬼醫符刓閉上眼睛用力回憶著當年的一切，聲音低沉而緩慢：「凌嘉紫的身體結構和正常人類並無太多不同，只是她的血液為藍色。」

胡小天道：「她和你所見的天命者又有什麼不同呢？」

鬼醫符刓霍然睜開雙眼，有些驚奇地望著胡小天：「你還知道什麼？」

胡小天道：「你只需告訴我，她到底是不是天命者？」

鬼醫符刓道：「這正是我百思不得其解的地方，當初我們都認定凌嘉紫就是天命者，她非但掌控了大康皇帝龍宣恩父子，而且將洪北漠、任天擎、慕容展、權德安、劉玉章這些人全都控制住，一個女人擁有這樣的能力就不得不讓人警惕，可以說這些人都想將之除去，但是又始終下不了手，一是因為凌嘉紫太厲害，二是因為她太美麗，沒有人捨得對這樣一個尤物動手。」

胡小天點了點頭，看七七就能夠猜想到其母當年的樣子，七七在嫵媚風情方面應該有所欠缺，一旦這妮子完全成熟，她的魅力想想都讓人激動，更何況凌嘉紫當年。鬼醫符刓這番話應該有所隱瞞，他應該也是被凌嘉紫魅惑的人之一。

鬼醫符刓道：「機會終於還是來了，凌嘉紫有了身孕，她竟然會發生難產，過去我曾經目睹她不小心刺破手掌，血液是紅色，可是我為她行剖腹產的時候，她的血液卻是藍色。」

胡小天道：「這世上還有人能夠改變血液的顏色？」

「她的血液本來就是藍色，此前她都是在偽裝，凌嘉紫的基因比我們要強大無數倍，她可以自如模仿許多事情，甚至包括正常人的生理結構，可既便如此，她仍然有弱點，生產對她來說同樣是一道鬼門關，為了將後代產出，她幾乎將所有的力量都集結於此。當時……」說到這裡鬼醫符刓突然停了下來。

胡小天聽到了關鍵之處，屏住呼吸，生怕打斷他的思緒。

鬼醫符刓道：「我從未見過這樣的生理結構，她的體內猶如縱橫交錯的網路，就像是草木的根系，腹部的位置孕育著一顆蛋，根本沒有正常人類的特徵，甚至也和天命者的體內結構完全不同！」他看了胡小天一眼道：「我曾經解剖過天命者的身體，他們的內部結構和人類非常相似，而凌嘉紫完全不同，或許是天命者來到這個世界傳承之後發生了變異。」

胡小天道：「也存在另外一種可能，除了我們和天命者之外，這個世界上還存在另外一種神秘的智慧生命！」

鬼醫符刓望著胡小天，他的目光中流露出些許的恐懼，胡小天所說的事情曾經無數次萌生在他的內心中，他一直懷疑凌嘉紫既不是天命者也不是越空者，更不是這個世界的原住民，即便是基因變異也無法說通，不可能在短時間內出現如此之大的變異，胡小天應該還知道什麼。鬼醫符刓道：「不排除這種可能。」

胡小天歎了口氣站起身來，緩緩踱了幾步，低聲道：「據說當年飛船之所以墜毀，全都是因為飛船內混入了一個未知的生命體，而她想要控制飛船，飛船的船長在萬般無奈的情況下選擇迫降，以天命者的科技文明程度都拿她無可奈何，足見這個生命體何其強大。」

鬼醫符刓點了點頭，他已經能夠斷定胡小天所說的都是真的，而凌嘉紫極有可能就是當年隨同天命者一起墜落到這一星球的生命體。

胡小天道：「飛船迫降，天命者以為成功除掉了神秘生命體，卻沒有料到驚動了大康朝廷，天命者遭到圍攻，他們之中最重要的兩個核心人物被大康俘獲，倖存者四散而逃。天命者的頭骨之所以能夠得以保留，卻是因為他們利用某種神秘力量影響並說服了當時負責審問他們的兵聖諸葛運春，大康皇宮內的龍靈勝境和七寶琉璃塔遠超現實的建築工藝水準，由此可證明諸葛運春從他們那裡學到不少知識。」

鬼醫符刓倒吸了一口冷氣：「可是他們想要什麼？幫助諸葛運春的目的是為了什麼？」

胡小天道：「交換！他們必然是想通過這種方式保全某樣東西，這件東西很有可能就是克制那神秘生命體的終極武器！」

鬼醫符刓道：「你這麼一說我倒是有些明白了，當年我們越空計畫初期進行的非常順利，我們甚至已經找到了那艘飛船，正在準備著手挖掘的時候，卻被一個神秘的現象所吸引，一步步將我們引入到天命者的藏身處。我們和天命者之間的那場戰鬥兩敗俱傷，現在回頭想想，原來我們都是被人佈局設計了。」

胡小天道：「應該就是如此，那個神秘生命體來到這個世界後也變得極度虛弱，她需要長時間恢復，或許以她當時的力量已無法將你們剷除，所以就想出了這個辦法，讓你們彼此敵對，在不知情的狀況下互相殘殺，而她坐收漁人之利！」

鬼醫符刓瘦骨嶙峋的雙手緊緊攥起拳頭，來到這個世界那麼多年，他始終想不透當年為何會誤入天命者的藏身處，還以為是天命者設計將他們引入其中，胡小天的話應該接近了真相。他低聲道：「你見到了天命者？」

胡小天搖了搖頭道：「天命者不會見我這個沒有任何血統關係的人，這一切我也是聽別人所說，至於天命者之所以羈留這個星球那麼久的時間，並非是因為他們無力返回故土，而是因為他們發現了魅影的蹤跡，他們不敢回去，擔心將這險惡的生命體帶回故土，從而讓他們的星球蒙難。」

鬼醫符刓恍然大悟。

胡小天道：「洪北漠竭力修復那艘飛船，其根本原因應該在你的身上。」

鬼醫符刓低聲道：「不對，魅影已經死了，我明明親眼見證了凌嘉紫的死亡，一個人怎麼可能死而復生？」

胡小天道：「浩瀚宇宙，什麼事情都可能發生，生命也非你我目前認識的那樣，或許有些生命體已經超越了常規的範疇，你所看到的死亡只是某種狀態的休眠，而你所看到的肉體只不過是他們用來偽裝自己的一個外殼。」

鬼醫符刓喃喃道：「可是她如果不是實質上的生命體，為何能夠孕育？」

胡小天道：「我們所謂的孕育，對魅影來說或許只是合成製造生命的過程。」

鬼醫符刓的頭腦豁然開朗，過去苦思冥想不得其解的問題突然有了答案，他黯淡的雙目變得明亮起來，可旋即又黯淡了下去，低聲道：「你是說魅影還活著？」

胡小天道：「應該如此，我始終以為她就在暗處默默望著我們，等待機會。」

鬼醫符刓聽到等待機會這四個字內心頓時變得緊張起來，魅影等待的機會難道就是他們修復飛船？如果飛船修好，她會不會駕駛飛船離開？他充滿迷惑道：「可是她為什麼要離開？這個世界比起我們過去的世界大得多，即便是凌嘉紫生前，她也沒有對這個世界表現出太大的野心。」

胡小天道：「能讓人離開的最大理由就是不適合，也許這世界並不適合魅影生存，所以這麼久的時間她始終無法變得更加強大，也許她的野心不僅局限於此。」

鬼醫符刓道：「那豈不是說如果飛船無法修復，她就永遠也無法離開？」

胡小天點了點頭，然後又道：「別忘了魅影和天命者一樣存在了一百多年，這漫長的時間中，她的進化縱然緩慢可畢竟從未停息過，現在的她或許已經強大到我們無法想像的地步。」

鬼醫符刓心中暗忖，自己一直以來心中最大的願望就是修好飛船返回家園，然而他並未想到在自己的背後正有一雙眼睛窺探著一切，若是當真洪北漠修好了飛船，魅影必然要潛入其中跟隨飛船返回自己的家園，那麼自己將會給家人和故土帶去怎樣的災難！

心念及此，鬼醫符刓不寒而慄。他的雙手有些不安地握在一起，沉思良久方才道：「難道只有毀去飛船，方才能夠根除這個隱患？」

胡小天道：「毀掉飛船倒是逼迫魅影現身的唯一方法，可是在我們沒有確切的把握對付她之前，這樣做未免有些唐突。」

鬼醫符刓點了點頭，胡小天分析得不無道理，魅影之所以沒有輕舉妄動，就是因為想要利用他們修好飛船，換句話來說，他們這些人還有一定的利用價值，若是他們這些人想去毀掉飛船，那麼結果只能是逼迫魅影現身。他口中雖然說著毀掉飛船，可是心中卻是不忍，畢竟這艘飛船是他返回家園的唯一希望，即便是自己無法活著回去，也可以將這裡所瞭解到的一切送回去。

鬼醫符刓低聲道：「魅影就算再厲害，畢竟勢單力孤，若是我們聯手，一定可以將之消滅。」

胡小天道：「當年天命者擁有強大的武器，仍沒有將魅影殲滅，由此足見魅影的強大。」

鬼醫符刓咳嗽了一聲道：「凌嘉紫難道真的就是魅影？」

胡小天道：「凌嘉紫如不是懷孕生產，當年你們聯手會不會是她的對手？」

一句話問到了鬼醫符刓的痛處，他緩緩搖了搖頭。

胡小天道：「按照天命者的說法，魅影也在不斷進化適應這個世界，現在的她只會比過去更加強大。」

鬼醫符刓道：「你說天命者留下了一樣可以克制魅影的武器？」

胡小天點了點頭道：「應該是，這件武器極有可能藏在七寶琉璃塔地宮中。」

鬼醫符刓道：「劉玉章告訴你的？」

胡小天道：「他也不知地宮中究竟藏著什麼。」

鬼醫符刓道：「你想跟他聯手？我勸你還是不要癡心妄想，劉玉章恨極了天命者，他之所以成為現在這個不男不女的樣子全都拜天命者所賜，而他心中也同樣恨極了徐明穎，還有我們這些當初一起跟他前來的同伴，他認為我們背棄了他，他活著的目的就是為了報復。」

胡小天深有同感地點了點頭，忽然想到劉玉章此前幫助胡不為，其動機絕不單純，他應當在徐氏內部早已設下了埋伏。胡小天道：「至少他有好奇心，在打開地宮這一點上，我們的願望相同。」

鬼醫符刓道：「毀掉飛船的事情你千萬不可聲張。」

胡小天微微一怔。

鬼醫符刓低聲道：「人一生中總會有一些理想，為了這個理想甚至甘願犧牲生命，甚至甘願一生為之奮鬥和堅持，若是他知道你想要毀掉他的夢想，只怕……」

胡小天頓時明白鬼醫符刓所指的應當是洪北漠，對洪北漠而言富貴名利猶如過眼雲煙，他全都不放在心上，孑然一身，不近女色，沒有後人，能夠解釋他可以堅持數十年如一日修復飛船的理由只有理想二字，鬼醫說得不錯，若是洪北漠知道有人想要毀掉他畢生為之奮鬥的一切，他必將不惜一切代價來維護。

鬼醫符刓歎了口氣道：「過程雖然曲折精彩，只可惜我看不到結局了！」

胡小天道：「你會做出怎樣的選擇呢？」

鬼醫符刓道：「我的選擇並不重要，我只能保證讓洪北漠和你真心合作，然而你也需答應我一件事，若是能夠成功除掉魅影，你得幫助他修復飛船返回家園。」

胡小天心中暗忖，縱然能夠回去又有什麼意義？對那個世界而言，洪北漠也只是一個外來的陌生訪客罷了？難道鬼醫符刓當年營救洪北漠的同時，也將他此行的任務和信念灌輸到他的意識之中？

胡小天思量良久，終究還是搖了搖頭道：「這件事我不能答應你，那艘飛船很可能會為這個世界帶來一場毀滅性的災難。」

鬼醫符刓凝視胡小天，復又劇烈咳嗽起來，平歇之後喘了口氣道：「至少你沒有騙我。」他的目光黯然而迷惘：「你愛上了這個世界？」

胡小天道：「我是個隨遇而安的人，我來到這裡並沒有肩負任何的使命，就算這樣活下去也沒什麼不好，所以我也不想做出改變。」

鬼醫符刓道：「你擔心如果我們那邊的人得知這裡的一切，會大規模地湧入這裡，侵佔這裡，將這裡變成一個殖民地？」

胡小天道：「宇宙之中自然有它的法則，宇宙中存在著無窮無數個未知，宇宙無限，我們的生命卻有限，為何不好好享受我們有限的生命？任何人都不可能永遠佔有這裡的一切，即便是強如天命者，他們也註定只能是過客，你說是不是？」

鬼醫符刓沉默不語。

胡小天道：「若是沒有其他的事情，我先走了。」

鬼醫符刓點了點頭，嘴唇囁嚅了一下，艱難地說出了一句話：「也許我們這些人無意中製造了太多的錯誤，上天派你過來就是為了改正！」

胡小天笑了笑，在他看來只是一個巧合。

鬼醫符刓指指自己的頭道：「我死後，你可以將我解剖，取出裡面的東西。」

胡小天點了點頭，拉開房門走了出去。

細雨霏霏，葆葆慵懶倚靠在窗前，望著濛濛煙雨，整個人都沉浸在這如畫雨景之中，身後傳來輕輕的敲門聲。

「進來！」葆葆並未回頭，聽到房門開啟的聲音，聽到腳步聲由遠及近，這才轉身望去，看到胡小天陽光燦爛的笑臉，她居然沒笑，因為她早知胡小天會來。

「怎麼？看到我你居然連一點都不激動，一點都不興奮！」胡小天笑瞇瞇道。

葆葆啐道：「反正你心中最想見的那個人始終都不是我，我又何必表現得那麼謙卑，就算明明心中想著你，也要裝出無所謂。」

胡小天哈哈笑了起來：「生氣了？」

葆葆道：「沒生氣，要生氣也只是生自己的氣，為何我那麼沒出息居然喜歡上你這個花心大蘿蔔。」

胡小天一把將她抱了起來，葆葆歡笑著跳到了他的懷中，一雙纖長的秀腿常春藤般將他纏住，低下頭去，吻住胡小天的嘴唇，胡小天還有些不放心她的頸椎：「脖子，脖子！」

葆葆靈活自如地轉動了一下脖子，極其優雅地將秀髮甩到了腦後：「沒事了，我已經完全康復了！」

胡小天道：「那我就放心了。」

兩人正在嬉笑之時，胡小天卻將葆葆放下，因為他聽到外面的腳步聲，這裡畢竟是天機局，不比在自己的家中。來人乃是洪北漠，出現在胡小天的面前表情凝重而深沉，他帶來了一個讓胡小天意外的消息，鬼醫符刓死了。

胡小天雖然知道鬼醫符刓會死，卻沒有料到他死得如此突然，剛剛才和自己做過一番深談，現在卻已經死了。

他暫時和葆葆分別，然後隨同洪北漠一起來到存放鬼醫符刓遺體的地方，鬼醫符刓靜靜躺在那裡，一動不動，已經沒有了任何聲息，啞巴就守在他的遺體旁邊，雙目紅腫，神情黯然。

洪北漠示意啞巴暫時離開，房間內除了鬼醫符刓的屍體之外，只剩下他和胡小天，他向胡小天道：「義父已經向我交代了一切，這裡就交給你了。」

胡小天點了點頭，洪北漠指了指一旁的推車，小車上整齊排列著手術器械。

胡小天低聲道：「得罪了！」

解開頭皮，打開頭蓋骨，胡小天首先看到的就是頭蓋骨上方的編號，二〇三四—一，胡小天確信自己沒有看錯，擁有編號的骨骼並不只有這一塊，從鬼醫符刓身體組織的質地和外形看不出任何異常，然而他的骨骼全都帶有編碼。

胡小天在心中已經做出了判斷，鬼醫符刓絕不是和自己一樣的生命體，他只是人類造出的生命，一個複製人或人造人，胡小天沒有想到在自己離開後的三十年，人類科技竟然已經發展到了這樣的地步，自己和鬼醫符刓即便是面對面談話，也沒有發現他的任何異常，他非但擁有著完整的思維，清晰的邏輯，而且甚至擁有正常人類的感情，當然也包括正常人類的生命。

胡小天用鑷子從鬼醫符刓的大腦中夾出了一個黃豆般大小，蜘蛛般模樣的物體，八根黑色的長腿早已和大腦的血脈融成一體。

洪北漠低聲道：「什麼？」

胡小天湊近眼前觀察了一下，搖了搖頭，將之收起，他繼續解剖了鬼醫符刓的身體，鬼醫符刓並沒有欺騙自己，他病死的原因是肺癌，而且癌細胞已經在體內廣泛擴散。不出意料，鬼醫符刓的每一塊骨骼上面都有編號，經過解剖，胡小天確信鬼醫符刓根本就是一個人造人。

胡小天並沒有將自己的發現告訴洪北漠，洪北漠雖然智慧超群，可是他畢竟認識有限，或許在他的概念中根本沒有複製人和人造人的說法。解剖之後，鬼醫符刓的後事自然由洪北漠來處理，胡小天則帶著葆葆離開。

鬼醫符刓是複製人，此事雖然意外可畢竟合情合理，越空計畫這樣高風險的工作，由複製人來做可以避免無謂的犧牲，不過越空小組的其他人呢？現在仍然活著的劉玉章和徐老太太，他們兩人究竟是真正的人類還是複製人？

除了胡小天在內的少數幾個人，這個世界上的大多數人都沒有意識到在他們的身邊還潛伏著這樣高等智慧的生命，還擁有著這麼大的威脅。文武百官都已經得到胡小天向七七求婚成功的消息，所有人也都明白鎮海王和永陽公主的結合必將讓大康重振聲威，兩人的合力將會在短期內將國家的實力重新回歸到中原霸主的地位，至於以後還是不是大康誰也不知道，可誰又關心呢？只要國家平定安康，百姓能夠過上富足的日子，不再像此前那樣顛沛流離，大家也就滿足了。

老百姓過自己的小日子，官員繼續安安穩穩地做官拿俸，一片太平，一片祥和不亦快哉！只有經歷過內亂的傷痛和彷徨，才會對和平越發的渴望。

周睿淵的病情卻變得越發嚴重了，本來只是一起小小的風寒，可遍請名醫也沒有緩和的跡象，秦雨瞳親自回來守在父親的身邊為他治療仍然未見好轉，回來後的第三天開始高燒不退，甚至中間昏迷了兩次。

胡小天半夜就被叫到了丞相府，他原本是打算今日一早過來，可是周睿淵的病情突然加重，秦雨瞳方才讓人請他過來會診。

胡小天的專長乃是外科學方面，他為周睿淵檢查之後，並未發現病症之所在，準備去外面和秦雨瞳討論病情之時，剛巧周睿淵此時醒來，他雙目赤紅，氣息灼熱，看到秦雨瞳，一把抓住女兒的手掌，大聲道：「秦瑟……你終於肯來見我了……秦瑟……」卻是他已經燒糊塗了，竟然將女兒看成了亡妻。

秦雨瞳含淚道：「爹，是我，是我！」

周睿淵此時頭腦方才恢復清明，臉上的表情失落之極，放開秦雨瞳的手掌，他搖了搖頭道：「我當初就該隨你一起去……」靠在床上，老淚縱橫。

胡小天做了個手勢，示意秦雨瞳先退出去，讓他靜一靜。

卻不想周睿淵又道：「你們不必管我，我是不成了……」他看了看胡小天，又看了看秦雨瞳道：「女兒，你先出去，我有幾句話想單獨對王爺說。」

秦雨瞳看了看胡小天，胡小天點點頭，示意她放心。秦雨瞳這才起身離去。

等她離去之後，周睿淵望著胡小天道：「你這次回來是不是向公主求婚的？」

胡小天沒有隱瞞，點了點頭道：「是！」

「她已經答應了你？」

胡小天仍然點了點頭。

周睿淵長舒了一口氣道：「若是當真如此，實乃大康之福。」

胡小天道：「我之所以向公主求婚，這也是原因之一。」

周睿淵道：「你有沒有想過，她的心中容不容得下其他人？你打算以後如何對待雨瞳？」身為父親，最關心的自然是自己的女兒。

胡小天道：「一視同仁，不偏不倚！」

周睿淵呵呵笑道：「我的女兒又怎能和金枝玉葉相提並論。」

胡小天自然明白周睿淵擔心什麼，他拍了拍周睿淵的手掌，附在他耳邊低聲道：「岳父大人還是安心養病，養好身體才能照看外孫！」

周睿淵聞言大喜過望，他原本就是睿智之人，馬上就明白一定是胡小天這臭小子先斬後奏，把自己女兒的肚子搞大了，不過周睿淵也是開通豁達之人，既然木已成舟，生氣也是無用，反正結果也算好事。母憑子貴，女兒有了他的骨肉，自然地位不同，周睿淵雖然發燒，可畢竟還是老謀深算，考慮事情全都從利益方面出發，這也怪不得他，哪個父親不為自己的女兒考慮？

胡小天坦誠完這件事，心中還是有些忐忑，還好周睿淵並沒有指責他，歎了口氣道：「只可惜我可能沒機會見到了。」

胡小天聽到他這樣說方才放下心來，安慰他道：「岳父大人放心，只要靜心調養，您的病情很快就會好轉。」

周睿淵的目光凝視牆上懸掛著的一幅牡丹圖，過了一會兒道：「若是有一天我死了，你和雨瞳就將我葬在西山牡丹園中。」

胡小天稍一琢磨，牡丹花下死做鬼也風流，老丈人這句話原來暗藏深意，難道他早就知道自己的陽壽已盡？胡小天雖然隱約猜到了原因，可是卻不能點破，勸說周睿淵睡後，來到外面，看到霍勝男正在安慰秦雨瞳。

霍勝男見胡小天出來，悄悄向他使了個眼色，將秦雨瞳留給胡小天，自己則去廚房監看湯藥熬好了沒有。

胡小天來到秦雨瞳身邊，展臂攬住她的香肩道：「你不必擔心，相信岳父大人吉人自有天相。」

秦雨瞳淚光盈盈道：「你剛才為他檢查過，可曾看出他究竟是什麼病症？」

胡小天搖了搖頭道：「岳父大人這次生病非常突然，我剛才跟他談了一會兒，發現他似乎對自己的病情早有預料。」

秦雨瞳微微一怔：「你說什麼？」

胡小天道：「你記不記得天人萬像圖的事情？」

秦雨瞳的俏臉頓時紅了起來。

胡小天道：「我懷疑岳父大人的這場病應該和當年的婚事有關。」

秦雨瞳道：「你是說我娘的緣故才讓我爹的壽命縮短？」

胡小天道：「應該是這樣。」

「不可能，我娘是絕對不可能害我爹的。」

胡小天道：「岳母大人或許有解決的辦法，不過可惜她突然遇害，所以……」其實胡小天心中明白，周睿淵應該明白，誰沒有血氣方剛的時候，當年周睿淵正是應了牡丹花下死做鬼也風流那句話，和秦瑟成就夫妻，生下女兒，其實是在透支他的生命。

秦雨瞳道：「天人萬像圖共分為陰陽兩卷，我所記得的那卷內容對他只怕沒有用處。」

胡小天道：「陽卷在薛勝景的手中，我讓夏長明這就去找他！」

夏長明前往雍都雖然並未得到天人萬像圖的陽卷，可是卻得到了三顆丹藥，丹藥乃霍小如親手所贈，說來奇怪，周睿淵服用這三顆丹藥之後，很快身體就已經復原如初。

胡小天讚歎丹藥玄妙靈驗之時，不由得感到霍小如越發神秘起來，不知她隱瞞自己的事情還有多少？

他沉聲道：「霍姑娘還說了什麼？」

夏長明恭敬道：「她說七月會來康都！」

胡小天愕然道：「她要來康都？」

夏長明點了點頭道：「並非出使，只說是要單獨見主公一面，還提出一個要求，七月初七當天讓主公在煙水閣等她。」

七月初七？胡小天內心劇震，他想起了劉玉章此前的約定，七月初七劉玉章必然不會錯過一年一度的機會，姬飛花也應該會準時前來。霍小如為何非要選擇七月初七這一天過來？究竟是什麼讓一個昔日柔弱的舞女變成了如今冷漠無情的她？究竟是她變了，還是自己始終都不瞭解她？

雍都午後的陽光正好，可薛勝景的心情卻有些陰鬱，踩著午後的陽光走入寧清園，百花叢中霍小如一襲白色長裙靜靜佇立，單單是一個背影已經無限美好，仿若百花全都失卻了顏色，薛勝景注意到的卻不是女兒的絕世風華，他的目光看到地面上的投影，即使陽光再強，終究還是有照不到的地方。

霍小如雖然沒有轉身，卻似乎已經看到他的到來，輕聲道：「父王百忙之中還能抽空來到這裡，看來必然有重要的事情。」

薛勝景唇角泛起一絲淡淡的笑意，小眼睛中流露出的目光卻清醒非常：「就算再忙也不能冷落了我的寶貝女兒！」臉上的表情並沒有父女之間應有的溫情。

霍小如歎了口氣道：「有什麼話，你還是直截了當地說出來吧！」她緩緩轉過身來，目光靜靜望著薛勝景，沒有女兒對父親最常見的崇拜和尊敬，冷靜得近乎有些陌生，仿若望著一個素不相識的陌生人。

薛勝景有種每次見到女兒就和她疏遠幾分的感覺，她表現出的冷靜和睿智超乎自己的想像，自從父女相認之後，她的變化之大，早已超乎他的想像，如果不是她就站在自己的面前，他甚至認為眼前的霍小如完全是一個陌生人。

薛勝景道：「女兒，我聽說你見了胡小天的使臣，還給了他一些天人丹？」

霍小如點了點頭道：「周睿淵重病，胡小天派人來尋求幫助，至少在目前我們雙方還算不上敵人，所以我必須要賣給他這個人情。」

薛勝景道：「天人丹乃是根據天人萬像圖的指示製成，就算我也是好不容易才從任天擎手中得到了一顆，你卻一次給了胡小天三顆。」

霍小如道：「周睿淵的狀況和你不同。」

薛勝景呵呵冷笑道：「原來我的寶貝女兒這麼在意胡小天！」

霍小如道：「我的事你無需過問，你已經得償所願，就算沒有登上皇位，事實上也已經掌控了大雍權柄，你為之奮鬥一生的目標已實現，又何必關心其他事。」

薛勝景道：「按理說我本應該開心才對，可是我卻一點都不開心，因為我忽然發現自己根本只是被人利用，竟然被自己的女兒和外人聯手欺騙！」

霍小如淡然道：「知足者常樂，你什麼時候才能學會知足？」

薛勝景怒道：「你在教訓我？別忘了我是你的父親，是誰給了你生命，是誰給了你現在擁有的一切！」

霍小如望著眼前暴怒如雄獅的薛勝景，非但沒有害怕，反而笑了起來，她向父親走了一步，目光無畏和他對視著：「從你拋棄那母子三人的時候，你就沒資格再當一個父親，若是你當真捨得放棄榮華富貴，又怎能發生以後的慘劇？我不想歷數你做過的荒唐事，即便是你和我相認，又何時願意為我犧牲？在你眼中任何人都可以利用，為了達到這一目的，你可以犧牲任何人，包括我！」

薛勝景的內心如同被人重重捶了一拳，他向後退了一步道：「你變了……」

霍小如道：「我從未改變，除了彼此利用，我和你沒有任何的關係！」

薛勝景咬牙切齒道：「我可以讓你成為萬眾敬仰的公主，一樣可以將你打落塵埃，拿走你現在擁有的一切。」

霍小如微笑道：「一個人的體重和說話的分量未必能夠畫得上等號，你說得對，我給周睿淵三顆天人丹，任天擎卻只給了你一顆，這種不公平的背後是有原因的。」她臉上的笑容倏然收斂：「只要我想讓你死，你絕對見不到明天的太陽！」

薛勝景的內心抽搐了一下，他竟然被霍小如表現出的殺氣所震懾，他搖了搖頭，幾乎無法相信這樣的事實。薛勝景低聲道：「你是誰？你到底是誰？」

霍小如冷冷掃了他一眼道：「你雖然不知道我是誰，我卻知道你是誰，你在我眼中連一顆塵埃都算不上！」

「在你心中，我是不是連一顆塵埃都算不上？」龍宣嬌望著胡不為，她的目光中充滿了憂傷。

胡不為用微笑和沉默對答。

龍宣嬌顯然對這樣的回應並不滿足，她大聲道：「從一開始你就在利用我，你始終都在利用我！」

胡不為歎了口氣道：「其實女人傻一點更容易得到幸福，你不該背著我偷樑換柱，你連最起碼的信任都不肯給我，又怎能期望從我這裡得到真正的感情呢？」

龍宣嬌道：「是你對不起我！無論怎樣隆景都是我們的親生骨肉，你可以狠心待我，可是你不可以傷害他！」

胡不為道：「有件事我隱瞞了幾十年，也困惑了幾十年。」他盯住龍宣嬌的雙目道：「我根本就沒有生兒育女的能力，又哪來的親生骨肉？」

龍宣嬌的面孔勃然變色，她的嘴唇蒼白，臉上的表情充滿了絕望，忽然她尖叫了一聲，伸出十指向胡不為撲了過去，卻被胡不為輕鬆躲開，她失去平衡重重摔倒在地上，摔得骨骸欲裂鼻青臉腫，捂住面孔趴在地上低聲痛哭起來。

胡不為道：「你做的每件事我都清楚，我只是教你彈琴，還有人教你佛法，你以為我當真不知道你和明晦的事情？」

胡不為站起身來，負手望天：「可能連你自己都不知道腹中的孩兒究竟是誰的，我忍辱負重，背了這個黑鍋，今日終於可以明明白白地告訴你，你猜，我要是將這件事告訴你的寶貝兒子，他會怎樣看你？」

龍宣嬌尖叫道：「不要！」她撲倒在胡不為的腳下，抓住他的足踝，滿是淚痕的面孔上充滿了祈求的表情。

胡不為歎了口氣道：「你我之間本不至於鬧到如此的地步，總之你安安分分做你的皇太后，那孽種仍然可以做他的皇帝。」

胡不為走出皇宮，登上一直都在那裡等候的馬車，馬車駛出皇宮後不久停了下來，胡不為有些詫異地掀開車簾，卻見車夫緩緩回過頭來，一位白髮蒼蒼的老者向他露出意味深長的笑容：「大人別來無恙？」眼前老者正是劉玉章。

胡不為內心一怔，旋即也露出笑容道：「您老終於肯現身了。」

劉玉章指了指前方，將馬車停在一座民宅前方，然後推門走了進去。

胡不為在車內深吸了一口氣，也掀開車簾緊隨其後走了進去。

劉玉章已經在院落中的石桌旁坐下，茶已經泡好，胡不為坐下後主動端起茶壺，其目的卻是為了試探茶壺的溫度，從而判斷這裡還有沒有其他人在。

劉玉章看穿他的心思，笑道：「有人，不過已經去外面望風，你只管放心。」

胡不為為劉玉章將面前的茶盞斟滿，微笑道：「先生春風滿面，想來一定有了好消息。」

劉玉章點了點頭道：「我已經找到七寶琉璃塔地宮的所在，也說服胡小天跟我合作開啟地宮之門。」

胡不為眉峰一動：「您準備跟他合作？」

劉玉章道：「開啟地宮的關鍵在永陽公主的身上，也只有通過他了。」

胡不為內心中波瀾起伏，可表面上仍然風波不驚：「先生答應他什麼了？」

第十章

失控

李無憂無論如何也不會想到
在這世界上存在著來自於不同時空的智慧生命，
天命者還有魅影，從胡小天的講述中
她判斷出魅影才是導致複製人失控的真正原因，
而她更沒有料到昔日的組員還有人活在這個世界上。

劉玉章道：「我答應將西川給他！」

胡不為內心劇震，西川明明是在自己掌控之中，雖然劉玉章在其中起到了一定的作用，可絕對不能稱得上是關鍵作用，他現在竟然要將西川給胡小天！胡不為的表面上卻極其冷靜，微笑道：「先生不覺得這樣的付出實在是太大了？」

劉玉章哈哈大笑：「不拿出一點誠意，又怎能讓他甘心與我們合作？」

胡不為道：「先生的意思是讓我主動交出西川？」

劉玉章搖了搖頭道：「不急，只是一個承諾，未必要兌現。」話鋒一轉又道：「那顆頭骨卻是要交給我了。」

胡不為沒有任何遲疑道：「也好，反正放在我這裡也沒有任何用處。」

月色如霜，余慶寶樓被月光勾勒上一道銀色的輪廓。徐鳳眉和胡不為彼此對望著，徐鳳眉的眼中充滿了不甘的目光，她低聲道：「雖然我並不清楚那頭骨有什麼用處，可是辛辛苦苦方才得來，現在卻要還給他，總覺得有些不甘心。」

胡不為淡然笑道：「那東西本來就是他的，現在物歸原主我也無話好說。」

徐鳳眉道：「他今天找你要頭骨，過不了多久就會找你要西川，只要能夠達到他的目的，就算胡小天讓他將你的性命交出去，他也不會有任何的猶豫！」

胡不為緩緩站起身來，默默走向窗外，推開格窗，目光投向漆黑如墨的夜色，搜尋著那彎新月所在的位置，很快定格在那月牙之上，沉默良久，方才低聲道：「一直以來他都在利用我，我從一開始就知道會有這一天。」

徐鳳眉道：「他承諾幫你一統天下，現在他的承諾還未實現，卻又改弦易轍，轉而與胡小天合作！」

胡不為道：「承諾永遠做不得數！我也從未將所有希望都寄託在他身上。」

徐鳳眉道：「我們又何必怕他？以我們今時今日的實力和地位，你掌控天香國權柄，我手中掌握了徐氏的財富，我們聯手天下間又有什麼值得畏懼的事？」

胡不為道：「我可不是怕他！難道你不感到好奇？他拿了這顆頭骨去和胡小天合作，說是要開啟地宮之門，這地宮之中究竟有什麼？」

徐鳳眉用力搖了搖頭道：「我不好奇，其實人這一生未必什麼都要得到，擁有的江山社稷再大，到頭來也不過一穴安身，不為！其實我們擁有的一切已經足夠，何必去爭這些無畏的事情，何必為了權力和野心窮其一生？」

胡不為道：「後人？我們的後人又是誰？」

徐鳳眉咬了咬嘴唇，胡不為的話刺痛了她的心，其實從她喜歡上胡不為的那一刻，她就甘心為他生兒育女，然而願景雖好卻很難實現，她甚至嫉妒過徐鳳儀，嫉妒過龍宣嬌，雖然她們並非胡不為心中所愛，可畢竟都擁有了胡不為的骨肉。

胡不為也意識到自己的這句話說得有些重了，必然會引起徐鳳眉的誤解，其實她又怎知道自己心中的痛苦，他轉過身去，雙手握住徐鳳眉的肩頭，輕聲道：「也許你說得對，我對有些事不該太過執著！」

入春之後，黑胡並未組織兵馬南下攻打大雍，儘管大雍歷經政權更迭之後正處於立國之後國力最為虛弱的時候。當然這其中一個原因是因為黑胡可汗完顏陸熙於三月病死，為了這件事西瑪大哭一場，不過礙於她現在的處境，也只能留在江南遙祭父汗了，她的三哥完顏烈祖正式接受了黑胡，雖然黑胡臣民對完顏家族非常的忠誠，可政權更迭總是需要穩固一段時間。大雍燕王薛勝景在兩國關係上也採取低調處理，雖然表面上並未讓步，可私底下讓利不少。

正是出於以上種種的緣故，北疆邊境竟然迎來了久違的和平。

大康這兩年間風調雨順，而且因為胡小天和七七重新定下婚約，讓這個古老的王國突然又呈現出枯木逢春的欣欣向榮。

大康內部出現了空前的安定局面，胡小天在掌控域藍國之後，成功將其打造成為西方要塞，非但掌控了東西交往的商路，而且切斷了黑胡和沙迦兩國聯手東進的重要通路，讓黑胡和沙迦聯盟已經沒有任何可能。大雍薛勝景雖然成功掌握權柄，卻不得不面對國內的種種亂象，他雖然力克薛道銘和李沉舟，缺衣少糧的百姓積蓄已久的不滿終於如火山般爆發起來，自從入春以來大雍境內揭竿而起的義軍接二連三，大雍將國內大部分的軍隊投入平亂之中。薛勝景自顧不暇，哪還顧得上大康的事情？

反倒是渤海國和大康之間的關係變得越發親密，渤海國向大康稱臣，歲歲納貢年年來朝，兩國之間的商貿來往也開創了前所未有的高峰。

天香國方面和大康之間的交往卻降至歷史最低點，胡小天在拿下域藍國之後，明顯加重了西川東北部的兵力。

六月是康都最為炎熱的季節，胡小天處理完軍務，前去丞相府探望秦雨瞳的時候，卻從周睿淵那裡得到了一個消息，太師文承煥案情已經全部查明，定於秋後問斬，文承煥提出一個要求，想要單獨和胡小天見上一面。

周睿淵也只是無意提起這件事，他並不認為胡小天會去見一個階下囚，想不到胡小天居然欣然應允。

再見文承煥，胡小天幾乎認不出，文承煥滿頭白髮，形容枯槁，入獄之後不久又中風，如今半身癱瘓，看他的樣子，只怕等不到秋後問斬就已壽終正寢了。

文承煥看到胡小天進來，目光中居然流露出幾分神采，他點了點頭道：「你果然來了！」他的口齒還算清楚。

胡小天向他笑道：「老太師別來無恙？」

文承煥道：「階下之囚再壞又能壞到哪裡去？」內心中的失落溢於言表。

胡小天向身後點了點頭，有人送上專門準備好的酒菜。

文承煥道：「這酒有毒？」不等胡小天回答，他又搖了搖頭道：「你們又豈會給我這種體面的死法，又怎會將珍貴的毒藥浪費在老夫的身上。」

胡小天拿起酒壺給他斟了一杯，雙手遞了過去，倒不是他可憐文承煥，雖然文承煥是大雍的臥底，可是這老頭兒的氣節還是讓胡小天深感佩服的。

文承煥雙手哆哆嗦嗦接過，想要一口飲盡，卻有大半都灑了出來。胡小天接過空杯，為他重新斟滿。

卻聽文承煥歎了口氣道：「老了！我甚至連一杯酒都喝不乾淨了……」

胡小天道：「人都會老，正如每個人都會死，誰也逃不掉！」

文承煥望著胡小天，臉上露出極其古怪的笑容：「是！你也會死，你早晚都會死！」他的聲音充滿了怨毒。

胡小天並沒有受到他的影響，仍然恭恭敬敬將第二杯酒遞了過去。文承煥也毫不猶豫地接過了，又是一口飲盡：「好酒，想不到我死前還能喝到那麼好的酒。」

胡小天道：「太師若是喜歡，我讓人每天都給你送來。」

文承煥搖了搖頭道：「不需要，一個人死前接觸到美好的事情越多，就越會對這個世界充滿留戀，我早已抱定必死之心，你又何必想方設法地動搖我的信念？」

胡小天道：「並非是想要動搖太師的信念，而是出自對太師的敬重。」

文承煥哈哈笑了起來：「敬重？成者為王敗者為寇，一個勝利者居然會敬重一個失敗者？胡小天，你是在羞辱老夫嗎？」

胡小天搖了搖頭道：「太師請我來絕非是為了聽我說羞辱您的話，而且無論是非成敗，太師在晚輩的心中都是讓人敬重的。」

文承煥點了點頭，似乎相信了胡小天的話，他指了指空杯道：「倒酒！」

胡小天又給他斟滿了酒杯。

文承煥伸出手去，顫抖的雙手端起酒杯，可惜杯中酒卻因為他的顫抖而潑出了不少，他將杯中酒全都潑灑在了地上，黯然道：「這麼好的酒，我那兩個兒子卻已經喝不到了……」

胡小天充滿同情地望著文承煥，白髮人送黑髮人，文承煥晚年接連遭遇喪子之痛，這樣的打擊絕非常人能夠承受的。

文承煥抬起雙眼，低聲道：「博遠是不是死在你的手裡？」

胡小天搖了搖頭道：「我雖有殺他之心，他卻並不是死在我的手裡。」

文承煥點了點頭道：「如此說來兇手另有其人！是誰？」

胡小天道：「太師現在追究這件事又有什麼意義？」

文承煥長歎了一聲道：「是，現在追究這件事又有什麼意義？如果不是我讓他去當什麼遣婚史，也不會遇到這場無妄之災，害死他的那個人是我！是我才對！」

胡小天道：「太師時至今日還不能放下嗎？」

文承煥搖了搖頭道：「放不下，怎能放下？我不怕死，可是因為我害死了我的兩個兒子，因為我而讓李氏祖上蒙羞，我又怎能甘心？」他停下來，望著胡小天道：「我求你一件事！」

胡小天道：「若是在下可以辦到！」

文承煥道：「你辦得到，讓我痛痛快快地死！」

胡小天沉默了下去，他正準備點頭，文承煥卻誤會了他的意思，沉聲道：「你別急著拒絕，你只要答應我的請求，我就把大雍送給你！」

胡小天不由得笑了起來，文承煥是不是老糊塗了，一個階下之囚又如何有能力做出這樣的事情？

文承煥道：「你不相信？我的手中握有當年薛勝康給我的親筆書函，其中寫明了我拋妻棄子前來大康的緣由，一旦公諸於眾，所有人都會知道是大雍在害我！」

胡小天忍不住提醒他道：「現在的大雍已經是燕王薛勝景當政了！」

文承煥道：「你誤會了我的意思，大雍對我不仁，我又何須為他盡忠，只需你答應我的要求，我就將繆氏寶藏的秘密告訴你。」

胡小天微微一怔，繆氏寶藏乃是大康太宗皇帝龍胤空安邦定國的緣由，據說當年龍胤空並未動用寶藏裡面的東西，現在文承煥竟然說他知道這個秘密。

文承煥道：「得繆氏寶藏可安天下，這寶藏其實一直都藏在雍都，我們李家將這個秘密世代相傳……」

秦雨瞳的小腹已經高高隆起，這段日子她都未曾離開家門，幽居在鳳儀山莊倒也怡然自得。胡小天摸了摸她的小腹，微笑道：「不知是男孩還是女孩，若是有一台超音波就能夠知道性別了。」一句話勾起了秦雨瞳的好奇，解釋了半天方才說清超音波為何物。

秦雨瞳道：「聽說你下令賜酒讓文承煥自盡了！」

胡小天點了點頭：「他答應送我一張繆氏寶藏的藏寶圖。」

秦雨瞳眨了眨眼睛：「真的？」

胡小天微笑道：「那藏寶圖是假的，文承煥只是想利用我將這張藏寶圖散佈出去，這下雍都又要熱鬧了。」

秦雨瞳歎了口氣道：「大雍對李氏的確有失公允，李氏一門為了大雍朝廷犧牲良多，到頭來卻落得如此淒慘的下場，難怪文承煥會心有不甘。」

胡小天道：「我本來也以為藏寶圖是真的，可後來查閱了一下當年的史料，又問了諸葛觀棋一些事情，方才知道當年太宗皇帝龍胤空掌權之前，關於繆氏寶藏的藏寶圖就鬧得沸沸揚揚，不過那時的寶圖卻是以春宮圖的形式存在的。」

秦雨瞳俏臉緋紅道：「胡說八道！」

胡小天道：「千真萬確，我又何必騙你？我開始也覺得這種方式是不是有些低級，可後來想想大俗即是大雅，正如天人萬像圖，淫者見淫，智者見智！」

秦雨瞳聽他這麼一說反倒想起了什麼，輕聲道：「對了，這個給你！」她摸出一個玉瓶遞給了胡小天。

胡小天接過之後，擰開瓶塞，頓時聞到異香撲鼻，倒了兩顆在掌心之中，卻是兩顆淡藍色的小藥丸，胡小天首先想到的就是威而鋼，難不成這玩意兒也穿越了？

秦雨瞳道：「這是我根據天人丹分析改良而成。」

胡小天道：「那又如何？」

秦雨瞳道：「你不是說總是無法讓曦月她們懷孕，這藥丸你大可一試，說不定會有作用。」

胡小天眼睛滴溜溜亂轉：「壯陽藥？」

秦雨瞳不禁笑了起來：「你又不需要……」說完臉紅了起來：「呸！反正我又不會害你！」

胡小天直接塞嘴裡一顆。

秦雨瞳想要阻止已經來不及了：「噯，你別急著吃……」

胡小天道：「起效果然迅速，要不咱們先試試！」

秦雨曈大羞道：「我這個樣子可奉陪不起。」

胡小天道：「可是這藥力甚猛，我若是無處宣洩，豈不是要憋炸了！」

「胡說！」

胡小天哈哈大笑，其實也只是逗她，剛才故意將藥丸藏在掌心，壓根沒往嘴裡送進去。

此時霍勝男從外面走了進來，不由得笑道：「聊什麼如此開心？」

秦雨曈慌忙將她一把拽了過來：「姐姐來得正好，有人正要找你呢。」

霍勝男看到兩人的神態已經猜到什麼事情，啐道：「你這丫頭好沒義氣，關鍵時刻居然推我出來擋槍！」

胡小天讚道：「霍大將軍擋槍這個詞用得當真絕妙！」

霍勝男瞪了他一眼道：「你槍法很好嗎？我這就去拿長矛，看看誰更厲害！」

胡小天驚得舌頭都吐了出來，秦雨曈卻吃吃笑了起來，躲在霍勝男身後道：「看你以後還敢不敢欺負我！」

胡小天看到兩姐妹如此融洽，不由得心情大悅，上前將兩人一左一右摟在懷中，向霍勝男低聲耳語，將剛才的事告訴了霍勝男，霍勝男聽得俏臉通紅，其實一直以來她們雖不說，可對秦雨曈都是羨慕之極，畢竟誰都想為愛人生下一兒半女。

霍勝男啐道：「雨曈已經徹底被你帶壞了。」

秦雨瞳道：「我也不敢保證百分百有效，可對小天終究是有益無害。」

胡小天一旁道：「所以只有辛苦霍大將軍陪我試試！」

「誰要跟你試……」

距離七月初七已經越來越近，胡小天提前帶著諸葛觀棋進入皇宮，龍靈勝境已經破壞，現在不復原貌，諸葛觀棋只能從殘存的一些建築上推測過去的規制，至於七寶玲瓏塔更只剩下地宮部分。

七月初五，胡小天被宣入宮中，這次七七在儲秀宮等著他，說起這座儲秀宮，乃是七七最早於皇宮的居處。

自從和胡小天訂婚之後，小妮子低調了許多，在外界看來她對朝政也疏懶了許多，除了例行的朝會，多半對外的事情都是胡小天在代為打理。胡小天卻並不相信這妮子當真能夠徹底放下，從此安心做個賢妻良母？

胡小天來到儲秀宮內，看到七七正在畫案上畫圖，她秀髮披肩，赤著一雙嫩白玉足，秀眉顰起，不時停筆，陷入深思，因為太過入神，甚至連胡小天來到身邊都未曾察覺。

胡小天並沒有驚動她，低頭向畫案之上望去，卻見上面的圖案極其古怪，曲折迴旋，有若迷宮，看得他頭皮有些發麻，吸了口氣，將目光投向遠處。

七七因他的這聲呼吸而覺察到他就在身邊，撅起櫻唇，將羊毫擱置在筆架之上，輕聲道：「這幫奴才全都被你收買了，連進來都不跟我打一聲招呼。」

胡小天微笑道：「那是因為他們知道我對你沒有歹意。」

七七美目流轉：「那可不一定！」

胡小天伸出手臂將她的纖腰勾住，想要攬入懷中，卻被七七伸手抵住胸膛：「我叫人了啊！」

胡小天道：「他們即便是聽到也不會進來，誰也不敢壞了咱們的好事！」

七七歎了口氣道：「胡小天啊胡小天，你當真是我命中的魔星！真不知我上輩子究竟欠你什麼？」美眸之中籠罩著淡淡的憂鬱，即便是並不明顯，仍然被胡小天把握到了。胡小天看出她的心緒不佳，放開了她，輕聲道：「跟我說說，什麼人惹我的寶貝公主生氣？我幫你出氣！」

七七道：「除了你，還有誰？」目光重新回到那幅畫上，眉頭再度顰起。

胡小天道：「這幅畫有點抽象派的味道，我這點藝術功底還真有些看不懂。」

七七當然不會知道什麼抽象派，輕聲道：「這兩天總是做一些奇怪的夢，夢裡會反反覆覆浮現一些古怪圖案，我畫了出來，有些記得，可有些卻想不起來了。」

「既然想不起來就無需去想。」胡小天開始為七七的狀態擔心起來，她明顯有些沉浸其中無法自拔了，若是這種狀況繼續下去，對她沒有任何好處。

七七用力閉上雙目，竭力從腦海中將雜亂的思緒排遣出去，過了一會兒方才道：「七月初七，劉玉章會如約前來嗎？」

胡小天道：「一定會，他應該不會錯過這個機會！」

七七睜開雙眸，望著胡小天，忽然主動展開臂膀抱住了他，胡小天擁緊了她的嬌軀，感覺到她在自己懷中微微顫抖。輕聲安慰她道：「別怕，有我在你身邊。」

七七俏臉貼在胡小天的肩頭，低聲道：「答應我，永遠不要欺騙我！」

胡小天笑道：「傻丫頭，除了美色，你還有什麼值得我去騙？」

七七從他的懷中抬起頭來，已是淚眼婆娑，胡小天還從未見她表現得如此脆弱，伸出手去為她抹去臉上的淚水，微笑道：「讓人看到還以為我欺負你了。」

七七也不好意思地笑了起來，走到一邊，拿起羅帕將臉上的淚水擦淨，情緒平復了許多，輕聲道：「最近都在風傳雍都有繆氏寶藏的事，是不是你搞出去的？」

胡小天笑道：「這跟我可沒有關係，總之大雍內部越亂對咱們就越有好處。」

七七道：「黑胡派使臣前來議和，還是完顏烈新，你們應當是老相識了。」

胡小天道：「我已經接到了這個消息，明晚我會在王府設宴款待完顏烈新一行，為他接風洗塵。」

七七道：「卻不知他們這次過來又在打什麼算盤？」

胡小天笑道：「和談而已，黑胡新君上位，應該企穩為主，大雍此前的權力紛爭已經讓天下人看到內亂的壞處，自從薛勝康死後，大雍就一蹶不振，至今未有緩解，薛勝景雖然如願以償掌控大雍權柄，但是大雍病症積重難返，民不聊生，百姓為了生存紛紛揭竿而起，如今的大雍已經是處處烽火。」

七七道：「看來我們應當要有所行動，趁他病，要他命！」

胡小天卻搖了搖頭道：「話雖如此，可現在卻不是對付大雍的最好時候，一來我們和他們有了合約，主動背棄必將在天下人面前輸了道義，二來我們若是趁虛而入，黑胡也不會甘心這塊肥肉被我們獨佔，再者說，大雍現在內亂不平，我們只需暗地裡給義軍支持，幫助他們訓練將士提供軍需，那麼大雍的狀況只會越來越差，等到時機成熟，一舉將大雍拿下，豈不是輕而易舉。」

七七道：「還是你夠陰險！」

胡小天笑了笑，只當她這句話是在稱讚自己，繼續道：「眼前最重要的事情反倒是儘快拿下西川，西川西州、燮州周邊的土地非但肥沃，而且周圍環山，地勢險要，易守難攻，當年李天衡擁兵自立，將西川割據出去，現在李天衡死了，西川本該回歸大康，卻被天香國方面鳩占鵲巢，強行霸佔了過去，我雖然趁著地震之機搶佔了一些地盤，可是和天香國實際佔有的土地仍然不能相比，耽擱的時間越久，天香國對這塊土地的控制就會越發穩固，更何況他們南面還有紅木川，和天香國將南方連成一片，若是不打破彼此之間的聯繫，以後一旦形成穩固的防線，再想將之擊破難於登天。」

七七點了點頭道：「可是以我們目前的國力恐怕無法支撐這麼一場曠日持久的戰爭。」

胡小天道：「戰爭未必要曠日持久，也未必一定要全線作戰，西川最大的問題就是民心，多半老百姓的心中始終將自己當成大康之人，而且天香國掌控西川之時，對李氏舊部大肆屠殺，西川軍心不穩，不瞞你說，這些年我從未停止過在西川的活動，在西川內部，甚至他們的軍中也已經扶植出一支實力不凡的隊伍。」

七七聽到這個消息居然沒有表現出太多驚奇，也不知為了什麼，這段時間來，她似乎對權力地位已不像昔日那般熱衷，懶洋洋道：「這些事你只管放手去做就是，我懶得管了。」

胡小天也發現了她的變化，伸出手去摸了摸她的額頭：「你沒事吧？」

七七搖了搖頭，小聲道：「日子過得太平了，反倒不如過去那般新奇刺激！」

胡小天笑道：「難不成非得你和我拚個你死我活，鬥個頭破血流，日子才過得多姿多彩？人生才有別樣的意義？」

七七歎了口氣道：「我也不知怎麼了，突然之間對一切都失去了興趣，感到任何事情都提不起精神。」

胡小天道：「要不我今晚留下來陪你？」

七七俏臉紅了起來，啐道：「你又想做什麼？我們還未舉行大婚儀式，你留下來成何體統？」

胡小天道：「我是關心你，何時大婚還不是等你一句話。」

七七道：「你先回去，我需要好好想想，等到七月初七事情過去之後，咱們儘快將日子定下來好不好？」

胡小天點點頭，總覺得七七的舉止有些反常，可又說不出究竟哪裡不對。

胡小天回到住處，卻見胡佛匆匆向他走來，道：「少爺，梁大壯要見您……」

胡小天微微一怔，他本以為那次梁大壯逃走之後，肯定會找一個地方避世隱居，永遠不再跟自己打照面，萬萬想不到這廝居然還有膽回來。

胡小天點了點頭道：「讓他進來！我去書房等他！」

梁大壯的樣子和此前並沒有太多的變化，見到胡小天依然擠出一臉獻媚的笑意，不過胡小天仍然從他眼睛深處看到了他的恐懼。

梁大壯一揖到地：「大壯參見少爺！」

胡小天嗯了一聲，上下打量著梁大壯：「想不到你還有膽色踏進這間府邸，應該是受了他人的委託吧？」

梁大壯道：「少爺明鑒！當真是什麼事都瞞不過您！」

胡小天搖了搖頭，雖然這聲少爺叫得親切，可他們之間早已沒了主僕的情義，輕聲道：「徐老太太讓你來的？」

梁大壯抬起頭來，臉上的表情錯愕之極，顯然被胡小天驚人的分析力所震懾。

對胡小天而言這並不是什麼太難推敲的事情，此前卿紅閣一戰，蘇玉瑾被殺，香琴被俘，梁大壯倉皇逃離，雖然香琴絕口不提此事背後的陰謀和計畫，可胡小天能夠推測到這些人和徐氏之間的關係，種種跡象表明，徐氏的內部也並非是一團和諧，徐老太太宣稱不問家事，徐家的一切都是徐鳳眉在掌控，而徐氏對天香國的支持證明徐鳳眉和胡不為之間存在著非同尋常的關係。在卿紅閣事情之後，梁大壯應該屬於徐鳳眉眼中的棄卒，就算自己放過了他，他仍然逃脫不了責任，所以只剩下一個可能，梁大壯見到了徐老太太。

梁大壯點了點頭道：「是！老太太讓我過來見您！」

胡小天道：「她在何處？」

梁大壯道：「就在易元堂！」

胡小天內心劇震，想不到徐老太太居然堂而皇之地出現在京城，出現在易元堂，究竟是什麼事情才能讓一個早已退隱的老人選擇再度出山？胡小天不由得想到了明日之約，在他和劉玉章約定的時間即將到來的時候，這些久違的人物陸續登場？難道他們的出現全都和這件事有關？

胡小天道：「老太太來康都的事情還有什麼人知道？」

梁大壯道：「沒有人知道！」

胡小天對易元堂並不陌生，易元堂乃是大康三大醫館之一，三大醫館應當以玄天館地位最高，可是自從任天擎出事之後，玄天館的地位一落千丈，已經不復昔日榮光。至於青牛堂雖然分號頗多，可是在醫術方面始終無法登得大雅之堂，易元堂卻是在方方面面最為均衡的一個，易元堂的分號早已開遍天下，可是易元堂仍然一如既往的低調務實。

胡小天最早顯露醫術就和易元堂的二當家袁士卿打過交道，至於易元堂的大當家李逸風也是他的舊識，此番前往易元堂，他忽然想起當初袁士卿幫忙打造手術器械的事情，徐老太太為何選擇易元堂作為此行的落腳地，顯然是深思熟慮之後的結果。胡小天卻由此推斷出一件可怕的事情，也許袁士卿和李逸風，甚至整個易元堂的背後都是徐老太太在操縱。

如果一切當真如此，那麼從自己出生的那一刻起，自己的一舉一動就全都在這位老太太的監視之下。

夜涼風清，七月初六的夜晚絲毫沒有仲夏夜的燥熱，反而呈現出少有的清涼。易元堂的後院藥草叢生，五顏六色點綴在濃濃的夜色中，連空氣中都飄蕩著藥草馥郁的香氣。

胡小天獨自走入這個院落，自從進入易元堂的後門，沿著曲曲折折的小路一路走來，道路兩旁的燈籠為他指引前行的方向，他能夠判斷出自己走入了一個錯綜複雜的陣法之中，雖然途中沒有看到一個人，可是卻有種錯覺，感覺到黑暗中似乎有無數雙眼睛在盯著自己。

後院之中，只有一個背影坐在輪椅之上，孤獨望著夜空中的群星，不知在搜尋什麼？也不知道她想要尋找的究竟是哪一顆星。

徐老太太的背影孤獨而落寞，但是沒有一絲一毫的老態，但從背影看，她非常年輕，而且讓胡小天詫異的是，她的頭髮再不像過去那般雪白，竟然神奇的變成了漆黑如墨的顏色，黑色長髮僅僅用簡單的藍色髮帶束起，流瀑般垂落在身後。

胡小天停下腳步，靜靜望著她，不知為何，總覺得這身影有些熟悉，這種感覺他無法形容得出。

「你來了！」她的聲音也和上次完全不同，絲毫沒有蒼老的腔調，宛若黃鶯出穀，分明是一個年輕少女的聲音，不知她的身上發生了什麼，她可以返老還童？而這聲音……自己分明聽到過！

胡小天握緊了雙拳，眼看著徐老太太緩緩轉動輪椅，轉過身來，他的雙目瞪得滾圓，臉上的表情震駭到了極點，彷若看到這世上最為不可思議的事情。

眼前的少女俏臉蒼白，姿容絕世，宛如一朵白色的山茶花，靜靜望著胡小天，蒼白的嘴唇露出一抹淡淡的笑。

胡小天感覺腦海變得一片空白，她分明就是李無憂！怎麼會？徐老太太為何會變成了李無憂？是李無憂冒名前來，還是她們本來就是一個人？

她的臉上始終帶著淡淡的笑意，沒有說話，只是靜靜看著胡小天，靜靜等待，等待他從震駭中平復過來。

胡小天道：「你究竟是誰？」

「一個人的生命並不如你想像中長久，更何況跨越漫漫時空，去適應不同的環境，連我自己都不知道自己究竟是誰？」她停頓了一下道：「你我之間沒有任何的血緣關係！」

胡小天道：「那我還是叫你無憂姑娘更親近一些！」

李無憂歎了口氣道：「這個世上又有誰能夠真正無憂？」

胡小天道：「李天衡也是火種？」

李無憂搖了搖頭：「我並非李天衡的親生女兒，夕顏才是。」

胡小天道：「可是我婚禮之前見到的你並非是這個樣子。」

李無憂道：「你見到的並非是我，時空穿梭並非是幻想中的美妙和神奇，短時間內跨越時空，對任何人的身體和意志都是一種苛刻而殘酷的考驗，你應當見過了越空小組的不少人！」

胡小天點了點頭，他見過林超也就是劉玉章，也見過鬼醫符刓，嚴格的說後者根本算不上一個真正的人類。

李無憂道：「有些事直到最近我方才明白過來。」

胡小天道：「你的本名不是叫徐明穎嗎？」仔細看李無憂居然和徐老太太的樣子有幾分相似，但是還是有很大不同。

李無憂的唇角泛起一絲笑容：「看來他們果然告訴了你很多的事情。」一雙美眸重新投向遙遠的星空，若有所思道：「越空小組最早的成員設定是要利用一批人造人來完成任務，這些人擁有幾乎完美的身體，他們的基因比起正常人類更加強大完善，他們的體魄可以勝任任何艱苦嚴苛的工作，而且他們又沒有人類最大的弱點——感情！」

胡小天眨了眨眼睛，她果然有太多的事情瞞著自己。

李無憂道：「我是遺傳學方面的專家，在複製人方面有著突出的貢獻，最早的越空計畫並未將我列入其中，然而到這一計畫付諸實施的時候，所有人發現這個看似完美的計畫，其中存在著一個最大的缺陷，那就是誰也不能預料到這些小組成員進入預定時空座標之後會發生什麼？這些複製人最大的優點就是服從並執行，而他們最大的缺點就是欠缺自我思考的能力，他們所擁有的一切全都是製造者賦予的。」說到這裡她轉過身來：「你能明白嗎？」

胡小天點了點頭，李無憂所說的事情對他而言並不陌生。

李無憂道：「所以越空小組必須要有一個人存在！」

胡小天道：「是你？」

李無憂點了點頭。

「你就是徐明穎？」

李無憂搖了搖頭道：「我就是我，一直都是我！我是李無憂！」

胡小天道：「徐明穎又是誰？」越空小組不是只有五名成員？

李無憂道：「他們全都是複製人，作為他們的製造者，我可以輕易設定程式，可以抹去他們所有的意識，也可以改變他們所有的記憶，讓他們以為成員中並沒有我的存在。一開始的時候，進展是極其順利的，本來的計畫中，我們要在這裡進行五年的科學考察才會離開，而這裡的環境並不適合我的身體生存，我抵達這裡不久就染上了重病，於是我在設定好一切之後，選擇休眠，甦醒的時間設定在十年之後。這十年中，越空小組的成員會很好地執行任務，然而一切漸漸開始偏離了原本的方向，我並沒有想到，這十年中發生了太多的事情，有人改變了這些複製人的設定，讓他們有了自主意識，讓他們擁有了思考和創造的能力，並改寫了他們的記憶，讓他們懂得愛恨情仇。當我甦醒之後，一切都已經變得不受我的控制。」

胡小天低聲道：「這些年你又是如何活下來的？」

李無憂道：「我休眠的地方不為人知，這是我逃過一劫的原因，而想要控制那些複製人的神秘力量顯然做得還不夠，並不能將他們完全掌控，所以以後發生的事情應該也超出了他的預料，這些複製人擁有自主思考能力之後，他們所做的事情超乎想像。我想毀掉他們，可是已經無能為力，所以我只能毀掉當初被我藏起的時空穿梭機，切斷連接這一時空和過去世界的唯一紐帶。」

胡小天點了點頭，她的做法無疑是正確的，如果她沒有當機立斷毀掉時空穿梭機，恐怕魅影早已利用這一工具去了他們的世界。

李無憂道：「這些複製人在擁有自我意識之後，都很好的隱匿自己，我過去控制他們的方法也全都失去了作用，唯一的希望就是在徐明穎的身上。」

胡小天道：「為何是她？」

李無憂道：「因為她是我的複製體！沒有人比我更瞭解她的弱點，我唯一可能控制的也只有她。」她歎了口氣道：「只可惜我還是低估了她的能力，她發現了我的存在，設計將我擒住，一個創造者居然被自己所製造的複製人抓住，是不是一個絕妙的諷刺？」她的語氣雖平淡，胡小天卻聽得驚心動魄，甚至有些毛骨悚然。

李無憂道：「徐明穎沒有殺我，並非是她還有良知，而是因為她得了絕症，她的基因雖然經過優化，甚至超越本體，可畢竟存在缺陷，這個世界上本沒有絕對完美的事物，她雖然擁有了自我思考的能力，雖然擁有了創造力，甚至可以孵化火種，但是掌控複製機密的只有我，她必須依靠我來延續生命，也只有我才能夠給她提供她所需要的替代物。」

胡小天聽到此時對李無憂的話已經深信不疑。

李無憂繼續道：「我知道一旦她掌控到複製的機密，就是末日到來，我將自己的基因密碼連同我的記憶寫入其中一顆火種之中，然後我選擇了自我毀滅，讓徐明穎以為我已經死去。」

胡小天道：「可徐明穎仍然活到了現在。」

李無憂道：「為了爭取時間，我幫她製造了一些複製器官，我本想在其中做一些手腳，可是徐明穎極其警惕，我不敢輕易冒險，更何況這些複製器官雖然是健康的，可是危害她身體的病症始終無法清除，我估算過，她剩下的生命已經不多。」

胡小天道：「這麼說，是你親手將火種植入到李夫人的體內？你又是如何騙過徐明穎的？」

李無憂道：「李夫人當時得了心臟病，除非置換心臟方才能夠活命，徐明穎為了控制李天衡，讓我出手幫忙營救她的性命，讓李天衡欠一個天大的人情給他，我複製了一顆全新的心臟給她，而那時她已懷孕一個多月，我將那顆火種趁機植入她的體內。所以我和夕顏雖是同胞姐妹，可我並非足月產出，這樣的冒險行為也讓我付出了終生癱瘓的代價。」

胡小天道：「梁大壯一直都是你的人？」

李無憂點了點頭道：「幸虧你對他手下留情，否則我們也沒有相見的機會。」

胡小天道：「你居然打著徐老太太的旗號來見我？」

李無憂道：「不是這樣，你又怎麼肯來？」她向周圍看了看道：「易元堂一直都是我們李家的秘密產業，和徐氏無關，不會走露任何風聲。」

胡小天道：「你來見我，難道只是為了徐明穎？」

李無憂道：「這些年來，我所關注的人只有一個，那就是她，徐明穎近二十年深居簡出，並非是她甘心退居幕後，而是因為在我的本體毀滅之後，她很快就會發現自己的時日無多，想要延續生命就必須破解複製的核心機密，對她而言，那將是一次從無到有的創造過程，雖然她的智慧並不次於我，可是也沒有任何的可能以一己之力完善整個複製學科。我得到確實的消息，她來康都了！」

胡小天倒吸了一口冷氣，看來七月初七的事情已經不成為秘密，如果說李無憂的到來是因為徐老太太的緣故，那麼徐明穎本身的到來必然是聽到了什麼風聲。

李無憂道：「能讓她破例出山的原因必然非同尋常，我懷疑這件事和當年的事故有關。」

胡小天歎了口氣，李無憂雖然清楚越空計畫，可是她顯然並不清楚導致她這場科研失敗的真正原因，於是他將自己所瞭解的一切全都向李無憂細細道來……

李無憂無論如何也不會想到在這個世界上存在著來自於不同時空的智慧生命，天命者還有魅影，從胡小天的講述中，她判斷出魅影才是導致複製人失控的真正原因，而她更沒有料到昔日的組員還有人活在這個世界上。

胡小天將那顆從鬼醫符刓大腦中找到的蜘蛛樣的物體遞給了她，李無憂接過，咬了咬櫻唇道：「這就是控制單元，利用它，我可以將複製人的行為限制在可控範圍內，可以最大程度限制他們的自我意識和創造力。」

胡小天道：「我聽鬼醫符刓說，林超和徐明穎是一對情侶，而且徐明穎來到這裡不久還懷孕了。」

李無憂淡然道：「複製人是不可能懷孕的，他們的基因序列經過特殊設計，根本沒有通過兩性生殖的可能。唯一的解釋就是魅影釋放他們思維能力的同時，也給他們注入了一些意識，讓他們懂得了愛恨情仇，懂得了嫉妒，還錯誤地認為自己有了身孕。」她停頓了一下又道：「可魅影究竟是誰？」

胡小天道：「我也從未見過，不過我知道她很可能並非我們認知中的生命體，我也知道如何才能將她引出來。」

李無憂道：「你不覺得很奇怪？為什麼這些人會不約而同地來到康都？都選擇七月初七這個時間？」

胡小天望著李無憂，李無憂是因徐老太太而來，徐老太太又是因為誰？也許等見到劉玉章之後方才能夠解開這個謎題。

李無憂道：「希望這件事不是一個陰謀。」

胡小天搖了搖頭道：「魅影應該無法徹底控制他們，她應該只是一個破壞者和攪局者，還並沒有充分的能力掌控一切。」

李無憂道：「那就在她還沒有完全強大到不可控之前，將她消滅。」

胡小天點了點頭，望著李無憂欲言又止。

李無憂卻看穿了他的心思，輕聲道：「你不用擔心我會利用你，我既然向你坦陳一切，就已經準備承受任何的結果。」

胡小天笑了起來：「你又是如何知道我值得信任？」

李無憂道：「長期的觀察，不過我實在想不通，一顆火種因何會擁有如此之大的能量。」

胡小天道：「我也奇怪，我的意識為何會和這具身體配合得如此默契？」心中不由得暗自苦笑，在李無憂的眼中，自己也只是一個火種而已。

「簡直是天衣無縫！根據我遺傳學的經驗，這似乎並不可能。」

胡小天卻道：「這個世界上不止是定式，還有奇蹟！」

胡小天如約來到了煙水閣，雖然他期待奇蹟，希望此次相見會成為一個轉折，可是他並未見到霍小如前來，等到的只是霍小如的貼身侍女婉兒。婉兒帶來了一個箱子，讓胡小天等她離開之後再打開。

等到婉兒離去後，胡小天打開箱子，卻發現其中放著一顆透明頭骨，頭骨下還有一卷人皮，分明是天人萬像圖，而且此番送來的共有兩幅。一時間胡小天陷入迷惘之中，不知霍小如此舉的目的究竟是什麼？

胡小天坐在煙水閣內望著霍小如送給他的這份禮物呆呆出神，過了好久，他方才道：「既然來了，為何不肯現身相見？」

房門輕動，一個頎長的身影出現在門外，表情平靜有若古井不波，衣袂飄飄，傲然挺立，卻是約好了和胡小天在康都相見的姬飛花。

胡小天並沒有起身，靜靜望著姬飛花，輕聲道：「你總算來了！」

姬飛花的目光在桌上掃了一眼，然後她將手中一個包裹輕輕放在桌面上，意味深長道：「看來是我多慮了！」她解開包裹，裡面同樣放著一顆透明的頭骨。她帶來的這顆頭骨乃是當初被收藏在龍靈勝境中的那個。

胡小天笑道：「我發現你總是可以輕易找到我。」

姬飛花道：「因為我聞得到你身上的味道！」

「什麼味道？」說完這句話，胡小天就曖昧地笑了起來。

姬飛花的表情沒有絲毫變化，美眸在那兩顆頭骨上分別掃視了一眼，最終又落在頭骨下方的人皮上，輕聲道：「那是什麼？」

「天人萬像圖！」

姬飛花道：「我費勁千辛萬苦方才搶回了一顆頭骨，想不到你不費吹灰之力就已經得到了那麼多，真是人比人氣死人！」

胡小天低聲道：「你見到霍小如了？」

姬飛花點了點頭，雙手端起那顆霍小如送來的頭骨，凝神屏氣，全神貫注卻仍然無法從中感悟到任何的資訊。她搖了搖頭將頭骨放下，胡小天單手接過那顆頭骨，頭骨之上卻亮起藍光。

姬飛花有些詫異地望著他，胡小天有些尷尬地向她解釋道：「雨瞳應當是他的後人。」只說秦雨瞳沒說自己是因為不方便說，總不能告訴姬飛花，是因為他和秦雨瞳有了肌膚之親，所以自己也稀裡糊塗地擁有了讀取頭骨資訊的技能。

不過縱然是他不說明白，姬飛花也能夠聽懂其中的玄機，點了點頭道：「看來這顆頭骨是真的。」

胡小天岔開話題指著姬飛花帶來的那顆頭骨道：「這一顆呢？」

姬飛花道：「真的！」

胡小天道：「如此說來，當初被他們盜走的頭骨已經全部找到。」想起劉玉章當初的那番話，他又道：「不對，這兩顆並不是劉玉章所說的那兩顆，還有一顆頭骨應當在胡不為那裡。」

姬飛花道：「那顆頭骨劉玉章自己負責找回。」

胡小天點了點頭，如此說來打開地宮的所有條件都已經齊備，可謂是萬事俱備，只等今晚開啟七寶琉璃塔地宮時刻的到來。

姬飛花道：「你清不清楚霍小如的底細？」

胡小天搖了搖頭道：「並不瞭解！」

姬飛花道：「她的武功不次於我！」

胡小天目瞪口呆，姬飛花的武功何其厲害，霍小如在他的印象中原本是手無縛雞之力，可姬飛花應當不會欺騙自己。他低聲道：「你們交過手？」

姬飛花點了點頭道：「你放心，她沒事！」

胡小天道：「我更關心你有沒有事！」

姬飛花呵呵笑了起來，頗為不屑地望著胡小天，可心中卻泛起一陣溫暖。姬飛花道：「你記住，今晚無論地宮中有什麼，開啟地宮後，首先要除掉劉玉章。」

胡小天點了點頭，劉玉章絕不是一個好人，在昨晚見過李無憂之後，更瞭解到劉玉章只不過是一個複製人，一個失去控制的複製人，所以幹掉他更不會有什麼良心上的虧欠，不知為何，他對姬飛花始終報以無條件的信任，他甚至從未懷疑過姬飛花的動機，儘管姬飛花也是天命者的後代。

姬飛花道：「你不聽話！」

胡小天不由得一怔，沒明白她因何會這樣說。

姬飛花道：「我們此前分別的時候，你曾經答應過我什麼？」

胡小天這才明白了過來，當初兩人分別的時候她曾經讓自己做兩件事情，迎娶七七還有蕩平徐氏。他苦笑道：「或許還要多給我一點時間。」

姬飛花道：「希望有那麼多的時間給你。」

胡小天忽然想起七七最近的反常表現，低聲將這件事告訴了姬飛花。

姬飛花聽完之後秀眉微顰，表情凝重，站起身來，緩緩走到窗前，一把將格窗推開，目光投向皇宮的方向，充滿憂慮道：「你有沒有想過，或許地宮之中什麼都沒有，只是有人故意布下的一場局？」

胡小天道：「不排除這個可能，不過為了除掉魅影，我們必須要冒險一試。」

姬飛花歎了口氣，點了點頭道：「看來我們已經沒有選擇了。」她轉過身來望著胡小天道：「若是地宮之中並沒有克制魅影的武器怎麼辦？」

胡小天毅然決然道：「那就毀掉飛船！」

姬飛花道：「你想用這個辦法逼魅影現身？」

胡小天道：「那艘飛船是魅影離開這裡的唯一希望，如果我們毀掉飛船，那麼她就會現身阻止。」

姬飛花道：「至少洪北漠還沒有修復飛船的能力！事情還沒到最壞的一步。」

夜幕剛剛降臨，胡小天陪同七七就已經來到了司苑局，在此之前胡小天已經做足了精心佈置，可以說整個司苑局全都在他的掌控之下，在他們進入藥庫之後，霍勝男就會率領麾下高手將整個司苑局團團圍住，以防萬一發生。

陪同七七進入藥庫的雖然只有胡小天和姬飛花，可是他們兩人聯手已經足以傲笑天下，劉玉章也不是兩人的對手。

七七方才走入司苑局的大門，俏臉就已經變得蒼白，她伸手主動攬住胡小天的手臂，小聲道：「我心底好怕！」

胡小天笑道：「怕什麼？有我在你身邊，任何人都不能傷害到你。」

七七點了點頭，反倒更加抓緊了胡小天的手臂，用幾不可聞的聲音道：「等咱們回去就把婚期定下來。」

胡小天心中暗笑，這妮子雖然強勢可畢竟是個女人，對自己還是非常依賴的。

司苑局內已經經過清場，也只有史學東候在那裡，他也不知今晚要發生什麼，見到兩人過來，趕緊上前見禮，低聲稟報道：「遵照王爺的吩咐，小的已經將所有閒雜人等支開。」

胡小天點了點頭道：「你走吧！今晚無論發生什麼事情，都不要回司苑局。」

史學東從他的語氣中已經猜到必然將有大事發生，可是胡小天不說，他自然也不敢問，連連點頭。

七七雖然忐忑不安，可是看到胡小天鎮定如常，心中頓時安穩了許多，來到藥庫門前，看到藥庫大門緊鎖，還上了封條，胡小天笑道：「我真是糊塗，竟然忘了找他要鑰匙。」

胡小天從身後抽出玄鐵劍，一劍就將門鎖劈開，這樣的開門方法簡單直接粗暴，卻是最為有效的一種。

身後傳來一個平靜的聲音道：「以後你不妨考慮去當一個開鎖匠！」

胡小天和七七同時轉過身去，卻見姬飛花就站在他們身後不遠處。

姬飛花和七七四目交接，彼此的目光都是一亮，可是兩人卻誰都沒有說話，胡小天心中暗歎，這兩人應當是同父異母的姐妹，只是七七並不知道這一點，可七七的身分卻又來得極其複雜，她並非單純的天命者後人，過去自己一直以為凌嘉紫就是天命者，可根據天命者所說，凌嘉紫的真正身分更可能是魅影，天命者和魅影的後代又擁有怎樣的能量？娶了一個這樣的老婆，自己以後能不能應付得來？

七七的目光落在姬飛花手中的包裹之上，雙眸幽蘭色的光彩稍閃即逝，雖然隔著包裹，她仍然判斷出姬飛花的手中正是龍靈勝境失而復得的那顆頭骨。

姬飛花淡然一笑，來到胡小天的左邊，仿若沒有看到七七一樣，向胡小天道：「劉玉章來了沒有？」

胡小天向藥庫裡面看了一眼道：「興許他早已在裡面等著了。」

三人一起進入藥庫，來到最初發現圖形鎖的地方，並未看到劉玉章的身影。

胡小天決定先行進入下方秘境等候，七七此前就已經打開過雙龍出海鎖，這次打開更是輕鬆，不出片刻已經將鎖打開，在吱吱嘎嘎的聲響中，地面沉降，露出一個黑魆魆的洞口。

胡小天和七七都不是第一次來到這裡，姬飛花卻是第一次看到眼前機關，她取出夜明珠為兩人照明，三人在地洞前站著，正在考慮是不是進入其中之時，卻聽到地洞下方傳來一個尖細的聲音道：「你們總算來了，咱家還以為幾位要失約呢。」

三人彼此對望，原來劉玉章果然提前到來，而且先行到了地下等候。

胡小天率先跳了下去，然後七七跳下，胡小天將她接住。姬飛花自然不需要他來接，隨後宛如一片落葉般輕輕飄落。

沿著地下通道走了半里餘地，前方現出一道石門，劉玉章就坐在石門前，屁股下墊著一顆頭骨，那顆透明頭骨正是當年被龍宣嬌偷偷帶出皇宮的那一個。

姬飛花皺了皺眉頭，表情有些不悅，胡小天剛巧看到，馬上明白，這顆頭骨應該是她的祖上，劉玉章如此對待亡者顯然有些不敬。還好姬飛花並未當場發作，心中默默道，劉玉章，你又給了我一個殺你的理由。

胡小天笑瞇瞇道：「劉公公做事果然神出鬼沒，我還以為你沒到呢，想不到您居然先行一步。」

劉玉章也是滿臉笑容道：「咱家若是不早來一點，豈能顯出誠意。」

七七望著眼前死而復生的劉玉章，心中不禁有些害怕，俏臉顯得越發蒼白。

劉玉章笑道：「公主殿下只怕不記得老奴，其實您小時候老奴還抱過您呢。」

胡小天哈哈笑道：「劉公公別只顧著聊天，還是做正事要緊。」

劉玉章連連點頭道：「王爺言之有理，咱們還是抓緊做事！」或許是為了表示自己的誠意，他拿起那顆坐在身下的頭骨扔給了姬飛花，姬飛花伸手接過。

兩人都退向一旁。七七在胡小天的陪伴下來到石門前，解開上方的圖形鎖。兩道石門緩緩向兩旁移動，前方豁然開朗，一道石橋橫跨地下河之上，河水湍急，河床在橋面下方十餘丈，石橋的盡頭卻聳立著一座寶塔，寶塔之上光芒閃爍，竟然鑲滿了夜明珠。

七七舉步向石橋走去，胡小天緊隨其後，不忘向姬飛花和劉玉章交代：「注意橋面的花紋，跟著我們的腳步走，千萬不可走錯一步，否則這橋面會坍塌。」

七七道：「劉公公是如何發現這裡的？」

劉玉章道：「任何事情都會留下蛛絲馬跡，最早建起皇宮秘境的乃是兵聖諸葛運春，這些建築鬼斧神工完全超乎世人想像，諸葛運春建起皇宮地下的兩座秘境之後想必也害怕了，於是他將圖紙毀去，然而此前他卻留下了不少的手稿，咱家在皇宮之中苦苦搜索了數十年，方才找尋到這裡。」

姬飛花冷冷道：「劉公公還真是有心之人！」

劉玉章桀桀笑道：「跟姬公公還是不能比，否則當年咱家也不會被姬公公逼得走投無路。」

胡小天對他們兩人之間過去的仇怨再清楚不過，也擔心兩人一見面就衝突起來，不過還好兩人表現得都足夠克制，倒不是因為他們放下了仇怨，而是在共同目的的驅使下，暫時將仇恨拋到一邊。

順利走過長橋，來到七寶琉璃塔前方，四人圍繞著塔身轉了一圈，重新回到塔門前方，七七歎了口氣道：「這道鎖我從未見過，不知如何破解。」去年她和胡小天來到這裡的時候就在這道鎖前受阻，今次七七仍然無法破解。

姬飛花道：「讓我試試！」

胡小天心中一動，其實這兩顆頭骨姬飛花和七七分別領悟了其中的一個，這姐妹兩人應該彼此互補。

劉玉章目光陰沉，望著姬飛花熟練地將圖形鎖解開，在轟隆隆的聲音中，塔門緩緩打開，他陰惻惻道：「看來姬公公也是天命者的後人。」

胡小天卻道：「劉公公當年不是早已進入了這座七寶琉璃塔嗎？這道鎖自然也難不住劉公公。」

劉玉章歎了口氣道：「王爺高看我了，當年進入這座寶塔乃是有人引路，咱家可沒這個本事，更何況圖形鎖千變萬化，每次鎖上都無重複。」

胡小天心中暗忖，這老傢伙應該沒說實話，他此前明明說過，他盜走的那顆頭骨是從七寶琉璃塔內所得，現在又說有人引路，不過現在也不是刨根問底的時候。

姬飛花率先進入塔內，以傳音入密讓胡小天跟在最後，於是劉玉章跟隨姬飛花身後進入，然後是七七，最後才是胡小天。

進入七寶琉璃塔之後，胡小天方才發現這座塔竟然完全中空，雖然在外面看起來共有七層，可是進入塔內卻並無階梯通往上方，寶塔內部光芒四射，亮如白晝。

姬飛花抬頭看了看塔頂，雖然沒有看到階梯，卻看到一道藍色的螺旋從地面一直盤旋而上，一直延伸到塔尖處。

七七望著這道螺旋，臉色卻變得越發蒼白了。

兩人關注寶塔內部結構的同時，胡小天的目光卻始終都盯在劉玉章的身上，這個人決不可信，劉玉章也只是一個被喚醒自主意識的複製人，假如他現在一切的舉動都是受內心的欲望所驅使倒算不上可怕，可如果他的行為是被其他的力量所操縱，那麼將會是一件極其可怕的事情。

劉玉章的目光非常熾熱，看他的樣子似乎對一切充滿了新奇，難道他也是第一次進入七寶琉璃塔內？那麼他為何又說自己此前曾經進入過寶塔？

胡小天重重咳嗽了一聲，他的聲音將沉浸在塔內新奇景象的三人拉回到現實中來，三人的目光同時望向他。

胡小天道：「這塔裡什麼都沒有，看來早已被人光顧過，咱們是不是找找地宮的入口在哪裡？」

劉玉章點了點頭，連連稱是。

胡小天笑道：「劉公公來過一次，自然知道地宮的入口何在！」

劉玉章的表情顯得有些尷尬，他乾咳了一聲道：「來是來過，可這塔內的結構千變萬化，咱家上次進來的時候明明有階梯可以上去，現在卻完全變了。」說話間塔內的光芒突然變成了綠色，塔身周圍也變得透明，他們甚至可以透過周圍的牆壁清晰看到外面的景象，眼前的一切又為劉玉章的話增添了佐證。

七七道：「千變萬化，建造此塔之人絕非凡人！」

姬飛花卻留意到手中的兩顆頭骨光芒大盛，塔內那道藍色螺旋也開始轉動。

胡小天暗叫詭異，看那螺旋旋動不免有些頭暈，低頭望向地面，卻見地面之上出現了明暗不同的兩塊投影，形如太極兩儀。

姬飛花此時和七七目光對望，她將其中一顆頭骨遞給了七七。

兩人雖然沒有說話，卻彷若心領神會，分別拿著一顆頭骨站在兩塊投影中，兩顆頭骨藍光大盛，盤旋向上的螺旋光芒也變得越來越強，最後竟然變成了耀眼奪目的白光。

七七和姬飛花緩緩將頭骨放在地面上，從塔頂投下的白色光芒的照射下，兩顆頭骨藍色的光芒也變得越來越亮，自頭骨之上彌散出宛若塵煙般的藍色光霧，白色光束在塔內螺旋舞動，兩顆頭骨上的藍光也不斷向周圍擴展。很快他們腳下的地面完全被藍色的光霧所覆蓋，兩顆頭骨逸出的藍色光霧彼此交織，融為一體。

當藍光完全籠罩了地面，塔頂白光的節奏又開始產生了變化，光束的移動讓塔內形成了一道道明暗相間的光柵，腳下的地面形成一塊塊藍黑相間的馬賽克，光影起伏，在幾人的眼中形成了波濤起伏的錯覺。正中心的位置出現了一個尺許直徑的漩渦，隨後這漩渦迅速擴展，蔓延到他們的腳下，光影盡褪，此時兩顆頭骨上的光芒黯淡下去，塔頂的弧形光束也在同時熄滅。

整座七寶琉璃塔突然陷入一片黑暗之中。

塔內的四人誰都沒有說話，呼吸之聲彼此相聞，黑暗中七七有些緊張地抓住了胡小天的大手，短暫的沉寂過後，邊緣亮起一道藍色光環，然後光環明滅以遞進的方式迅速向中心擴展蔓延。

腳下的地面開始緩緩沉降，胡小天笑道：「希望不是通往地獄之路。」

光芒從下方向上投射，將劉玉章的面孔映照得陰森可怖，他陰惻惻道：「你最好別開這樣的玩笑！」

「你害怕？」

劉玉章擠出一絲不屑的笑容。

姬飛花淡然道：「死過一次的人又有什麼好怕？」她的目光落在七七臉上，七七緊咬著唇，表情緊張到了極點，甚至連雙目都閉上，死死抓著胡小天的臂膀。

胡小天向她笑了笑，姬飛花卻以傳音入密向他道：「你盯著七七，若是她有什麼異常舉動，先將她制住。」

胡小天心中最懷疑的那個人始終還是劉玉章，他向劉玉章看了一眼，暗示姬飛花真正危險的人是他才對，姬飛花自然明白他的意思。

劉玉章的眼睛雖然沒有看他們，卻似乎猜到了他們此刻的心思，低聲道：「越是這樣的時候，大家越是應該同心協力，你們說對不對？」

胡小天微笑道：「劉公公說得極是，卻不知這裡究竟藏著寶貝還是敵人呢？」

腳下的地面突然停止了下沉，兩顆失去光芒的頭骨緩緩升騰而起，漂浮於地面一丈高度的地方，然後一前一後向遠方黑暗中緩緩飄去。

胡小天還沒有覺得什麼，可是七七卻抓緊了自己，指甲幾乎陷入他的肌肉之中，另外一邊姬飛花也握住了他的手腕，以傳音入密道：「奇怪，我感覺自己幾乎就要飄起來。」

胡小天並沒有感覺到任何的異樣，看著那兩顆飄走的頭骨，心中暗忖，難道這裡的空間對天命者會產生類似於失重的影響？

他們三人並肩追隨著頭骨移動的方向，沒走出太遠，就看到前方現出一道波光浮掠的液體牆壁。兩顆頭骨並沒受到任何阻礙，直接穿過了液體牆壁進入其中。

幾人在牆壁前方停步，通過透明的屏障可以看到其中水波蕩漾，牆壁後方似乎充滿了藍色的液體，兩顆頭骨進入其中之後，光芒大盛，沒過多久，那光芒漸漸暗淡下去，頭骨開始緩緩下沉。

劉玉章伸出手去，嘗試著穿越那道液體牆面，可是他雖然可以將之牽拉變形，卻無法穿透屏障。

姬飛花放開胡小天的手臂走了過去，她伸出手指輕輕點擊在液體牆面之上，有若一顆石子投入湖心，以她的手指為中心泛起漣漪。

劉玉章驚奇地望著姬飛花，喃喃道：「看來只有天命者後代才能通過。」

胡小天道：「不要進去！」不知為何他的內心中忽然生出莫名的恐懼。

姬飛花收回了手指，而此時七七也放開了胡小天的手臂，她緩緩走向那道屏障，臉上的表情變得平和而鎮定，再也不見剛才的畏懼。七七小心翼翼地將手指伸向屏障，在手指觸及液體屏障之前，目光向姬飛花望去。

胡小天總覺得有些不妥，他甚至希望一切到此為止，這場探秘就此結束，低聲道：「裡面或許會有危險。」

劉玉章瞪大了雙眼，雖然能夠看清裡面的狀況，可是卻無法進入其中，縱然心中萬般好奇，此時也只能扼腕嘆息。他當然不想事情就此結束，嘆了口氣道：「王爺難道不想知道這裡面究竟有什麼？」

胡小天搖了搖頭，雖然他也很好奇，可是內心隱隱覺得不妥，他伸出手掌，感受了一下這道屏障，觸手處溫潤柔軟，用力推了一下，和劉玉章遭遇同樣的狀況。

姬飛花道：「我進去看看！」她的右腳已經邁入其中，胡小天還想勸阻她的時候，七七卻已經毅然決然地先行走入那道屏障。

胡小天再想阻止已經來不及了，姬飛花向他點了點頭，示意他不用擔心，也隨後進入屏障之中。

劉玉章望著已經進入屏障後方的兩人，嘖嘖有聲道：「女人的好奇心都是那麼重，不過好像今晚咱們只有袖手旁觀的份兒！」

胡小天冷冷望著劉玉章，心中已經開始後悔，自己因何要聽這老家伙的話，帶著姬飛花和七七深入險境，若是她們兩人遇到不測，自己豈不是要懊悔終生。

劉玉章瞇起雙目尖著嗓子道：「你是不是想殺了咱家？」

胡小天微笑道：「劉公公怎麼會這麼想？若是想殺你也不用等到現在。」

劉玉章桀桀笑了起來：「沒有這種想法自然再好不過，畢竟咱們到目前合作得還算不錯。」雙目盯著兩人的背影，低聲道：「近在咫尺卻又遠在天涯，說的或許就是這樣的感覺吧？若是她們不肯出來，咱們豈不是再也見不到了？」

胡小天內心一震，如果此時在屏障的那一邊發生了危險，自己也只有眼睜睜看著卻無能為力，臉上的笑容倏然收斂道：「劉公公是不是有什麼事情瞞著我？」

劉玉章道：「我瞞你作甚？其實咱家也是第一次見到這麼奇妙的情景。」

一道道藍色的弧光從姬飛花和七七的身邊劃過，姬飛花回身看了屏障外的胡小天一眼，七七卻似乎忘了周圍的一切，繼續向前方走去。藍光聚攏在她面前形成了一道道藍色的拱形光帶，姬飛花緊跟在她身後，忍不住提醒她道：「你怎麼了？」

七七仍然沒有回頭，輕聲道：「這裡和我在夢中的情景幾乎一模一樣。」

一個緩緩轉動的光輪出現在她們面前，光輪之上閃爍著一個個奇怪的符號，姬飛花的目光也被光輪吸引，驚嘆於光影變幻莫測的美麗之中。

七七伸手輕輕觸摸那閃爍的字符，正在她考慮下一步應該如何做時，姬飛花伸出手去點動下一個字符，七七看了她一眼，目光之中盡是驚奇。

姬飛花此時方才明白因何劉玉章認定了她們兩人才能開啟地宮之門，應當是她們兩人各自得到了一顆頭骨的信息，無論任何一人都無法單獨觸動眼前的機關。

兩人配合默契，不一會兒功夫已將那光輪之上的符號全都點了一遍，光輪轉動的速度開始加快，光芒也變得越發刺眼奪目。

姬飛花和七七下意識地用手遮住雙目，光輪破碎，宛如沙塵般散去，光芒褪去的同時，在剛才的位置出現了一顆旋轉的圓球，這顆圓球乃是黑色，圓球周圍刻滿古樸的圖案，姬飛花和七七同時伸出手去，掌心貼在圓球之上，圓球的旋轉停止。就在此時所有光芒盡褪。將胡小天和劉玉章阻隔在外的屏障也神奇地消失不見。

胡小天第一時間衝到兩人身邊，劉玉章不甘落後，望著兩人手中的那個黑色球體目光灼熱非常，這圓球被收藏在七寶琉璃塔地宮深處，想必珍貴非常，如果不是顧忌姬飛花和胡小天兩大高手在場，只怕他早已出手搶奪。

劉玉章充滿期待道：「裡面是什麼？」

姬飛花搖了搖頭，七七從腰間抽出胡小天給她防身的匕首，從掌心劃過，殷紅色的鮮血滴落在那黑色圓球之上。更為奇特的一幕出現了，她的鮮血滲入圓球之後，整個圓球就仿若被點亮，一個個藍色的發光符號亮起。

眾人的目光全都盯在圓球之上，那圓球宛若花瓣般綻放開來，一顆鴕鳥蛋大小的藍色光球出現在幾人眼前。

胡小天暗自奇怪，難道這顆藍色光球就是用來消滅魅影的終極武器？

此時七七緩緩站起起來，雙眸變成了藍色，藍色光芒從她的雙目之中逸出，和那顆藍色光球聯繫在了一起。

那顆藍色光球光芒變得越來越盛，七七整個人卻如同入定一般，姬飛花第一個反應了過來，驚呼道：「它在吸取七七的能量！」說時遲那時快，她已經揚起手掌向那藍色光球劈去。

藍色光球倏然閃動，竟躲開了姬飛花這一掌，只是這樣一來，也中斷了和七七之間的聯繫，七七的身軀軟綿綿倒了下去，胡小天慌忙展開臂膀將她抱住，只覺得七七的肌膚冰冷無比。

藍色光球向遠方飛去，劉玉章看到那光球要飛走，慌忙上前意圖捉住光球阻止它逃離，可是那光球飛到劉玉章面前，倏然變成了一道長長光束，以迅雷不及掩耳的速度洞穿了劉玉章的胸膛。

劉玉章的武功早已躋身頂級高手之列，在那道光束面前竟沒有躲避餘地，慘叫一聲，胸口被當場洞穿，仰首倒在地面之上。

姬飛花衝到劉玉章面前，卻發現他已氣絕身亡，胡小天抱起七七向姬飛花道：「快！離開這裡！」那個光球已經從他們的視線中消失，姬飛花也意識到不妙，和胡小天一起匆忙向出口衝去。

那光球的速度超出他們數倍，沒等兩人靠近七寶琉璃塔的底部，光球就已經螺旋上升進入塔內，沿著螺旋的光帶一直旋轉向上，從塔尖處衝了出去，與此同時七寶琉璃塔在轟隆隆的巨響聲中倒塌了下去。

光球衝過長橋，長橋寸寸而斷，在飛行的過程地下建築物紛紛倒塌。

司苑局的地面傳來震動，負責包圍司苑局的霍勝男等人也感到了腳下的震動，意識到下面必有狀況發生，就在他們決定前往藥庫查看動靜的時候，一道藍色光芒沖天而起，宛若彗星般橫貫夜空，在空中盤旋了一周，然後斜行向下倏然射去。

天機局觀星樓內，洪北漠入神地望著前方，在他面前的空間中展現出一幅溢彩流光的天象圖，如果不是親眼所見，他無論如何也不能相信這是真的。

對面的霍小如輕輕揮動衣袖，虛空中神奇的天象圖由實轉虛，很快就徹底消失於洪北漠的眼前。

洪北漠吃驚地望著霍小如，喃喃道：「你究竟是誰？」

霍小如道：「看到天象圖，難道你還猜不到我的身分？」

洪北漠緊握雙拳，臉上的表情充滿了不可思議，他搖了搖頭道：「不可能，你明明已經死了……你明明已經死了……」

霍小如嫣然一笑，她緩步走向窗前，伸出雙手，拉開了隔窗，夜色深沉，月朗星稀，自皇宮的方向一顆藍色的流星追風逐電般向她的方向射來，霍小如張開雙臂，猶如去擁抱那顆流星一樣，藍色的光球射入了她的胸膛，融入了她的身體，她的周身閃爍著藍幽幽的光芒，緩緩轉過身去，黑白分明的美眸已溢出了藍色光芒。

洪北漠向後退了一步，丹田氣海之中內息暴漲，瞬間已將內力提升到了極致。

霍小如緩緩搖了搖頭，身體周圍的藍光轉瞬之間又黯淡了下去，直至完全消失不見，現在的她已經恢復了平日裡楚楚可憐弱不禁風的模樣，雙眸也回復清明，輕聲道：「我想殺你易如反掌！」說出這句話的時候，洪北漠感覺周圍一股無形的壓力向自己壓迫而來，他想要出拳，卻發現自己甚至連抬起一根手指的力量都沒有。

霍小如輕移蓮步走向洪北漠，盯住他的雙目道：「當年你們聯手害我，以為可以將我置於死地，難道當真以為我會那麼容易就被你們害死？」

洪北漠用力搖搖頭道：「不可能，你明明已經死了，又怎麼可能死而復生？」

霍小如道：「以你的智慧又怎能理解？」她歎了口氣道：「當年我待你不薄，是我告訴你飛船的秘密，是我教你修復飛船的方法，而你卻恩將仇報，聯通龍宣恩那幫人一起害我！」

洪北漠道：「你……你修煉了種魔大法？」

霍小如呵呵笑道：「什麼種魔大法？你們所謂的種魔大法就是由我開創，所謂的種魔大法只不過是寄宿的一種形式罷了。對你們這些人來說，肉體和生命密不可分，對我而言肉體只不過是一個軀殼，縱然粉身碎骨，我一樣可以存活於世上。」

洪北漠道：「你為何躲了那麼多年？」

霍小如道：「我為何要躲？我只是懶得過問，經過那次你們聯手害我之後，我悟出了一個道理，與其我逼迫你們做事，不如讓你們心甘情願的去做事，在你們內心欲望的驅使下，你們同樣會達到我的目的。」她甜甜笑了笑道：「你沒有辜負我的期望，飛船在你的手中修好。劉玉章同樣沒有辜負我的期望，為了復仇而不擇手段，他想盡辦法打開地宮之門，卻沒有料到那地宮中並沒有藏什麼寶貝，而是藏著我的靈魂。當年天命者付出慘重代價方才將我控制住，諸葛運春又幫助他們設計機關，將我深鎖在地宮之中，我本以為今生今世再無恢復能力重見天日，卻想不到終於還是重獲自由，呵呵……是你們的欲望和野心幫助了我！」

洪北漠望著眼前的霍小如，心中不寒而慄，可是他卻喪失了行動的能力，他低聲道：「七七是你的女兒，你竟然利用自己的女兒。」

霍小如面無表情道：「親情只存在於你們人類的認知之中，對我而言，她只是我創造出來的物品而已，我創造她的目的就是為了有朝一日可以派上用場，如果沒有天命者的血統又怎能突破屏障進入地宮？既然她屬於我，我自然可以決定她的生死！」雙眸中迸射出陰冷的殺機：「你也一樣！」

兩道藍光自她的雙眸之中射向洪北漠的雙眼，洪北漠想要閉上雙眼，竭力不去看她的目光，可惜他連這麼簡單的動作都已經做不到。

姬飛花和胡小天現在已經完全明白，所謂地宮內藏著對付魅影的終極武器由頭到尾只是一個騙局，真正的用意乃是要釋放那個藍色的光球。

黑暗讓他們冷靜下來，可以清晰思考所發生的一切，胡小天低聲道：「那個光球是什麼？」

黑暗中，姬飛花取出了那顆夜明珠，淡黃色的光芒將地底照亮，照亮了姬飛花美得讓人窒息的秀美面容，也照亮了她雙眸中深深的憂鬱。

胡小天道：「也許那顆光球才是真正的魅影！」

姬飛花沒有說話，既不表示認同，也不表示反對。內心中除了挫敗感還感到深深的憂鬱，他們被困在地底，而魅影卻已逃出，不知外面會發生怎樣的事？

胡小天其實也想到了這一點，他低頭看了看七七，七七仍然處在昏迷之中，不過心跳和呼吸仍在，如果不是姬飛花及時出手阻止，或許此刻七七已經死了。

姬飛花道：「我去看看有沒有出路，你先想辦法救她。」

胡小天點了點頭。

胡小天將七七平放在地上，想起七七是魅影和楚源海的女兒，天命者和魅影結合的後代，這樣的獨特生命體或許用常規的急救方法起不到作用，可是除了常規的心肺復甦方法，胡小天也沒有其他的辦法。於是只能死馬當成活馬醫，又是按胸，又是人工呼吸，忙活了一會兒，居然起到了作用，七七在一連串的咳嗽聲中醒來，她醒來後的第一件事就是撲入胡小天的懷中，無聲啜泣起來，胡小天低聲勸慰著，雖然對發生在七七身上的事情充滿好奇，可是現在這種狀況也不方便詢問。

七七的情緒平復一些，低聲道：「我不知怎麼了？身體好像被抽空了一樣。」

胡小天道：「離開這裡再說！」

七七點了點頭在胡小天的攙扶下站起身來，雙腿卻軟綿綿的毫無力量，胡小天躬下身去，讓她趴在自己的背上，背起七七。姬飛花此時也走了回來，向他們道：「前方有一道裂縫，穿過裂縫有一條甬道，很長，我擔心迷失方向，還是一起過去。」她向七七望去，看到七七趴在胡小天的背上已經睡著了。

姬飛花在前方引路，帶著胡小天來到了她發現的裂縫處，從裂開的縫隙，攀爬進去，沒走多久，就看到一條長甬道，沿著甬道走了約莫三里，前方再無通路，姬飛花舉起夜明珠正在四處尋找通路時，忽然聽到七七道：「這裡是龍靈勝境了。」

胡小天和姬飛花心中都是一驚，可轉念一想，當年在皇宮內修建這兩座地下秘境的人就是兵聖諸葛運春，龍靈勝境和七寶琉璃塔存在通道連接也很有可能，此前龍靈勝境被胡小天利用光劍炸毀了一次，而這次魅影逃出地宮禁錮，又導致了一場地下崩塌，先後兩次崩塌對皇宮的地底環境造成巨大的改變，剛才姬飛花通過的那道裂縫或許恰巧聯通了兩者。

七七道：「我在這裡留下了一條通路，若是沒有損毀，咱們應該很快就能夠走出去……」

黎明到來之時，整個司苑局都變成了一個巨大的工地，霍勝男幾乎出動了所有皇宮內可以動用的力量，在司苑局掘地三尺想要找到胡小天和七七，參與挖掘的人雖然不少，可是進展甚微。

周睿淵來到龍曦月身邊，搜尋一夜無果，是時候考慮應急對策了，國不可一日無君，眼前的局面下也只有讓龍曦月出來暫時主持大局。

龍曦月雖然心中關切到了極點，可是她的表情仍然鎮定，她無數次提醒自己決不可亂了方寸，她若是亂了，整個局面或許就會失控，她心中堅信一點，胡小天素來命大，他絕不會有事。

周睿淵向龍曦月作揖行禮道：「王妃娘娘……」

龍曦月抬起手來，阻止他繼續說下去，輕聲道：「丞相的意思我明白，只是現在我還不想談論其他的事。」

周睿淵點了點頭，心中對這位外柔內剛的王妃充滿了敬佩，同時也安穩了許多，即便是當真有最壞的狀況發生，有她在，大康也應該不會亂。他又不禁想到，若是胡小天當真出了事情，自己的女兒又該怎麼辦？畢竟現在女兒還未有名份，她又懷上了胡小天的骨肉，想到這一層，心情頓時又變得沉重起來。

此時遠處卻突然傳來了一聲通報：「王爺千歲到！」

眾人內心全都是一怔，同時舉目向遠方望去，卻見晨光之中，胡小天衣冠齊整，錦袍加身，步履矯健向這邊走來，臉上笑容淡定而自信，朗聲道：「大清早的也不清淨，怎麼？都到司苑局來挖寶貝嗎？若是讓公主殿下知道你們在這裡掘地三尺，只怕要治你們的罪！」

眾人看到胡小天現身，一個個歡聲雷動，龍曦月卻在此時唰地流下了淚水，她擔心被他人看到，慌忙轉過頭去，悄悄拭去淚水。

霍勝男也從挖掘現場走了出來，親眼看到胡小天平安無恙，這才放下心來，她趕緊指揮收工，既然胡小天平安無事，也就沒有了挖掘下去的意義。

胡小天向霍勝男笑了笑，來到龍曦月身邊，雖然龍曦月已經擦去了淚水，可是胡小天仍然能夠看出她哭過，微笑道：「我就一晚沒回去，你就追到這裡來了？」

龍曦月莞爾道：「下次你若是徹夜不歸一定要讓人通知我一聲，免得我追過來！」四目交匯滿滿全是情意，其中的關切和溫暖外人是無法感受到的。

胡小天讓眾人各自散去，霍勝男留下收拾殘局，他則來到周睿淵身邊，神情緊張道：「岳父大人，公主生病了，我已經讓人前往鳳儀山莊去接雨瞳回來。」

周睿淵眉峰一動，女兒孕相明顯，此時入宮只怕隱瞞不住，他首先想到的還是這件事，隨後又意識到永陽公主的病情必然極其嚴重，不然胡小天也不會急於將女兒接回來。他點點頭道：「此事你安排妥當就是，需要老夫做什麼，只管吩咐。」

胡小天道：「我有要緊事情去做，等雨瞳抵達，我就要離開，皇城這邊的事情就拜托岳父大人了。」

周睿淵看到他神情鄭重，料到必有大事發生，沉聲道：「你只管放心去吧，我會盡力穩定這邊的局勢。」

秦雨瞳看過七七的病情之後愁眉不展，胡小天看到她的樣子，內心不由得一沉，隱然猜測這件事或許不妙。

秦雨瞳照實說道：「我從未見過如此奇特的體質，你說這世上除了天命者、人類和越空者之外，還有另外一種智慧生命存在？」

胡小天點了點頭，在他親眼見證那顆光球之後，對魅影的存在已深信不疑，而且他還明白，所謂的七寶琉璃塔地宮並不是收藏什麼天命者的寶貝，而是天命者用來禁錮魅影的牢籠，他們被劉玉章利用，或者劉玉章同樣被利用，他們的好奇心和貪欲導致他們親手將魅影放出。

只是胡小天至今還想不明白，如果地宮之中被禁錮的光球是魅影，那麼天命者口中的魅影是誰？凌嘉紫又是誰？難道這個世界上竟存在兩個魅影？

秦雨瞳道：「不過七七的身體構造應該在表面上和我們並無太大差距。」她停頓了一下道：「她的體內已經出現了崩潰的徵兆，這種狀況會出現在天命者的後代中，因為天命者的後代都存在致命缺陷，這種缺陷與生俱來，隨著他們的長大，缺陷會越來越嚴重，最終會出現肉體和精神同時崩潰的狀況，天人萬像圖正是針對這種狀況研究出來的，你用來救我爹的天人丹，也是根據天人萬像圖研製出來的。」

胡小天心中一動，當真如此，那麼霍小如送來的兩幅天人萬象圖或許可以派上用場。他正想將這件事告訴霍小如，話還未說出口，就聽到七七呼喚自己的聲音。

秦雨瞳向胡小天使了個眼色，示意他盡快進去。

胡小天快步走入房內。看到胡小天並未走遠，七七的雙眸中突然湧出了淚花，她也不知自己因何會變得如此脆弱和感性，心中充滿了彷徨無助，此時也只有胡小天才能讓她感到安慰。顫聲道：「我還以為你走了，再也不管我了。」

胡小天展開臂膀將她擁入懷中，輕吻著她光潔的額頭道：「別怕，我永遠都在你身邊。」

這句話頓時摧垮了七七心中的防線，她放下堅強和驕傲，趴在胡小天的胸前無聲啜泣起來，過了好一會兒方才穩住情緒，抬起頭淚光盈盈向胡小天道：「我在地宮的時候看到我娘了……」

胡小天道：「或許是幻覺，你從出生時就沒有見過她。」

七七道：「我時常會夢到她跟我說話，她告訴我許多的事，在地宮之中，我看到那光球，光球之中清清楚楚看到她的面龐，她向我微笑，向我招手……」說到這裡，她用力閉上眼睛，竭力提醒自己不去回想那可怕的一幕。

胡小天道：「你別想這件事，不用害怕。」

七七點了點頭，抓住胡小天的手臂，胡小天卻發現她雪白的頸部隱然現出淡藍色的血脈痕跡，內心一驚，卻又裝得不露聲色，害怕七七從自己表情看出了什麼。

七七的美眸猛然睜開，顫聲道：「小天，她……她又在叫我了……」

胡小天捧住她的俏臉，安慰她道：「你太過緊張了，不如好好睡上一覺，什麼都會好起來。」

七七搖了搖頭道：「我聽得清清楚楚，是她在叫我，她讓我去找她……」

胡小天內心一凜，看到七七惶恐無助的樣子，心中憐惜到了極點，他擁緊了七七，面龐緊貼著她的俏臉，試圖幫助她鎮定下來。

七七的雙手緊抓著他的臂膀，原本凝脂般的雪膚上藍色的血脈正在變得越來越明顯。

胡小天慌忙將秦雨瞳叫了進來，秦雨瞳看到眼前狀況，揚起手來照著七七的頸後就是一記，胡小天想要阻止已經來不及了，換成他肯定捨不得下手，不過秦雨瞳的辦法卻是行之有效，讓七七暫時進入暈厥狀態。

秦雨瞳道：「她的身體正在發生變化，必須盡快找到救治的辦法。」她搖了搖頭，臉上流露出無可奈何的表情。

胡小天道：「解鈴還須繫鈴人，看來必須要找到魅影才能治好她。」停頓了一下道：「她說聽到她娘在不停召喚她。」

「難道是幻聽？」

胡小天搖了搖頭道：「應該不是！」他心疼地撫摸著七七如同籠罩了藍色網絡一般的頸部，低聲道：「凌嘉紫應該就是魅影。」他本來和姬飛花約定在七七的狀況穩定後馬上前往皇陵會合，可是看到七七這般模樣，他又怎能放心離去。

此時負責打探情況的夏長明從天機局回來，和他同來的還有葆葆，卻是洪北漠昨晚就匆匆離開了康都，帶走了他手下最為精銳的天機局龍組，這件事並未向任何人交代。

雖然無法證明光球的逃脫和洪北漠的離去有必然的聯繫，可是胡小天卻總覺得兩者之間必然密切相關。

姬飛花已先行去了皇陵那邊，霍勝男也率領一支精銳之師前往皇陵布置，在胡小天看來，如果那顆光球就是魅影，那麼魅影逃脫後的第一件事就是前往皇陵控制飛船，事情已到迫在眉睫的地步。他低聲道：「最近洪北漠有沒有見過什麼人？」

葆葆想了想，忽然想起了一件事：「對了，的確有人前來拜訪他，不過那群人舉止非常神秘，我並未看到為首客人的面容，只是我能夠斷定她是個女人。」

胡小天點了點頭，他讓夏長明即刻去皇陵和霍勝男、諸葛觀棋等人會合，將有人可能控制皇陵之事告訴他們，洪北漠的行為非常奇怪，從目前掌握的跡象來看，他或許會在關鍵時刻反水，更為棘手的是，他掌控了皇陵的全部秘密，多年以來正是他主持維修那座深藏在地底的飛船。

一場暴雨倏然而至，將整座皇城籠罩在一片滂沱的落雨之中，一輛馬車悄然進入了易元堂，卻是胡小天帶著已經陷入昏迷的七七前來求醫。他想到了隱身在此的李無憂，這位來自於過去世界的頂級遺傳學家，或許能夠給自己一些幫助。

聽聞胡小天歸來，李無憂心中一陣驚喜，無論地宮之中發生了什麼，至少他平安歸來。

看到胡小天懷中的七七，李無憂也為之一驚：「發生了什麼事？」

胡小天苦笑道：「我們中了圈套，地宮之中根本沒有什麼致命武器，有的只是一顆被禁錮的光球。」他簡單將前往地宮之後發生的事情告訴了李無憂。

李無憂並沒有流露出任何的驚奇，其實此前她已經猜到這是一個局，只不過其中發生的事仍然有些超乎她的想像，李無憂望著七七蒼白的面孔，如今藍色的網絡已經爬滿了她的頸部，而且繼續向她的面部蔓延，李無憂低聲道：「你是說，那光球吸取了她的生命力？」

胡小天點了點頭道：「應該是這樣。」

李無憂為七七簡單地檢查了一下，將她身上所有的衣服脫去，胡小天還是第一次面對一絲不掛的七七，小妮子如今已陷入深度昏迷中，周身都佈滿了藍色的網路，右足的足心之上，有七顆鮮紅的痣，正所謂腳踏七星，可定乾坤的帝王之相。

生死攸關之時，胡小天不敢隱瞞，將七七可能是凌嘉紫和楚源海的女兒，以及凌嘉紫孕育七年方才將她生下的秘密全都說了出來。

李無憂取出一個巴掌大小的儀器，開始對七七進行抽血檢測，看著她的一舉一動，胡小天心中稍稍感到安慰，看來李無憂仍然擁有不少的高科技寶貝，或許七七還能有救。

李無憂道：「她果然擁有天命者的基因，還有一些我還需要監測，不過可以斷定她的體內沒有人類的基因。」

胡小天道：「她應當是魅影和天命者的後代！」

李無憂一邊進行著檢測，一邊道：「確切地說，她是魅影利用天命者基因製造出的生命體……」停頓了一下忽然道：「如果我沒有猜錯，那光球就是魅影！」

胡小天其實也有這樣的想法，只是他有一點卻始終想不通：「可是魅影明明已經逃了，而且凌嘉紫就是魅影，難道這世上會有兩個魅影？」

李無憂道：「生命的形式並非只有我們認知中的那樣，魅影應當是不具有人形的，我們不妨打個比方，魅影是魂魄，這種生命甚至可以脫離肉體而獨立存在，其實肉體也只不過是生命的一種表現形式，這樣說你明白嗎？」

胡小天點了點頭，他低下頭去，看到腳下不遠處一條紅色的蚯蚓正在蠕動，內心中卻彷彿突然打開了一扇窗。

李無憂也看到了那條蚯蚓，輕聲道：「生命的繁殖也是多種多樣，也許魅影如同細胞分裂一般繁殖，或許魅影只有一個，但是在遭受攻擊的時候，她可以捨棄自己的一部分，而保住另外的一部分，就像牠一樣。」

胡小天低聲道：「這個世界並不適合魅影生存，所以她才想盡辦法離開這裡，而她的身體並不完整，其中一部分在當時的那場和天命者之間的戰爭中，被天命者俘獲並禁錮，魅影想要離開必須要同時擁有兩個條件，一是要修好飛船，還有一件事就是要找到並釋放自己的另一部分……」說到這裡他抬起頭來，有些不可思議地望著李無憂道：「難道魅影可以將分裂的部分重新融合，重新變回過去的模樣？」

李無憂道：「很有可能，你們放出的那顆光球應當就是魅影本體的一部分。」

胡小天道：「劉玉章這個老混蛋，實在是害人害己。」

李無憂搖了搖頭道：「複製人和真正的人類最大的分別就是自我意識，為了讓他們變得可控，我們在創造複製人之初就在這一點上做了手腳，這方面我們遵循了二分心智的理念。」

胡小天對二分心智自然不會陌生，這個學說源於著名心理學家朱利安傑恩斯，他曾經從歷史的視角來解釋人類意識的起源，他認為人到了三千年前才有了自我意識，在此之前，人類依賴於二分心智，每當遭遇困難的時候，一個半腦會聽見來自另外一個半腦的指引，這種指引通常就會被視為神的聲音。隨著人類社會的進步，二分心智最終崩塌，人類的自我意識漸漸甦醒，一個更靈活更加複雜應對日常生活的方式開始產生。

李無憂所說的二分心智，其實就是對複製人的控制，封閉複製人的創造力和自我意識，複製人所得到的指引就是創造者發出的指令。

李無憂道：「越空計畫之所以會失控，應當就是魅影取代了我的指令，從那顆光球來看，魅影雖然取代了我的指令，可是她大幅削弱的能力，以及她對複製人的瞭解還存在欠缺，於是造成了複製人自我意識的提前甦醒，徐明穎、林超、符刓這些人紛紛擁有了意識，乃至他們各自產生了野心和欲望，也不在魅影完全可控的範圍內，否則魅影早已利用他們打開地宮取出頭骨。」

胡小天點了點頭：「凌嘉紫當年嘗試過，可是在當時的情況下，她對局面掌控失敗，導致了這些因她而集結在一起的人各自為戰。」

李無憂道：「凌嘉紫只是魅影製造出來的一個軀殼，七七應當是另外一個。」她的目光落在七七蒼白的面孔上，輕聲道：「從遺傳學的角度上來看，魅影這樣的生命體和天命者、和這個世界上所有的人，和我們人類都無法進行兩性繁殖，魅影應當是在楚源海基因的基礎上進行優化重組，力求創造出一個完美的軀殼，她的本意應當是留給自己使用。」

胡小天搖了搖頭道：「七七不是一個軀殼。」

李無憂道：「在我看來，她和我製造複製人並沒有任何分別，確切地說她就是魅影參照天命者製造出來的生命體，當然，因為當時凌嘉紫受到了攻擊，所以她並沒來得及做完所有的工作，如果沒有當時那些人的聯手誅殺，或許這具軀體早已被魅影所用，正因為這場意外，才讓這個魅影製造出來的生命擁有了獨立的意識。」

胡小天關心的並不是七七的起源，也不是什麼複製生命，他所關心的是七七能否活下去，充滿期待地望著李無憂道：「你能不能救她？」

李無憂道：「需要時間，根據你剛才所說，那顆光球已經吸走了她的部分生命力，遍佈她軀體的藍色網絡很可能是她生命衰弱的跡象，想要挽救她的性命，就必須破解她的基因密碼，重新啟動她的細胞再生能力。」

胡小天道：「也就是說還有機會，這件事就交給你了。」

李無憂點了點頭，一雙美眸凝視胡小天道：「你要去阻止魅影？」

胡小天笑了笑道：「我還有選擇嗎？」

李無憂道：「如果魅影恢復了本體最佳的狀態，那麼她將會變得空前強大，你未必有實力去阻止她。」

胡小天道：「無論怎樣都得嘗試一下。」

李無憂道：「連天命者都無法將魅影徹底消滅，恐怕……」她歎了口氣，轉動輪椅轉過身去，過了一會兒，從頸部取下了一串項鍊，吊墜乃是一顆菱形的紫色水晶，然後轉身遞給了胡小天。

胡小天道：「這是什麼？」

李無憂道：「這顆紫色水晶乃是引力源，一旦飛行器超越光速發生時空跳躍的時候就會發生作用，可以讓飛船上的儀器失靈，改變飛船的時空座標，讓飛船飛向唯一的目標暗紀元。」

「暗紀元？」

「一個黑洞！一旦進入暗紀元的引力範圍內，任何物體都無法逃脫。」李無憂說完這番話用力咬住櫻唇，美眸中充滿了憂傷和不捨。

胡小天頓時明白了她的意思，如果無法阻止魅影，就必須要將這顆紫色水晶啟動，而啟動紫色水晶的前提條件卻是要在飛行器超越光速之後，也就是說必須要抱著和飛船同歸於盡的決心和勇氣方才能夠做到。李無憂將這顆紫色水晶交給了自己，顯然是要將這個艱巨的任務一併交給了自己。

李無憂道：「這原本是為了避免將危險帶回我們世界的最後措施，可是我始終沒有機會派上用場。」

胡小天看了看那顆紫色水晶，低聲道：「這玩意兒難道就沒有定時開關之類的東西？」

李無憂歎了口氣。

胡小天哈哈大笑，將紫色水晶項鍊戴在了脖子上，李無憂將啟動引力源的方法告訴了他。

此時七七突然又睜開雙眼，她的雙眸之中已滿是藍色的網狀脈絡，她的胸膛高高向上挺起，一雙長腿挺直，利用足尖和雙手的支撐，身體成為一個拱形，喉頭發出一聲駭人的嘶吼。

胡小天慌忙上前想要將她打暈，卻聽七七道：「娘……我來了……」

李無憂及時出聲阻止胡小天道：「不要！」

卻見七七竟從床上下來，站直了身軀，目光直愣愣望著前方，光著雙足走去，胡小天抓住她的雙肩，七七喃喃道：「放開我，我娘在叫我，我娘在叫我。」

李無憂道：「魅影應當沒來得及將她的能量全都吸走，跟著她應當可以找到魅影。看來你或許也還有機會戰勝魅影，畢竟它還未恢復到最強大的狀態。」

胡小天望著七七，心中一陣難過，可眼前的狀況下似乎也沒有別的辦法可以儘快找到魅影，再說將七七留下來也是無用，若是不能儘快找到魅影，對所有人而言或許都是末日。

李無憂道：「想要找到魅影，你必須帶她同行。」

胡小天點了點頭，為已經意識模糊的七七穿好衣衫，將她背在身上。

李無憂將一個類似注射器的玩意兒遞給胡小天道：「這裡面的針劑可以讓她基因轉化進入相對靜止，不過注射之後她也會陷入假死狀態，或許會帶來很多未知的風險，如無必要，最好不要輕易動用。」

臨行之時，李無憂雙眸中已是淚光盈盈，顫聲道：「保重，我等你回來！」雖然她知道胡小天安然返回的可能性並不大，可是她仍然希望著，沒有人知道她心中的孤獨，胡小天若是無法歸來，那麼這個世界上就只剩下她孤零零的一個。

千頭萬緒一時間湧上心頭，胡小天縱馬離開易元堂的時候忽然想起自己還有太多的事沒有來得及去做，太多的話沒有來得及去說，他至少要跟自己的這些紅顏知己說聲告別，可是他已經沒有時間了。

霍勝男統領一萬精銳將士在皇陵前方列隊整齊，縱然風吹雨打依然紋絲不動，所有將士全副武裝嚴陣以待，只等主帥一聲令下就發動攻擊。

胡小天終於抵達，霍勝男第一時間來到他的面前，看到霍勝男出現在自己的面前，胡小天心中溫暖之餘又生出難言的酸澀，或許今日就是永生訣別之時，他猶豫了一下終究沒有將實情告訴霍勝男，既然抱定視死如歸之心，又何必讓勝男知道，若是她知道定然會不計一切代價阻止自己，動搖自己的決心。

霍勝男道：「小天，根據守陵衛隊的稟報，洪北漠於黎明時分進入皇陵地宮，至今未見出來，諸葛先生和宗大哥正在尋找進入皇陵地宮的入口。」

胡小天點點頭，陷入昏迷的七七此時又再度醒來，尖聲道：「娘！我來了！」

此時忽然看到遠處的武士快步向這邊奔來，遠遠道：「地宮大門打開了！」

胡小天皺了皺眉頭，想不到地宮的大門居然會主動開啟，此番開啟必然是因為七七到來的緣故。如此說來，魅影已知道了他們的到來。

「我陪你去！」霍勝男主動請纓道。

胡小天搖了搖頭，低聲道：「等我回來！」沒有什麼比這句話更能讓霍勝男安心，她對胡小天素來信任，他既然這樣說，就一定會回來。

此時諸葛觀棋和宗唐、夏長明等人也聞訊趕來，聽聞胡小天要帶著七七獨自進入皇陵地宮，全都擔心不已，爭相提出願意陪同胡小天進入皇陵。胡小天心中明白，對付魅影這種超能智慧生命絕非是人數越多越佔優勢。更為麻煩的是，最初他所想的毀掉飛船就能夠阻止魅影也不現實，如果毀掉了飛船，魅影或許無法前往其他的星系，可是她勢必惱羞成怒，在這個世界大開殺戒。

一路之上胡小天已經完全想明白李無憂將引力源送給自己的原因，徹底將魅影這一大患消除的辦法，就是讓她修好飛船，利用引力源將飛船引入暗紀元，那個黑洞就會成為魅影永遠無法擺脫的牢籠。

然而最為糟糕的是，這顆引力源需要在飛行器達到光速之後方才能夠啟動，而且最頭疼的是需要手動，除了自己似乎再沒有合適的人選。胡小天從未想過去當一個拯救世人的救世主，兩輩子加起來想得最多的就是舒舒坦坦過日子，然而現實卻將他推到了這樣的位置。

胡小天環視眾人，雖然面臨生死抉擇之時，他仍然保持著淡定的笑容，平靜道：「這是我和洪北漠之間的事，人多無濟於事！」

向來睿智的諸葛觀棋雖然明白胡小天的意思，可是仍然不願眼睜睜看他冒險，奉勸道：「主公，多一個人多一份力量！」

胡小天笑了笑，正準備下令之時，卻聽到人群中一個聲音道：「他說得不錯，人多無濟於事，我陪他過去！」

隊伍從中閃開一條道路，卻見姬飛花一身紅色武士服，黑色斗篷宛如旗幟般在風雨中飄揚，在她的身邊還有一人，正是天龍寺高僧空見。若非形勢到了迫在眉睫的地步，這位早已遠離塵世的神僧又豈肯過問世事。

姬飛花也前所未有地以本來面目示人，她一出現自然引起轟動，當眾人得悉那瞎眼盲目的老僧乃是天龍寺第一神僧空見，所有人也就不再堅持陪同胡小天前往，有他們兩人陪同胡小天進入皇陵，只怕這世上再無人能夠危及到胡小天的安全。這些人卻並未想到，今次胡小天他們面對的又是怎樣的敵人。

進入皇陵地宮，甬道兩旁的燈火一盞盞接連亮起。

原本氣息奄奄的七七此時卻又恢復了不少精神，胡小天看到那藍色的網絡已經蔓延到了她的耳後，不禁有些擔心此時她到底是不是迴光返照。七七從他的背上掙扎著下來，深深吸了一口氣道：「我好多了！」

姬飛花以傳音入密向胡小天道：「小心提防，她透著古怪！」

胡小天沒有說話。

七七閉上雙目，似乎在傾聽什麼，沒多久睜開雙眸道：「我娘就在前面，我聽到她在叫我！」

姬飛花和胡小天對望了一眼，以他們兩個過人的耳力都沒聽到任何聲音，或許七七聽到的聲音是一種特殊的傳遞方式。七七口口聲聲的娘親應當就是魅影，想到這個強大的敵人就在附近，他們又豈敢有一絲一毫的懈怠。

神僧空見道：「老衲並未聽到任何聲音。」

七七向前走了一步，胡小天趕緊跟了上去，擔心她隨時都可能跌倒在地上，沒想到七七居然走得穩健，而且步伐變得越來越快。

胡小天忍不住提醒她道：「七七，你走慢些！」

七七卻似乎根本沒有聽到他的提醒，竟開始小跑起來。

姬飛花向胡小天道：「跟著她，魅影召她過來，無非是為了吸取她的能量。」

胡小天怒道：「天下間竟然有那麼狠心的母親。」

姬飛花道：「她將魅影當成母親，只怕魅影從未當她是自己的女兒。」

七七在前方突然停下了腳步，卻是被一道石門攔住了去路。

神僧空見雖然沒有雙目，可是他卻如同清楚看到所有的動靜一樣，緊隨在胡小天和姬飛花的身後。

七七道：「娘，我來了，你因何還不開門？」

石門緩緩向上升起，一位中年男子出現在門前，正是洪北漠，望著眾人他微笑道：「你們總算來了！」

胡小天心中一怔，雖然他早就預料到會在這裡遇到洪北漠，卻沒有想到洪北漠會出來相迎。他一把將七七的手腕握住，阻止她繼續向前，向洪北漠笑了笑道：「洪先生看來早就知道我們要來？」

洪北漠道：「我自然知道，也知道你們來這裡是為了見誰？」

姬飛花道：「既然知道，何不讓魅影出來相見？」

洪北漠搖了搖頭道：「我不知魅影是誰？不過有人的確在這裡等著你們呢。」

他伸手做了一個邀請的手勢，轉身率先向前方走去，主動為眾人引路。

胡小天以傳音入密向姬飛花道：「洪北漠有些古怪。」

姬飛花回應道：「一切都透著古怪，你將七七交給大師看護。」

胡小天點了點頭，從身後將玄鐵劍緩緩抽了出來。洪北漠並未回頭，卻如同看到了一般，輕聲道：「王爺該不會準備向洪某背後一刀吧？」

胡小天哈哈笑道：「洪先生想多了，我胡小天從來不做背後暗算他人之事，更何況你我合作親密無間，又怎會有加害之心？」

一直沒有說話的空見神僧道：「洪施主還記得你的師父嗎？」

洪北漠沒有理會他，沉聲道：「跟緊我，走失了千萬不要怪我！」

走出二百餘步，眼前卻現出一條銀光閃爍的地下河。

碼頭處停靠著一艘三丈長度的狹長的小舟，這小舟通體為金屬製成，漂浮於銀色河流之上，胡小天從河流內液體的質地推測出這河床之中流淌的應該全都是水銀。水銀揮發出的氣體有毒，雖然他們武功高強，可是仍然屏住氣息，隨著洪北漠登上小船。

小船無槳，洪北漠等到所有人上船之後，將小船啟動，小船沿著河水流淌的方向順流而下。河道兩旁可以看到碉樓寶塔臨河而建，每一幢建築都是晶瑩通透，五彩繽紛，仔細一看全都是用各色寶石堆砌而成，其間用大小均勻的夜明珠裝飾，胡小天心中暗歎，大康國庫空虛，這幾十年來的財富大都被送到了這裡。洪北漠窮其一生的時間在皇陵內打造了一個富甲天下的地下王國，只是他的目的並不止於此。

再往前行，可以看到河心正中聳立著一座九層高塔，形狀和傳統塔體不同，更像是現代建築中常見的信號塔，塔頂一個圓球虛浮於尖端之上，緩緩逆時針轉動。

姬飛花道：「那就是輪迴塔嗎？」

洪北漠點了點頭，鐵舟過了輪迴塔，與另外一條河道彙集在一處，那條河道中也有一艘鐵舟急速行來，洪北漠減緩速度，如若不然，肯定要和那艘鐵舟相撞。

胡小天舉目望去，卻見那船首之人白髮飄飄，鶴髮童顏，正是徐老太太，在她身邊還有一人卻是虛凌空，操縱鐵舟的是啞巴。更讓胡小天驚奇的是，徐老太太明明看到了自己，卻似乎並不認得自己一樣。

虛凌空自始至終都看著徐老太太，根本沒有顧及其他，他們全都神態呆滯，和平時大為不同，應當是被人控制了神智。

姬飛花低聲道：「那艘船上莫不是你的外公外婆嗎？」

胡小天唇角現出一絲苦笑，雖然已證明自己和他們並無直接血緣關係，可是稱呼上理當如此，想起徐老太太只不過是一個複製人而已，胡小天道：「他們應該早已被魅影控制。」目光不由得投向前方的洪北漠，心中暗忖，洪北漠難道也被魅影控制了，他揚聲道：「洪先生是否已經修好了飛船？」

洪北漠並沒有回答他的問題，其實胡小天也無須再問，前方河面變寬，就在前方百丈左右的地方，一個巨大的橢圓形的金屬物體靜靜漂浮在河面之上，仔細看，那橢圓金屬物的底部和河面並未直接接觸，還有三丈左右的距離，也就是說整個橢圓體虛浮於空中。鐵舟行進到十丈左右的距離時停下，洪北漠走下鐵舟，踏在河面上漂浮的橢圓形亮銀色葉片之上，胡小天等人也紛紛登上了鐵舟旁邊的銀色葉片，然後那葉片緩緩飄動，帶著他們的身體，將他們送到那橢圓形船體的下方。

一道光束從船體下方投射下來，胡小天抬頭望去，卻見船體底部出現了一個直徑兩丈左右的圓洞，一股無形吸力帶著他們緩緩升騰而起，依次進入飛船的內部。

周圍的強光漸漸黯淡了下去，最後完全歸於黑暗，他們聽到風吹樹葉沙沙作響的聲音，聽到雨打芭蕉充滿節奏的聲響，月兔東升，繁星閃爍，頭頂的星月以肉眼可見的速度飛速運轉行進，月落日升，轉瞬之間又看到一輪紅日自天邊冉冉升起，就在他們準備迎接烈日當空之時，卻看到頭頂烏雲滾滾而來，電閃雷鳴，一場暴風驟雨就要來臨。

眾人心中還未來得及感歎，卻又發現他們已經身處在一座小樓之中，古色古香，清幽雅致，帷幔低垂，半透明的紗簾之後，一個婀娜的身影靜坐琴台，芊芊素手撥動琴弦，宛如春風吹過每個人的心湖，泛起層層漣漪，讓他們心曠神怡。

空見神僧雙手合什：「阿彌陀佛！一切皆是虛幻！」佛號之聲猶如雄獅狂吼，振聾發聵，周圍影像也隨之波動。

一時間狂風大作，帷幔席捲而起，紗簾中分，紗簾後的身影顯露於人前，卻是一具白森森的骷髏，雙手撫弄著一把白骨製成的長劍，一雙黑洞洞的眼眶漠視眾人，眼眶之中卻又光芒閃爍，有若星辰。

風平浪靜，帷幔重新落下，紗簾乍合乍分，剛才那恐怖的骷髏又已經消失不見，眾人眼中出現的乃是一個傾城傾國的美貌少女，長眉如畫，眸如春水，肌膚勝雪，櫻唇似火，一顰一笑，風華絕代。十根美若春蔥的手指離開了琴弦，仍然餘音嫋嫋，美眸望定了胡小天，柔聲道：「你又何必來呢？」

胡小天望著霍小如，心中有若被針刺了一下，痛得如此之深，卻又如此透徹，他整個人卻前所未有的冷靜，輕聲道：「我若不來，又怎能見到你的本來面目？」

霍小如格格笑了起來，她緩緩站起身來道：「你還記得這個地方嗎？」

胡小天的目光紋絲不動，盯住她道：「自然記得，這裡是煙水閣！」

霍小如道：「小住為佳小樓春暖得小住且小住，如何是好如君愛憐要如何便如何！直到今日，我都未忘記當初的這幅對聯呢。」

胡小天內心又是一陣隱痛，這正是他初見霍小如之時，戲弄霍小如的對聯，在其中巧妙嵌入了小如的名字，可是她縱然記得這幅對聯，可她絕不是霍小如，胡小天輕聲道：「可惜我這幅對子卻不是為你而作！」

霍小如笑了起來，目光落在七七臉上歎了口氣道：「七七，你認不認得我？」

七七的目光茫然，喃喃道：「娘……」

霍小如道：「我不是你娘，你也不是我的女兒，你的生命是我給予的，所以你應該還給我對不對？」

七七茫然點了點頭道：「是，娘需要就拿去！」

空見神僧擋住七七的去路：「阿彌陀佛，苦海無邊回頭是岸！」

霍小如笑道：「什麼回頭是岸，我若回頭，這個世界就將淪為一片苦海，你空有神僧之名，其實卻是一個不折不扣的糊塗蟲。」她望著胡小天道：「你今天過來，究竟是為了送我，還是為了阻止我？」

胡小天道：「為了阻止你！」

霍小如柳眉倒豎怒目圓睜道：「你應當知道我留下的後果！為何不乖乖回去，做個兩全齊美的事情？」

胡小天道：「無論怎樣，我都要嘗試一下。」

霍小如冷笑道：「你們幾個自以為武功高強，只可惜你們的武功在我眼中一文不值，在我的眼中你們甚至連螻蟻都算不上！」

姬飛花道：「或許你說得對，可是我們卻有把握毀掉這艘船！」

霍小如道：「你是楚源海的女兒，我對你本來網開一面，卻沒想到你執迷不悔，居然選擇和我作對！」

姬飛花一個箭步已跨了出去，手中光劍閃電般出手，徑直劈向霍小如的頸部。

胡小天已經不忍再看，姬飛花這一劍落實，霍小如必然是身首異處的下場。

然而光劍尚未靠近霍小如的身軀，一顆炫目的光球已經從霍小如的體內飛出，撞擊在光劍之上，然後以驚人的速度折射出去，胡小天看到那光球朝著自己的位置而來，揚起玄鐵劍猛然劈落。

光球在空中一個急轉，躲過胡小天志在必得的破天一劍，然後瞬間隱沒在七七的體內。電光石火的剎那已發生了連番變故，幾大高手也難以做出反應。

在光球離體飛出的剎那，霍小如的身軀已經軟綿綿倒在了地上，姬飛花看到魅影脫離了她的軀體自然沒有斬殺霍小如的必要，放棄攻擊，第一時間衝向七七。

就在眾人交手之時，空見神僧並未加入戰團，而是從懷中取出了一顆玄天雷，這是他和姬飛花此前的計畫，甚至連胡小天都不清楚，他們計畫毀掉飛船，他準備向遠方投去，洪北漠和啞巴兩人一左一右向空見神僧飛撲而來，空見神僧左手握住玄天雷，右拳奔雷般連續揮出，將洪北漠和啞巴打得橫飛出去。

擊退兩人後，再想將玄光雷投出，不意一隻藍色手掌凌空伸出，準確無誤地抓住了他的手腕，空見神僧吃驚不小，天下間擁有這樣出手速度的人他還從未遇過，此時的七七周身肌膚都被藍色的網狀物覆蓋，看去有若蒙上了一層細細的鱗甲。

空見神僧左手被制住，右拳毫不遲疑，向七七的胸口打去。與此同時姬飛花也揮動光劍再度衝了過來，毫不猶豫地光劍向七七後心刺去，她要利用剛才的辦法迫使魅影脫離七七的身體。

胡小天眼看七七落入兩大高手的夾擊之中，心中矛盾到了極點，也痛苦到了極點，眼前的局面他愛莫能助，就算他想要阻止也來不及了。空見的一拳重擊在七七的胸膛之上，姬飛花的光劍斬中七七的後背，藍光乍現，現出一道長長的劍痕，可馬上就神奇癒合。七七硬生生從空見的手中將玄光雷奪下，雙目中的藍光猶如利劍般射向空見的胸膛，在空見胸膛之上射出兩個大洞，空見雖然身體被射出兩個大洞，卻絲毫沒有表現出痛苦，傷口也未流出一滴鮮血，依然一拳向七七攻去，出拳勁風呼嘯，內力未見任何削弱。

七七卻趁此時機從兩人的夾擊中逃竄出來，向胡小天衝去。

胡小天此時再也顧不上憐香惜玉，若是讓魅影得逞，後果不堪設想，他凝聚全力又是一劍向七七當頭劈去。

七七身軀靈活到了極點，化為一道藍光，撞擊在胡小天的玄鐵劍上，震得胡小天周身骨骸欲裂，身軀倒飛了出去，重重撞在牆壁之上。

七七如影相隨，十指如勾向胡小天胸膛抓去，胡小天暗叫不妙，把吃奶的力氣都使了出來，身法變幻試圖逃脫對方的這一抓，可仍然被對方抓中胸膛，嗤的一聲，衣衫護甲被從中撕開，只差毫釐就要被開膛破肚。

姬飛花怒吼一聲，從後方飛撲而至，然而她和胡小天兩人相距畢竟還有一段距離，想要營救已經太晚。

胡小天大叫道：「七七！」

七七揚起右手試圖再度向胡小天抓去，聽到胡小天的這聲大喝，愣了一下，目光盯住胡小天的面龐，這一抓居然沒有抓下去，胡小天抓住這千載難逢的良機，扣動扳機，將李無憂送給自己的基因凝固劑射入她體內。

七七的身體構造幾近完美，雖然不怕刀劍，兼有強大的修復能力，可是這個軀體的基因轉化尚未完成，基因凝固劑注射到她的體內之後，整個人瞬間石化。

被基因凝固的軀體自然失去了利用價值，光球再度脫體飛出，於空中幻化成為一道有若長刀的光刃，直奔空見神僧射去。空見大吼道：「你們先走，我拖住它！」空見揮動右臂，一道無形掌刀向光刃劈去，卻絲毫沒有起到阻擋光刃的作用，光刃斬斷了他的右臂，鮮血噴射而出。

躺倒在地上的七七身上的藍色網絡漸漸褪去，又恢復了蒼白的顏色，胡小天胸膛也是鮮血淋漓，姬飛花大聲道：「跟我來。」

胡小天抱起地上的七七隨同她向前方跑去，沒走幾步，又看到地上同樣人事不省的霍小如，胡小天不忍將她棄之不顧，也將霍小如抱起，帶著她一起逃離。

姬飛花對飛船內的結構極其熟悉，開啟艙門，率先衝了進去，然後將艙門封閉。她大聲道：「這些艙門阻擋不了魅影，她很快就會破門而出，唯有搶先進入駕駛艙，在那裡才能多阻擋一陣。」

胡小天此時忽然想起李無憂交給自己的紫水晶引力源，低頭一看，自己的胸膛之上鮮血淋漓，卻是剛才被七七撕裂護甲，連紫水晶一併抓去了，再看那紫水晶已經不在，頓時心中懊惱到了極點。

姬飛花道：「怎麼了？發生了什麼事情？」

胡小天這才將紫水晶的事情告訴了她，姬飛花道：「來不及了，咱們先去駕駛艙再說。」他們繼續向前奔去。

光刃再度射向空見，只是這次並未斬殺空見，而是化為光球直接沒入了他的胸膛，空見整個人木立原地，過了一會兒，方才搖動了一下頸部，周身骨骼發出爆竹般的劈啪響動。他大步來到被封閉的艙門前，熟練地按下密碼，將之開啟。

胡小天透過艙門的觀察窗向後方望去，看到空見正從後方追逐而來，姬飛花大聲道：「魅影已經控制了他的身體，咱們快走。」

姬飛花對飛船的內部結構輕車熟路，打開一道艙門，示意胡小天先行進入。

胡小天抱著七七和霍小如進入其中，就聽到艙門關閉的聲音，他回過頭去，看到姬飛花並未跟著自己進來，還以為艙門出了故障，大吼道：「飛花你快進來！」

艙門密閉極好，姬飛花雖然看得到他的表情卻聽不到他的聲音，她笑了笑，忽然揚起手掌，胡小天定睛望去，卻見姬飛花掌心搖曳的正是那顆紫水晶，望著那顆光芒閃爍的紫水晶，胡小天頓時明白了什麼，大吼道：「飛花，你不要這樣！」

姬飛花笑得如此燦爛動人，親吻了一下自己的掌心，然後又將掌心貼在窗口之上，胡小天此時方才意識到自己竟被姬飛花引到了逃生艙內，他試圖打開逃生艙的艙門，可是無論怎樣也不能打開，他放下七七和霍小如，試圖用身體撞開艙門，此時姬飛花卻一掌將緊急逃生擎拍下。

胡小天瞬間感到身體被拋離了出去，他大吼著，虎目之中熱淚肆意狂奔。

逃生艙墜入水銀河內，那艘巨大的橢圓形飛船緩緩飛起。

地面劇烈震動起來，皇陵周圍的所有人都感到了這來自地底深層的震動，他們看到巨大的皇陵從中分開，一個巨大的橢圓形銀色船體從皇陵內冉冉升起。

所有人都被眼前所看到的景象震驚，那艘銀色的船體緩緩向上空升騰著。

黑暗中螢幕亮起，救生艙內傳來姬飛花的聲音，胡小天瘋狂地撲向螢幕，試圖擁住姬飛花的影像，可是伊人近在咫尺卻又似乎遠在天涯。

「飛花！飛花！你為什麼要這樣對我？為什麼？」胡小天已經叫得聲嘶力竭。

姬飛花坐在飛船的駕駛艙內，她除掉髮冠，如雲秀髮宛若流瀑般傾斜在肩頭，絕美卻英氣逼人的面龐流露出前所未有的溫柔表情，雙眸望著螢幕那端的胡小天，溫婉笑道：「小胡子，沒想到離開之前還可以看到你……」

胡小天已經淚流滿面：「飛花，你不可以這樣對我，我不能沒有你……」

姬飛花柔聲道：「沒有我，你還有那麼多的紅顏知己，失去我，至少還有人可以安慰你陪伴你，而我不能失去你，因為我失去你，我就什麼都沒有了……」她的眼波如此溫柔，美得讓人心醉讓人窒息。

她輕聲道：「我讀到了兩顆頭骨中的資訊，只可惜還有一些並沒有領悟到，我若知道地宮之中禁錮的是魅影，說什麼也不會犯這樣的錯誤。」

胡小天道：「廢話……」他已經泣不成聲。

姬飛花道：「小胡子，別讓我看不起你，你是男人，是我姬飛花的男人，我的男人豈可輕易流淚！」

胡小天用力抹去眼淚，他的喉結劇烈顫抖著。

姬飛花道：「還有三十秒，魅影算錯了一件事，她並沒料到我比洪北漠更加熟悉飛船，就算她不惜破壞飛船，也無法在三十秒的時間內衝破我所設立的防護罩，來不及了……」她停頓了一下，終於想到一句該向胡小天說的話：「我愛你……」

「我會去找你，我發誓，就算找遍宇宙每一個角落，我也一定要找到你……」胡小天從心底吶喊著。

銀色飛船倏然消失在天空之中，眾人的視野中留下了一個巨大光柱，周圍的烏雲瘋狂地向其中湧入，雲開霧散之時，紅彤彤的太陽毫無徵兆地出現在天空之中。

殘缺的皇陵在青山綠水的映襯下顯得越發破敗，微風輕鬆，陽光下的一顆蒲公英終於在抖動中分散開來，隨風而逝，不知飄向何方，紮根何處……

接下來的大半個月，胡小天都在消沉和悲傷中渡過，沒有人知道皇陵中究竟發生了什麼，很多人雖然看到了那神奇的一幕，卻不知那飛向空中的銀色大球究竟為何物，甚至連霍勝男、諸葛觀棋、夏長明、宗唐這些親臨現場的人，也只是知道，那天之後有些人再也沒有出現過，而胡小天帶回了永陽公主七七，帶回了霍小如。

七七已經甦醒，而霍小如卻至今昏睡，秦雨瞳和李無憂都為她診斷過，霍小如只怕今生也不會醒來，按照現代醫學的觀點，霍小如成為了植物人。

七七甦醒之後忘記了從進入七寶琉璃塔地宮之後的一切事情，而她的基因也發生了不可思議的變化，現在的她已是個純粹的天命者，從她的體內檢測不到任何其他的基因成分。七七的性情也變得溫柔可人，從她看胡小天的眼神就已經知道，她愛胡小天勝過自己的生命。

胡小天從宿醉中醒來，發現龍曦月和秦雨瞳守在自己身邊，秦雨瞳的腹部已經高高隆起，孕相非常明顯了，龍曦月滿臉關切。

胡小天坐起身，打了個哈欠道：「來了很久了？」

秦雨瞳點了點頭，小聲道：「剛剛聽聞了一個好消息，夕顏甦醒了！現在和維薩她們正在前來康都的途中，用不了多久你就可以見到她們了。」

胡小天笑了笑，只是笑容中明顯帶著憂傷，他的腦海中始終迴盪著姬飛花最後離去時的笑臉，他的內心始終處於深深自責中，若是自己提早發現姬飛花的動機，或許一切不會是現在這個樣子。

龍曦月道：「夏大哥已經接到飛煙了，飛煙這兩日就會過來看你。」

胡小天點了點頭，仍然沒有說話。

龍曦月的眼圈不禁紅了。

秦雨瞳歎了口氣道：「小天，你就算不為我們想，也要為我們的孩兒想想。」

胡小天愣了一下，卻見龍曦月的俏臉紅了起來，他眨了眨眼睛充滿問詢地望著秦雨瞳，秦雨瞳點了點頭道：「曦月和勝男都已經有了你的骨肉，咱們家裡用不了多久就會增添幾個新成員了。」

胡小天的心中充滿了安慰，看到兩位愛人明顯憔悴了許多，心中不由得歉疚起來，這段日子，自己讓她們太過擔心了，他可以為了姬飛花的事情折磨自己，不原諒自己，可是卻不能因這件事影響到其他人。

他舒展了一下雙臂，然後將兩人擁入懷中，輕聲道：「放心吧，我一定會做一個好丈夫，好父親！」

又是中秋，月圓之夜，鎮海王府傳來陣陣歡歌笑語，卻是鎮海王胡小天帶領一幫紅顏知己吃團圓飯，從表面上看胡小天已經從悲傷中走了出來，經歷種種波折之後，龍曦月、七七、秦雨瞳、慕容飛煙、霍勝男、維薩、夕顏、簡融心、閻怒嬌、葆葆、唐輕璇這一個個的紅顏知己全都團聚在他身邊，無論過程如何艱辛曲折，可最終大家終於可以團聚。自然是訴不完的衷腸，說不完的情話。當然還有霍小如，現在的她雖然還活著，可是已經喪失了所有的意識，是無緣參加這樣的團聚了。

晚宴過後，胡小天悄然來到易元堂，其實他本來也邀請了李無憂，只是不知為何，李無憂並未出現在晚宴現場。

李無憂坐在輪椅之上，在花園之中獨自賞月，看到月光下先行來到身邊的影子，她淡然笑了起來：「不在府上吃團圓飯，來我這裡作甚？」

胡小天道：「這樣的時候總得過來探望一下你這位老朋友。」

李無憂回眸看了看他，輕歎了口氣道：「你仍然沒有從那件事中解脫出來！」

胡小天沒有說話，雙目投向空中那闕明月，仿若從明月中看到姬飛花的倩影。

李無憂道：「這件事怪我，其實魅影並沒有想像中強大，七七之所以能夠恢復，得益於天命者強大的基因，如果當時我可以多一些時間，就能夠想出克敵制勝的辦法。」

胡小天搖了搖頭道：「這就是命，就像命運將我們扔到這個世界，又安排我們無意中做了拯救世界的事情。」

李無憂道：「我始終在想，魅影比我們想像中更加複雜，她可以分裂，可以組合重聚，她有主觀意識，有創造力，可是一個完整的生命必然會有善惡的兩面，因為任何智慧生命都註定不會是單純的。」

胡小天道：「她已經消失了，現在應該已經永遠留在了暗黑紀。」說起這件事內心不由得感到隱痛。

李無憂道：「魅影既然一部分被禁錮在地宮中，一部分可以幻化成為凌嘉紫、霍小如，會不會她還有其他的分裂體活在這個世界上呢？」

胡小天沒有說話。

李無憂歎了口氣道：「興許我現在說這種話已經為時太晚，可是魅影應該遠沒有達到她最為強大的狀態，即便是將她留在這個世界上，或許也製造不出太大的危機，更不用說毀滅世界。」

胡小天道：「生活總得繼續，我們不能終日活在過去的陰影中，應該學會向前看，你說對不對？」

李無憂愣了一下，旋即又笑了起來：「你能這樣想，我很欣慰，不過我聽說有人正在集合能工巧匠研究從皇陵中帶出的逃生艙，不知又是什麼目的？」

胡小天啞然失笑，他現在唯一剩下的就是那個逃生艙，他早已著手拆解並研究逃生艙，試圖通過對逃生艙的研究儘快製造出飛船，可以前往暗黑紀的飛船，他始終沒有忘記自己的承諾，就算找遍宇宙的每個角落，他也要找到姬飛花。本來七七是他的希望，可是七七在恢復健康之後，卻神奇地忘記了頭骨中所有的資訊，那兩顆頭骨也徹底消失不見了。

李無憂道：「我只想提醒你，就算你僥倖成功研製出了飛船，也必須先掌握完全克制魅影的辦法才能踏上征程。」

胡小天道：「你總會有辦法對不對？」

李無憂道：「希望永遠都在……」

胡小天道：「也許我應該出去散散心了。」

九月十六，斷雲山閑雲亭，胡小天獨自坐在這座石亭內，坐看雲海潮起潮落，深秋的山巔天氣已經變得清冷，舉目四望，霜葉染紅。胡小天並非無緣無故來到這裡，而是他記得三年前和須彌天的約定，當時須彌天和他定下了三年之約，給了他半邊玉佩，讓他三年之後來斷雲山閑雲亭相會。

胡小天昨晚就乘飛梟來此，一直等到夕陽西下，都未見有人，卻聽到不遠處傳來一陣洪亮的嬰兒啼哭之聲，他循著哭聲找去，沒多久就看到一塊巨石之上躺著一個女嬰，那嬰兒也就六七個月的樣子，生得粉雕玉琢，看到胡小天到來，一雙烏溜溜的大眼睛盯住了他，居然停下了哭聲，胖乎乎的小手張開，分明是索要擁抱。胡小天抱起這嬰兒，卻見她頸部掛著半片玉佩，胡小天慌忙將自己那半片取出，兩片玉佩剛好吻合，絲毫不差，胡小天心中頓時斷定這孩子定然是須彌天送過來的。

再看巨石之上，刻著三個字——你女兒！

胡小天低頭看這孩子的眉眼果然像極了自己，依稀還可以看到須彌天的樣子，胡小天又驚又喜，想不到須彌天跟自己的三年之約竟然是為了這件事，也就是說這三年間她偷偷為自己生下了一個女兒，若是按照正常的孕期推算，胡小天肯定不會相信這個孩子跟自己有關，然而秦雨瞳也是孕期長達兩年，至今仍未生育，看來須彌天的身體構造也和常人不同。

只是她為何將女兒留下，卻不肯現身與自己相見？胡小天抱起女兒，站在巨岩之上，舉目四望，但見暮色茫茫根本看不到他人的身影。

低頭看那玉佩，卻發現兩片玉佩竟黏合在了一起，中間生出了一道藍色細線。

胡小天為女兒起名為平安，源於襁褓內繡著四個字，平安富貴，相較而言，還是平安好聽一些，富貴實在太俗，更何況他胡小天的女兒生來就是大富大貴。胡小天帶著平安返回康都後，這孩子自然受到眾星捧月般的歡迎，胡小天的所有紅顏知己都把她當成親生女兒看待，不過平安最親的那個卻始終都是霍小如，自從她蹣跚學步開始，幾乎每天都會去霍小如身邊玩耍探望，眾人都說這孩子和霍小如有緣。

那塊玉佩胡小天就給平安戴在身上，開始的時候玉佩只有一條藍色細線，後來拿玉佩就蒙上了一層藍色網絡，再到後來，玉佩通體都變成了藍色。龍曦月認為這玉佩古怪，擔心對孩子不利，讓胡小天將玉佩收起，可胡小天卻認為須彌天絕不可能害自己的親生骨肉。

龍曦月和霍勝男雖然懷孕在秦雨瞳之後，可她們兩人都是十月懷胎生產，生孩子反倒在秦雨瞳之前，兩人生的都是女兒。

七七自從恢復之後，就失去了昔日的權欲和野心，嫁給胡小天之後，專心當起了他背後的女人，婚後當月她就懷孕，胡小天本以為她的孕期會長達七年，卻想不到七七居然七個月就已經生產，而且為胡小天產下了第一個兒子，按照兩人當初的約定，這兒子讓他姓龍，名字叫龍胡生，這名字也沒有太大的意義，按照胡小天的說法，就是做個印記，讓天下人都知道這是他胡小天的種。

之所以讓他姓龍，無非是為了擋住一些閒言碎語，這孩子從出生起就已經被立為大康皇位的唯一繼承人，若是姓胡，等於公然篡奪了大康天下。其實胡小天倒是多慮了，自從他掌控大康權力之後，大康漸漸恢復了元氣，國力甚至更勝往昔。

和大康的興盛相比，大雍如同一個病入膏肓的患者，即便是燕王薛勝景執掌大權，也無力扭轉大雍日漸衰落的頹勢。

胡小天在穩定國內局勢之後，第一個拿下的目標就是西川，西川雖然被天香國實際上控制，可是西川民心多半向著大康，更何況胡小天在西川內部經營良久，發兵之後勢如破竹，兼之西川內部有李氏舊將燕虎成聯絡接應，胡小天發兵的同時，天狼山閻魁率領部下從後方夾擊，只花了短短一個月的時間就已經收復西川全境。

西川戰事開始之前，胡不為偏偏生了重病，無獨有偶，徐家的實際控制人徐鳳眉也是如此，兩人病症相似，只是徐鳳眉表現得更重，在西川被全部攻克消息傳來的時候，徐鳳眉已經奄奄一息。

余慶寶樓內，形容枯槁的胡不為充滿憂傷地望著徐鳳眉，他遍請名醫，期望能夠挽救徐鳳眉的性命，然而無論他怎樣努力，仍然阻止不了徐鳳眉的病情，望著床上奄奄一息的徐鳳眉，胡不為悲痛莫名，他捂著嘴唇咳嗽了幾聲，展開手掌，發現掌心中染滿鮮紅色的血跡。

徐鳳眉被胡不為的咳嗽聲驚醒，睜開雙眸，呆滯無視的目光望著胡不為，慘然道：「你……也病了……」

胡不為笑了笑，不過馬上又開始咳嗽起來。咳了好久方才平息下去，喘了口氣道：「不但是我，還有很多人都病了，尤其是徐家出身的人。」

徐鳳眉點了點頭：「自從老太太失蹤之後，咱們徐氏就突然發生了變故……咳咳……難道徐家當真氣數已盡……」她劇烈咳嗽了起來，蒼白的面孔因為劇烈的咳嗽而泛起些許的血色，額頭的青筋從輕薄的肌膚下暴露出來。

胡不為望著被疾病折磨得不成人形的徐鳳眉，心中痛苦到了極點，他伸出手去握住徐鳳眉瘦弱的手腕，昔日豐腴的肌膚如今只剩下了皮包骨頭，包括自己在內，整個徐氏上下都被疾病折磨著，開始時他以為只是偶然，可是隨著越來越多徐氏子孫的病倒，甚至有些徐氏子弟，隱藏身分，不為外人所知，也都先後染病，而且和自己的病症相同。

西川的潰敗絕非偶然，儘管胡小天的實力極其強大，可己方也不是不堪一擊，而現實卻是徐氏核心力量的先後病倒，別的不說，單單西川，徐氏佈局在西川的楊昊然、周默、蕭天穆也都在病中，目前全都臥病在床。

徐鳳眉緊緊抓住胡不為的大手，顫聲道：「不為，你有沒有發現……病倒的全都是徐氏的人……這世上本不該有那麼巧的事情……」

胡不為的雙目中充滿了悲哀，昔日的雄心早已因病痛的折磨而蒙上一層厚重的灰色，他甚至產生了就此放棄的想法，如果可以換回徐鳳眉和徐氏所有人的平安，自己寧願放棄角逐天下的野望，可現實卻是，他們要因為這突如其來的疾病一個個的故去，這世上還有什麼比生離死別更加痛苦？

徐鳳眉道：「我……我若是死了……你……」胡不為掩住她的嘴唇，不想她繼續說下去，最近一段時間，他看到了太多的死亡，他最擔心的就是徐鳳眉離開之際，他甚至無法想像自己要如何面對失去她的打擊。

胡不為輕聲道：「我去看看藥熬好了沒有……」

穿過後花園的時候，看到滿地的落葉，方才意識到南國也已經到了深冬。余慶寶樓最近死了不少人，包括那個白衣翩翩的徐慕白，徐氏子弟的接連故去，讓昔日門庭若市的余慶寶樓也變得無人問津。胡不為不由得想起了天香國的朝堂，自己刻苦經營精心佈置的權力圈，而今也因為眾人的紛紛病倒開始搖搖欲墜。

他捂著嘴唇又咳嗽起來，咳得躬下身去，整個人看上去就像是一個巨大的蝦米，等他抬起頭，卻驚奇地發現，自己的對面多了一個人。

胡小天身軀挺拔，傲然站立在他的對面。

胡不為眨了眨眼睛，確信自己看到的並不是幻影。

胡小天向他點了點頭，輕聲道：「別來無恙？」

胡不為以咳嗽聲回應了他，平復後他向胡小天淡淡笑道：「你是來殺我的？」

胡小天搖了搖頭，充滿憐憫地望著胡不為，輕聲道：「就是來看看你，你的病好像很嚴重？」

胡不為道：「人老了，總不像年輕時候那樣。」

胡小天卻知道胡不為的病情和年齡無關，他輕聲道：「徐氏上上下下病倒了不少人，尤其是和老太太有血緣關係的人。」

胡不為道：「你好像沒事。」

胡小天道：「因為我對這種疾病有免疫力！」

胡不為聽不懂他的話，眼睛瞪得更大了。

胡小天道：「我可以救你們，不過你需要答應我兩個條件。」

胡不為道：「趁火打劫還是落井下石？你不愧是我胡不為的兒子……」

胡小天哈哈大笑了起來，他來到胡不為的身邊，輕輕拍了拍他的肩膀，低聲道：「你我之間究竟是什麼關係，其實我比你要清楚得多。以你今時今日的現狀，根本沒有能力治癒疾病，若是我不出手，你們這些人的性命不會超過兩個月。」

胡不為默然不語，因為他知道胡小天所說的全都是事實。

胡小天道：「帶著徐氏所有人離開，交出老太太的地庫，往事我既往不咎。」

春風又綠江南岸，濛濛煙雨之中，胡小天和李無憂一起來到了金陵徐氏，雖然知道徐老太太的秘密就在金陵，可是如果沒有胡不為和徐鳳眉的配合，只怕他們窮其一生也難以找到。

打開地下冷庫厚重的大門，一股森森的冷氣撲面而來，胡小天推著李無憂進入其中，眼前的一切讓兩人為之目瞪口呆，這裡分明是一座現代化的地下冷庫。

胡小天道：「剩下的火種全都在這裡嗎？」

李無憂點了點頭，她催動輪椅來到一個冷櫃前，按下密碼，打開冷櫃，寒冷的霧氣中顯露出一排排的試管。她輕聲道：「這裡保存著當時最頂尖航太專家的火種，她雖然厲害，卻不知道這兩萬顆火種中，最為重要的究竟是什麼，能夠掌控所有分類和搜索名錄的只有我。」

胡小天道：「有醫學專家嗎？」

李無憂點了點頭，打開另外一個冷櫃，胡小天一眼就從中發現了試管架上空出的一個，指了指那裡，充滿好奇道：「這顆火種去了哪裡？」

李無憂道：「時隔那麼久，想要將一切重新整理清楚需要時間，你給我一段時間，我一定可以給你一個清楚的答案。」

找到了徐老太太收藏的餘下火種，等若找到了一個龐大的智慧寶庫，建造太空船，跳躍時空，遨遊宇宙也不再遙不可及，胡小天堅信，用不了太久，他就可以完成這個震爍古今的偉業，他的目的並不是為了征服，他的目的只是為了尋找。

平安聰明伶俐，可是直到兩歲方才學會說話，所說的第一句話，就是娘！而她所喊的對象既非待她如己出的龍曦月，也不是沒事就喜歡逗弄她的七七，更不是胡小天紅顏知己中的任何一個。

突然有一天，平安趴在霍小如的床邊，清清楚楚叫了一聲娘。

而她的這一聲，居然喚醒了沉睡多年的霍小如，胡小天當時就在身邊，聽到平安說話已經足夠吃驚，可讓他更為吃驚的是，一直沉睡的霍小如居然答應了一聲：「乖女兒！」

胡小天驚得將手中的茶盞跌落在了地上，目瞪口呆地望著她們兩個，平安稱呼霍小如為娘，可她親娘是須彌天。

霍小如明明沒有甦醒的可能，可是她非但醒了，而且答應得如此乾脆，彷彿一早就有了平安這個女兒，一切都彷彿天經地義，順理成章。

霍小如從床上坐了起來，雲鬢散亂，睜開美眸，俏臉之上浮起兩片紅暈，彷彿她並不是睡了三年，而只是小憩了一會兒，美眸望著胡小天，飄過一個嫵媚入骨的神情，嬌滴滴道：「呆子，你不認得我了？」

胡小天張大了嘴巴，驚得下巴幾乎都要掉到了地上：「啊……」

霍小如從床上輕盈躍下，展開臂膀迎接女兒的擁抱，伸出手指撚起平安胸前的玉佩，原本通體湛藍的玉佩如今已經變得潔白無瑕。其間的裂縫也無影無蹤。

霍小如在平安粉嘟嘟的小臉上親吻了一記，柔聲道：「乖女兒，胡小天對你好不好，這幾年他和你的那幫後娘可曾欺負了你？」

平安格格笑道：「沒有，爹好疼我，我的那些娘都好疼我。」她伸出小手，摟住胡小天脖子，將一臉懵逼的胡小天拖了過來，讓胡小天和霍小如的臉貼在一起。

胡小天道：「你……」

霍小如道：「別說話，別問問題，你這麼花心的人，身邊究竟是哪個女人又有什麼分別？」

胡小天道：「有分別！」

「說！」

胡小天看了看孩子，有些話總不好當著孩子的面說。

霍小如放下平安，讓平安出去，平安剛剛出門就歡笑著大聲宣佈：「我娘醒了，我娘醒了！」

「什麼分別？」霍小如充滿魅惑的目光中暗藏著挑釁。

胡小天咳嗽了一聲道：「處和非處的區別！霍小如還是個姑娘，須彌天卻早已是個娘們……」

蓬！胡小天已結結實實挨了一拳：「今天我就讓你知道老娘到底是誰……」

「了不得了，了不得了，霍姑娘醒了，跟王爺打起來了，整個王府雞飛狗跳，亂套了，王妃娘娘請您過去……」梁大壯氣喘吁吁地來到李無憂的面前稟報道，李無憂雖非胡小天的妻妾，卻是他最尊重的知己，所以王府任何事情都會向她稟報，遇到難題都會請她前去解決。

李無憂皺了皺眉頭，手中的一頁紙飄落在了地上，這是她還未來得及給胡小天送去的，上面是一個人的生平介紹，胡天，男，外科學專家，主任醫師，腦外科博士，生於一九八六年七月，卒於二〇一四年九月，死因不明……

《醫統江山》大結局，石章魚更為精彩的新作《替天行盜》即將出版，敬請期待

醫統江山 II 卷20 天外飛船 大結局

作者：石章魚
發行人：陳曉林
出版所：風雲時代出版股份有限公司
地址：10576台北市民生東路五段178號7樓之3
電話：(02) 2756-0949
傳真：(02) 2765-3799
執行主編：劉宇青
美術設計：許惠芳
行銷企劃：林安莉
業務總監：張瑋鳳

初版日期：2021年6月
版權授權：閱文集團
ISBN ：978-986-352-963-7
風雲書網：http://www.eastbooks.com.tw
官方部落格：http://eastbooks.pixnet.net/blog
Facebook：http://www.facebook.com/h7560949
E-mail：h7560949@ms15.hinet.net
劃撥帳號：12043291
戶名：風雲時代出版股份有限公司

風雲發行所：33373桃園市龜山區公西村2鄰復興街304巷96號
電話：(03) 318-1378
傳真：(03) 318-1378
法律顧問：永然法律事務所 李永然律師
　　　　　北辰著作權事務所 蕭雄淋律師

行政院新聞局局版台業字第3595號 營利事業統一編號22759935

定價：270元

國家圖書館出版品預行編目資料

醫統江山 第二輯／石章魚 著. -- 臺北市：風雲時代，2021.02- 冊；公分

ISBN 978-986-352-963-7（第20冊；平裝）

857.7　　109021687